「私、きっと事件を解決してみせます……
イーヴィス様の名にかけて!!」

Heat the pig liver

the story of
a man turned into a pig.

「私、めいたんていになります！」

遺体はヒントとなるくさりのうたの
歌詞の通りに処分され、晒されている。
魔法でしか刻むことができない
血の十字とともに。
ここまで条件が揃ってしまえば、
殺人の法則は明白だった。

Heat the pig liver

the story of a man turned into a pig.

豚のレバーは加熱しろ

（6回目）

逆井卓馬

Author: TAKUMA SAKAI

[イラスト] 遠坂あさぎ

Illustrator: ASAGI TOHSAKA

Contents

目次

Heat the pig liver

とおくまで　さびたくさりは　つづいていくよ
ろうやをでたら　はかばまで　くさりのみちは　おわらない
ひとつめの　わっかがわれて　ねずみがにげた
にげたねずみは　なべのなか　おゆでゆだって　しんだのさ
ふたつめの　わっかがわれて　きつねがにげた
にげたきつねは　えんとつに　おちてやかれて　しんだのさ
みっつめの　わっかがわれて　ひぐまがにげた
にげたひぐまは　きにのぼり　そらにうたれて　しんだのさ
よっつめの　わっかがわれて　　　　がにげた
にげた　　　は　すぐそばで　ひとにまぎれて　くらしてる

——メステリアに伝わる童謡

王暦一三〇年　二の月の九日　早朝

the story of
a man turned into
a pig.

薄緑の寒空に、朝日で薄赤く照らされた湯気がもくもくと立ち昇っている。

ブラーヘンの大聖堂は水煙の魔物という異名をもつ。棘を思わせる幾多の尖塔の合間から、温泉由来の蒸気を絶え間なく、そして大量に噴出しているためだ。黄金の屋根が葺かれた巨大建築。湯気に包まれたその姿は、まるで一つの生き物のようだ。

やけに吠える飼い犬を追って、幼い少女は聖堂前の広場に駆け込む。

「だめよ！　戻っておいで！」

少女の訴えもむなしく、痩せた大型犬は低く唸りながら広場を走っていく。円形の広場の中央には噴水が置かれ、血のように赤黒い熱湯を間欠泉よろしく噴き上げていた。

周囲は生ぬるい湯気に覆われている。霧がかかったように見通しが悪い。

飼い犬は噴水の近くで立ち止まった。背中の毛を逆立て、前傾姿勢になり、地面に転がる何かに向かってしきりに吠え始める。

少女は走る足を速めた。噴水から漂う刺激臭の中には不気味な錆臭さが混ざり、本当に血を噴き上げているかのようだ。犬は何を見つけたのか、少女の胸に不安がよぎる。

近づいてみて——少女は絶句した。

靄の中、大量の彫像が、石畳の上に整然と横たわっている。そう見えた。真っ白な肌をした実物大の人体が、市場で売られる果物のようにずらりと並んでいるのだ。頭と足を揃えられ、何十と陳列された白い裸体は、まるで眠っているような姿だった。

どの胸にも、溶岩のように赤く輝く大きな十字が刻まれている。少女には知る由もないが、これは暗黒時代以前の罪人に焼き付けられた「血の十字」という魔法である。

犬の吠え声はいつの間にかやんでいた。少女は立ち尽くしたまま、おかしな点に気付く。

石膏や大理石でできているのならば、全身が白くてしかるべきだ。しかし目の前に並ぶ彫像は、体毛の部分に色がついている。少し近づいて、少女はそれが本物の毛であることに気が付いた。純白のはずの肌も、ところどころが焼けただれているかのように赤い。

ガリッ、と音がして、少女は飼い犬を振り返る。

ひとけのない広場の空気を、甲高い叫び声が切り裂いた。

犬は〝彫像〟の腕を齧り取っていた。大きな口に咥えられて、動かないはずの手首がパタパタと手招きするように動く。

腕の断面からは、白い骨と、鮮明に赤い筋肉が覗いている。

広場に並んでいるのは彫像ではなく——すべて、白く変色した人間の亡骸だった。

第一章

美少女に結婚を迫られたら断るな

the story of
a man turned into
a pig.

「思うに、妹が欲しいだなんて言ってる男は二流以下だ。妹がいるかいないかというのは、実のところさして重要な問題じゃない。本質は、自分が兄であるかどうかというところにある」

「えっと……何を言っているんでしょうか……」

困惑する年下の金髪美少女に、俺は確固たる持論を滔々と説明する。

「『妹がいる』という状態はあくまで受け身なもの。自分から何かしているわけじゃない。そんなことは豚にだってできるわけだ」

俺は背脂ののったロースをぴんと反らす。

「しかし『兄である』という状態は違う。自らが兄だと自覚し、いつまでも妹を愛する存在であり続けること——これは高度な知性と愛情をもつ存在にのみ許された、至高の営みなんだ」

「あの、豚さん……？」

「だから、妹が欲しいんですかと訊かれたら、俺はノーと答える。ああ違うとも！　俺には現実が見えてるからな。どう足掻いたところで俺に妹はいない。それは知っているんだ。しかし俺には、兄の自覚がある。妹がいなくても、俺は妹の兄になることができるんだよ」

賑わう王都の大通りを歩きながら、ジェスは胸の前であわあわと両手を迷わせる。

「すみません……もし何か気分を害されたようでしたら、謝ります。妹がいないこと、そんなに気にされていたんですね。欲しいかどうかなんて、もう訊きませんから……」

その困惑した表情を見て、何か誤解が生じていることに気付く。

「いや別に、俺は怒ってるわけじゃない」

「そうなんですか……？」

「そうだとも。俺は俺なりに、妹がいないという現実に対して、きわめて合理的に折り合いをつけている。ただそれだけのことだ」

「それならいいんですが……」

俺の高尚な兄妹論には理解が及んでいない様子だったが、ジェスは困り顔のまま微笑んだ。

諸君になら理解できるはずだ。姉も妹もいないシスコンは存在する。兄妹愛を信じ続け、理想の妹を心に抱いて憧れ続け、「お兄ちゃん」と呼ばれるその瞬間を夢見てやまない男たちは確かに存在しているのだ！

ジェスはこちらを見下ろすと、ほっと表情を緩ませた。

「あら、そういうことでしたら、いくらでもお付き合いしますのに。お兄ちゃんでも、お兄さんでも、お兄様でも、兄貴でも、にぃにぃでも、何でも注文してくださいね、お兄さん」

ブヒ。

やはり可愛らしい少女にお兄さんと呼ばれるのは気持ちがいい。

朝。俺とジェスは岩山の斜面に造られた街を歩き、王宮図書館へと向かっていた。

闇躍の術師を斃し、深世界から帰還して、およそひと月が経つ。俺は豚の肉体を取り戻し、清楚で天使な金髪美少女ジェスと一緒に王都でブヒブヒライフを送っている。

メステリアには平和が戻り始めていた――いくつかの致命的な問題から目を逸らせば。

最凶の王に支配されていたこの王都も、今では日常の賑わいを取り戻している。テラスのようになった飲食店の外では、体格のいいおっさんが朝っぱらからビールを飲んでいた。

パン屋から漂ってくる小麦の香りをおいしそうに吸い込んで、ジェスが俺に訊いてくる。

「……でも、豚さんはどうしてそれほど、妹にこだわるんですか？」

質問の意図が分からず訊き返す。

「どうしてって……どういうことだ？」

「だって、別に妹でなくてもいいじゃありませんか。恋人同士のやりとりだって、私はいくらでもします。どうしてそんなに妹がいいんでしょう」

フン、と豚鼻を鳴らして答える。

「決まってるじゃないか。兄と妹は、何があっても兄妹だからだ」

「えっと……」

そんな、宇宙人を見るような目で見ないでほしい。

「兄妹の絆っていうのは事実だ。血縁にしろ、一つ屋根の下で育ってきた履歴にしろ、そこには動かしがたい事実がある。言ってしまえば呪縛のようなものだ。一方で恋人というのは関係性にすぎない。いつか解けてしまう魔法に喩えれば分かりやすいか。ふとしたすれ違いや思い描く未来の齟齬によって、恋人関係なんていうのは簡単に解消してしまう」

「解消してしまうんですか……？」

　不安そうに、そっと胸に手を当てるジェス。

「あくまで一般論だがな。どんなときだって二人を鎖のように結びつける絆、それが兄妹だ」

「確かに……そう聞くと、ちょっといいような気もしてきます」

　分かってくれればいいのだ。

「豚さんを絶対に逃がさない鎖があったら、私も欲しいですから」

　にっこりと笑うジェスの顔に何の影もないのが、むしろ恐ろしかった。

「俺はどこにも行かないから安心してくれ」

　ジェスの隣のローポジションであるこの立ち位置は、俺が彼女いない歴一九年間で見つけた最も居心地のいい場所だった。すでに実家のような安心感がある。少し目を上げれば、秘境の絶景を拝むことができる。

「約束ですからね」

　紺のスカートを遠心力ではらりと広げながら、ジェスは歩みを進めた。

王宮図書館は、賑わう中心部から少し離れた岩地にひっそりと佇む堅牢な建物だ。地下通路を通れば俺たちの暮らす王宮から直接行くこともできるが、最近では散策も兼ねて回り道をしながら向かうのが日課になっている。

そう、俺たちはこのところ、毎日のようにこの図書館へ通っているのだ。

白系の岩によって緻密に組まれた図書館の正面、入口の重々しい扉の上には、古めかしい記号で装飾された時計が飾られている。本来、真鍮の長針と短針が朝の時間帯を示しているはずだが、今は代わりに、切断された人間の右腕と左腕がとんでもない時刻を指差している。

文字盤からポタポタ滴ってくる血を避けて、俺とジェスは図書館へ入った。

背の高い本棚、薄赤い魔法の光、漂ってくる紙とインクのにおい。ほっと安心感を覚える。王朝の祖ヴァティスの魔法によって固く守られたこの空間は、深世界による侵食の影響を受けていない。

しかしメステリア全体となると、そうもいかなかった。

俺たちが深世界から帰還したあの晩、何らかの理由によって、現実に深世界が滲み出してきてしまった。あの不気味な世界で起こっていた現象が、こちらでも不規則に起こり始めているのだ。空の色がまだらに変化するなんていうのはまだ序の口である。現実にある物体も――例えば図書館正面の時計だが――言ってしまえば〝深世界化〟している。

願望によって形成されたあの不気味な世界へと、近づいている。

王都の中はヴァティスの魔法によって保護されており、まだ深刻な影響を受けていない。だが王都を囲む絶壁の外では、時計の針が何度取り換えても人間の腕に変わってしまう、なんてレベルでは済まない怪奇現象が起こっていると聞く。

ちなみに俺は豚姿のままだが、豚タンを使って人の言葉がしゃべれるようになっていた。めでたく地の文と発言を区別する〈山括弧〉も卒業。声帯がどうなっているのか知らないが、概ね人間だったときと同じイケボで話すことができる。

この図書館は知恵の密林。古びた本がぎっしり詰まった棚が主役で、通路は申し訳なさそうにその間を縫っている。ジェスのすぐ後ろに続いて、図書館の最奥部、鉄格子で区切られた場所に辿り着く。

王族の関係者しか入ることが許可されていない区画。ジェスは手を当てて魔法の生体認証をクリアし、鉄格子の扉を押し開いた。

棚は厚いガラス扉で保護されている。収蔵された本はどれも重要な情報が記されたものだ。危険な魔法、霊術のような禁忌、そして手が入っていないありのままの歴史……。一般の民衆どころか王都に暮らす民すら知り得ない情報が眠っている。

目隠しのように置かれた棚の奥へ進むと、閲覧用の机がある。周囲からは完全な死角。薄い本であれば、こういう場所ではイケナイ展開が発生するものだ。

「図書館は読書のための場所ですよ」

「当然だ」

地の文を読まれながらも、俺は毅然とした態度で返した。

ジェスは微笑んで俺を見下ろしてくる。

「イケナイことをするなら、別の場所に行きましょうね」

「しませんが……」

イケナイといってジェスが何を想定していたのかは知らないが、きっと混ぜてはいけない薬品を混ぜたらどうなるのかとか、そういう類の行為を言っているに違いない。

もちろん俺たちは真面目なので、ここではきちんと調べ物を続けてきた。一つ一つ中身を確認して分類した本が、机の上に丁寧に並べられている。

ジェスと俺はここで、メステリアで起こっている現象の解釈を試みていた。

なぜ現実のメステリアで、願望の世界である深世界のような異変が起こっているのか。

俺たちが深世界から帰還したタイミングでそれが発生したのはなぜか。

どうすれば、この狂い始めた世界を元に戻すことができるのか。

何度も袋小路に突き当たりながら、一つの仮説に近づきつつあった。

「……魔法とはすなわち、願望によって創られた『心理の世界』を、我々の生きる『真理の世界』に接続する営みである」

内容を諳んじ、ジェスはアリストスという古代の魔法使いが著した分厚い本を開いた。王朝創始のずっと前、暗黒時代以前の古い書物だ。表紙にはただ『魔法学』と金文字で刻印されているのみ。栞が挟んであったため、すぐに目的のページが見つかる。

そこには鋭い三角錐の形をした透明な結晶の図が描かれていた。

「心理と真理を同時に知覚し得る人間に刺し込まれ、錐体は二つの世界を繋ぎ留める。刺し込まれた者の血を契りとして、二つの世界は関係を強固にする。そこで、この結晶を『契約の楔』と名付けよう」

読み上げたジェスがこちらを見てきたので、椅子によじ登って俺は頷く。

「楔というのは、二つの物体を固く繋ぎ留めるものだ。契約の楔は、真理の世界——つまり俺たちが今いる現実を、心理の世界と繋ぐもの。そう書いてあるわけだな」

契約の楔を胸に刺すとその人が魔力を手に入れる、というのは以前から知っていたことだ。すでに魔力をもっている人に刺すと、魔力が倍加するレベルアップのような現象、脱魔法を強制的に引き起こす。脱魔法は脱皮のようなもので、副次的に、その身体に宿る魔法の類を一度まっさらにしてしまう。その性質を利用して、俺たちは不死身の魔法使いを斃した。

『魔法学』では、この原理が詳細に説明されていた。そこに登場するのが、魔法の源であるとされる「心理の世界」。

「で、その心理の世界というのが、深世界だとしたらどうか」

魔法の原動力は深世界である。アリストスの記述をこのように解釈すると、一つの道筋が見えてくる。

契約の楔をその身に刺すことで深世界から力を流し込めるようになった人間が、魔法使いの原始の姿。自らの願望を反映させ、現実を歪められる能力を手に入れた。彼らの能力は、血によって分配されながら今も受け継がれている。

王族に。王都民たちに。そしてイェスマたちに。

常識的な物理現象を遥かに超えた能力が、そうして人間の身体に宿されたのだ。

「アリストスさんは分析をさらに深めて、一つの懸念を示されています」

ジェスは白く細い指で、古びたページの一節を指差す。

契約の楔は、したがって、我々が使えば使うほど、真理の世界と心理の世界の結び付きをより強固に、より密接にしていく。龍族のような異類の出現はその影響によるものであろう。このまま楔の使用を続けていった場合、世界が元来の形をとどめている保証はない。

図書館には、俺たちの他には誰もいないようだ。俺とジェスがページを見つめて口を閉ざすと、静寂が周囲をふわりと包んでくる。

古い書物が憂えた内容と、自分たちのしてきたことが、ぴったり重なる感覚があった。

「私たちは、契約の楔の最後の三つを、この数ヶ月で使い果たしてしまいました」

王朝の祖ヴァティスは、夫となったルタの眼の力で、メステリアに残っていた契約の楔を一つ残らず集めたという。それを使って桁外れの魔力を手に入れ、また他の魔法使いたちの不死性を打破して、魔法使いたちが争っていた暗黒時代を収束させた。

しかし彼女は、契約の楔を三つだけ、このメステリアに残していた。

一つはそのままの形で。

一つは破滅の槍に加工して。

一つは救済の盃に加工して。

しかし俺たちは、闇躍の術師との戦いの中で、それらすべてを使ってしまった。

最初に手に入れた契約の楔は、セレスの胸に刺されて消えた。セレスがキスによってノットから吸い取った必殺の呪いを、解除するためだった。

次に手に入れた破滅の槍は、解放軍に奪われ、マーキスの暗殺に使われようとした。槍はマーキスを庇ったホーティスの腕に刺さり、契約の楔は彼を殺して消え去った。

最後に手に入れた救済の盃は、シュラヴィスによって破壊され、取り出された契約の楔が闇躍の術師に対して使われた。結果、闇躍の術師の不死の魔法は解除され、立ちはだかっていた最凶の王を葬り去ることに成功した。

目指す平和と引き換えに、俺たちは多くのものを失ってきた。

そのなかで、この世界に魔法をもたらした太古の秘宝をも、使い果たしてしまった。

最後の一つを使って闇躍の術師を斃した翌日、世界は音を立てて崩れ始めた。

『魔法学』に描かれた契約の楔を見ながら、俺は考える。

「深世界とこちらの世界とを結びつける契約の楔をすべて打ち込んだことで、二つの世界の融合が起こってしまった――説得力のある仮説だが、アリストスの記述だけではまだ確証がもてない。何か裏付けになるようなものを見つけられるといいな」

「ですね……契約の楔については古代から様々な研究があります。その成果を辿っていけば、手掛かりが見つかるかもしれません。もし見つかれば、何をしたら世界が元通りになるかも、きっと……」

ジェスは机の左半分に積まれた一〇冊以上の学術書に目を向ける。この世界には魔法の先生もG〇GLE先生もいない。俺たちはこれから、この本の山を虱潰しに探っていかなければならないのだ。

ガチャリ、と鉄格子の扉の開く音がした。

俺とジェスは揃って後ろを振り返る。誰か来たようだ。王家の者だろうか。それとも――

「これが参考になるかもしれないわ」

本棚の陰の薄暗い空間から、一冊の本がぬっと現れた。

二人して驚いていると、奥から黒いローブを纏った長身の老婆が歩いてきた。さらさらとまっすぐ長い銀髪。金の指輪を嵌めた皺だらけの指で本を持っている。

司書のビビスだ。この王宮図書館を管理している王都民で、王家の事情にも詳しい。以前はホーティスの隠した史書について重要な示唆をくれた。

驚きを隠すかのように胸に手を当てて、ジェスが言う。

「ビビスさん……こちらに入ることができたんですね」

この場所は王族の関係者しか入ることができないはずだ。

「もちろん。私はこの図書館を管理するため、栄誉ある特権をいただいているのよ」

音も立てずに歩いてきて、ビビスは机の上に一冊の本を優しく置く。

『魔法哲学の数学的諸原理』――表紙にはそう刻印されていた。

「これはニューテニスという魔法使いによって暗黒時代に記された素晴らしい学術書なの。彼は優秀な魔法使いであり、そして優秀な研究者でもあった。アリストス以降、定性的な分析が優先されがちだった魔法の原理を、数値計算によって鮮やかに解き明かした人よ」

この本はもう数冊しか残っていないのだけれどね、とビビスは残念そうに付け加えた。

「ありがとうございます……ちょうど欲しかったものかもしれません」

驚き半分、喜び半分といった顔で、ジェスは本に手を置いた。その手はうずうずと、一刻も早くページを開きたがっているように見えた。

しかしなぜ、ビビスはちょうど俺たちが欲しがっていたタイミングで、この本を持っていたのだろう――そう訝しむ俺に、ビビスは深い皺の刻まれた顔で微笑んでくる。

「最近、どうもね、とっても嫌な予感がするのよ」

ビビスはゆったりと落ち着いた声で言った。

「嫌な予感……」

呟く（つぶや）ジェスに、にこやかに頷く（うなず）。

「嵐の日の毒蛇──暗黒時代よりずっと前からね、こんな言葉があるの」

ビビスの語る内容は、占い師の言葉のように俺たちを惹き（ひ）つけた。

「昔々、ある男には絶対に外せない大切な用事があって。でもその日には大きな嵐が来てしまっていて。仕方なく嵐の中を出掛けた男は、毒蛇に嚙ま（か）れて死んでしまった。空の嵐にすっかり気を取られていて、雨で巣穴から追い出されてしまった足元の毒蛇に気付かなかったのね」

少しだけ声の混じった鼻息を漏らしてから、ビビスは続けた。

「偶然とか不運というものはね、ときにうんざりするくらい重なって、最悪の方向に進んでいくことがあるの。あなたたちもそれは、嫌というほど経験してきたんじゃないかしら」

俺は頷い（うなず）て、心から同意を示した。不運とは、残酷なほどに重なってしまうものだ。

運は平等だが、決して均等ではない。

不運があったところにそのぶん運を置いてくれるほど、運命の女神は慈悲深くないのだ。運も不運も、何の贔屓（ひいき）もなく降り積もってくる。だからこそ、不運に不運が重なる瞬間というのは、いつか必ずやってくる。

「今、世界はとってもおかしなことになっているでしょう？　もしそこに、もっと悪いことが重なってしまったら……そんな予感がしてならないの。どこか私の知らないところで不運が重なって、毒蛇が現れてしまうんじゃないか。不安が胸をいっぱいにしてしまうから、少しは嵐のことを──今のこの世界のことを、勉強しようと思ったのよ」

不安を解消するために学術書を読むというのは、なんとも司書らしいと思った。本や知識に対する深い信頼──むしろ信仰に近いものが感じられる。

ジェスがビビスの方へ一歩踏み出す。

「あの……それで、何か分かったんでしょうか」

ビビスは頷かずに、微笑みをさらに深くする。

「慰みに読んでいただけですから。私の意見なんてお役には立たないと思います。本を守り、王族の方に必要な本をお渡しするのが、私の役目。イケナイことはほどほどにして、あとはお二人で頑張ってくださいね」

なんと、随分前からおしゃべりを聞かれていたらしい。硬直する俺たちを前にして、皺の中でも若々しい輝きを残す瞳が、悪戯っぽくキラリと光る。

「ホーティスの坊っちゃんも、よくここへ女を連れ込んでいたのよ……ではまたのちほど」

ビビスは去っていった。扉の開閉する音に続いて、微かな衣擦れの音が離れていく。

ジェスは気まずそうに視線を落とす。

最後にいらんことを教わってしまった。

「……私たちは、イケナイことはしませんからね」

頬を染めながらいらんことを確認し、ジェスはもらった本のページをさっそく繰っていく。

整然としたカリグラフィーで書かれた細かい文字がびっしり。あまり読み返された形跡はなく、古い紙に書かれているが折れや汚れは少ない。

「あ、ここ……契約の楔（くさび）の項目です」

ジェスが手を止めて、本を凝視したまま俺に伝えてきた。

机に前脚をかけて覗（のぞ）き込む。数式らしき文字列とともに、考察の文章が綿密に連ねられている。ジェスは驚くべきスピードで先を読んでいく。

「数式が分かるのか」

俺にはメステリアの高度な数式の読み方が分からない。ジェスも苦笑いして首を振る。

「いえ……数式以外の部分に書かれた解説を読んでるんです」

俺のことは気にしなくていいと伝えると、ジェスは息を吸って吐くようなスピードでページをめくり続ける。細かい文字の詰まった、大きなページだ。俺は全く追いつけない。これできちんと読めているのだとしたらすごい速読力だ。

「褒めても何も出ませんよ……あっ」

ジェスの手が止まった。呼吸することすら忘れたような表情で、茶色の瞳だけを素早く動かしてページの一部分を熟読している。俺もその部分を読んでみた。

超越臨界（スペルクリツカ）

飾りのついた太字で強調された単語がまず目に入る。

「ニューテニスさんは、手に入れた一つの契約の楔（くさび）を、新規の手法で解析したそうです。その結果、楔（くさび）はもともと一二八個あったという結果が導かれた――そう書かれています」

一つの楔（くさび）の分析から全体の数が導かれるというのは驚きだ。

それにしても。あの、人を魔法使いに変えてしまう恐ろしい力をもった物体が、メステリアには一二八もあったというのか。

ごくりと唾を飲んで、ジェスは続ける。

「さらに、アリストスさんの『魔法学』を引用しつつ計算しています。万が一、何らかの方法で楔（くさび）のすべてが発見され、一つ残らず使用されるようなことがあれば、真理の世界と心理の世界は過剰な接近を起こすと予測される……」

細い指が「超越臨界（スペルクリツカ）」の文字に至る。

「それがこの、スペルクリッカというやつか」

「はい。魔法現象の強化、世界の不安定化、混濁した願望の実現……例示されている現象は、今のメステリアの混乱をありのまま描写しているかのようです」

「でもこの研究者は、暗黒時代の人物なんだよな」

「ええ……確か、二〇〇年ほど前の方のはずです……ほら、ここに……」

ジェスは即座に別の本を開いて、ニューテニスの没年を確かめた。

「そんな昔に今の状況が予見できてたなら、かなり信頼できそうじゃないか。続きは書いてないか？　どうやったら超越臨界(スペルクリツカ)を解除できるか、とか」

しばらくページを行ったり来たりしてから、ジェスはこちらを向いて首を振る。

「いえ、そこまでは」

残念そうな様子でページをめくり続けるジェス。

その切実な横顔をしばらくぼんやりと眺めてから、声を掛ける。

「まあ、それらしい理由が見つかっただけでも上々だ。よかったじゃないか」

「……ですね」

「次は、いかにしてこの超越臨界(スペルクリツカ)とやらを解除するかの調べものだな」

ジェスは頷(うなず)きながら、ふと気付いたように置時計を見る。

「そろそろ時間みたいです。今日はお部屋に戻りましょうか」

正午があとひと時ほどに迫っていた。今日は大事なセレモニーの日だ。

本を閉じて整理し、俺たちは図書館を後にする。

帰り道、ジェスは先ほど読んだというニューテニスの最期について教えてくれた。

彼は契約の楔を自身には使おうとせず、研究のために保管し続けた。そして楔を欲する友人によって殺害され、楔はあっけなく奪われたという。

ジェスは自分の部屋でドレスに着替えた。俺はブラシで毛並みを整えてもらう。二人してきちんとした装いになり、向かう先は金の聖堂。王宮から金の聖堂へは、白色の美しい大理石で造られた道が整備されている。王族専用の通路だ。薔薇の灌木や彫刻で飾られた緩やかな坂道を、俺たちは一緒に歩いて下った。

ジェスのドレスは、複雑な刺繍の施された、落ち着きのあるクリーム色の生地だった。腰の辺りですっとくびれ、そこからふんわりと優美に広がるスカート。裾は靴を覆い隠す長さだ。さすがプリンセスといったところか、一六歳とは思えないほど上品である。

今日は二の月の八日。

先月頭の戦いで父を亡くした、王子シュラヴィスの誕生日だ。

そして正午から、彼の即位式が行われる予定になっている。

シュラヴィスの祖父、イーヴィスの死から、今日でちょうど四ヶ月。彼の跡を継いだ暴君マーキスの治世は、二ヶ月しか続かなかった。殺しきることに失敗した闇の魔法使いに身体を奪われ、その肉体はひと月後、闇の魔法使いもろとも息子によって滅ぼされる。

そしてその息子が今日、転がり落ちるように引き継がれてきた王の座につくのだ。

今日は若き王の即位を祝うかのような透き通った晴天で、そのぶん、まだらな深緑に色づいた不気味な青空がよく見えている。

「もうシュラヴィスさんが王になってしまわれるなんて……なんだか実感が湧かないですね」

ジェスの呟きに、俺は頷く。

「そうだな。王家には悲劇が起こりすぎた。あいつも大変だろう。祖父、叔父、父を立て続けに亡くした後で、この混乱した国を治めることになるんだから」

「ええ……とても心配です」

そう案じるジェスだって、亡き王弟、ホーティスの娘である。祖父、父、伯父を立て続けに亡くしているのだ。もちろん、本人がその血縁を知ったのは最近のことだから、深刻に傷ついている様子でもないのだが。

優雅な石段を下っていくと、眼下に金の聖堂が現れる。漆黒の石材を使って建てられた重厚な建築で、それを縁取る金の装飾が王家の威厳を誇示しているかのようだ。

歴代の王の墓所であり、王家の儀式が執り行われる、いわば王政の中心地。ホーティスの死によって終わった兄弟喧嘩、そして闇躍の術師との最終決戦によって、この数ヶ月で二度も破壊されてきた。だがそのたびに、魔法で元通りの姿を取り戻している。

「人が集まってるかと思ったが、そうでもないんだな」

ひとけのない聖堂の周囲を見ながら呟くと、ジェスは頷く。

「即位式はほぼ非公開の儀式です。王家の事情は、王都民の方々の大半には秘密なんですよ」

「そうなのか……それまたどうして」

「メステリア王政の原則は秘密主義です。王都に住まわれている選ばれた方々だって、知る必要のないことは知らされません」

確かに、王都の外には、王都の様子の一切が秘匿されているくらいだ。王都内において、情報が必要以上に広まらないよう制限されていてもおかしな話ではないだろう。

俺もジェスも、即位式に参列するのはこれが初めてだ。ジェスによると、重鎮が一堂に会する機会は即位式以外にそうないらしく、即位式における王の宣言やそれに対する配下の発言は政治上も重要な役割を果たすという。

深世界による侵食以外にも、イェスマの扱いや治安の回復など、今後の王政には深刻な問題が山積している。今回の即位式は、おそらく王政の重要な転換点となるはずだ。

青カビが生えたような空の下、静寂に包まれた巨大な聖堂に向かって、長閑な道を二人で下っていく。シュラヴィスはとっくに聖堂の中で準備をしているのだろう。俺たちの周囲には誰もいない。

ジェスは何度かスカートの裾を舞わせて俺の方へ意味ありげな視線を飛ばしてきたが、俺は豚らしく無表情のまま、何を求められているのか分からずにジェスを見返すばかりだった。

しびれを切らしたのか、むすっと唇を尖らせて、ジェスが俺をじっと見つめてくる。

「初めて着るドレスなんですよ。感想くらい、言ってくださってもいいのに」

なるほど、あの視線はそういうことだったのか。

「地の文で描写してたぞ。上品だ、って」

「ご自身の口でしゃべれるようになったんですから、直接言ってほしかったです」

「……上品だな」

「それだけですか？」

期待するような眼差しを受け、考える。究極的に言ってしまえば「ジェスたそ可愛い」の一言に尽きるのだが、ジェスのことだ、即座に否定されてしまうだろう。

「だって私は、別に可愛くないですから……」

地の文を読まれた。言い返しても無駄なのは分かっているので、あえて反論はしない。面倒なところはお互い様だ。

「このドレスはですね、厳粛な式典にも使えるよう、ヴィースさんにしっかり確認してもらったうえで、私が自分で作ったんですよ。糸の色彩や刺繍の技法についても、ヴィースさんが忙しいなかで色々と教えてくださったんです」

確かに深夜、俺が寝ようとしているときにも、ジェスは何やら夜なべをしていることがあった。王太后ヴィースは夫を亡くして王政の仕事に忙殺されているようだが、それでもなお、時間を作ってジェスに魔法を教えているらしい。

女の子の服を褒める語彙がほとんどない俺は、少し考える。

「確かに刺繍はかなり繊細だな。不思議な光沢のある糸で……模様は薔薇か？」

ジェスは少し嬉しそうに微笑む。

「ありがとうございます！　可視光領域全体の反射によって銀の光沢が出るよう、刺繍糸を厚みの少しずつ異なった多層膜構造にしたんです。模様はカーネーションですけど……」

年相応の少女らしくはしゃぐジェスはやはり可愛らしかった。誰に似たのか、語彙が限界理系オタクっぽくなっているが……それもまたよいものである。

「熱心でいいことだ」

「服飾についてはヴィースさんがとってもお詳しくて、訊けば何でも教えてくださるんですよ！　あ、でも、多層膜構造はコガネムシの鞘翅を応用して、私が自分で考えたんです」

「すごいな、自分で発想したのか」

「ええ。生物をヒントにするというのは、豚さんが気付かせてくださったことです」

いつか教えた生物の模倣がこんなところで役に立つとは。やはりあのとき、バニーガールのコスプレをさせて正解だった。

「こすぷれ？」

純真な瞳で見つめてくるジェスを一瞥して、話を逸らす。

「ジェスは本当に勉強が好きなんだな」

　するとジェスは嬉しそうに頷く。

「そうですね、豚さんの次くらいに好きかもしれません」

　ジェスが可愛いと言われ慣れていないのと同じように、俺もダイレクトな好意をぶつけられるのに慣れていない。豚の口は、思ってもいないことをしゃべってしまう。

「俺の次って、そんなに順位が低くていいのか」

　俺の言葉に、ジェスはじっと視線を向けてきた後、ぷい、と前を向いてしまった。

　ジェスの足取りが速くなり、俺は置いていかれそうになる。テコテコ走って追いつく。

「服装といえば、俺は全裸でよかったんだろうか」

　優しいジェスは振り向いてくれた。その目が俺の丸々とした身体に向けられる。

　ピンク色の剛毛で覆われた豚の身体。毎日お風呂でブラッシングしてもらっているため、ぬいぐるみのような清潔感だが、そうは言っても全裸は全裸だ。

「……可愛らしいのでいいと思います」

　俺は可愛くないが……。

　そうこうしているうちに、俺たちは金の聖堂に到着した。王族側の立場として、裏口から中へ入る。中は広く厳粛な空間だ。権威を示す高い天井。様々な色の大理石を組み合わせた幾何学模様の床。壁際には歴代の王の遺骸が収められた石棺が並ぶ。

王朝の祖ヴァティスが祀られた祭壇の脇を抜け、石棺の前を通り、俺たちは玉座を横から窺う場所に立つ。

黄金の玉座にはまだ誰もいない。玉座を挟んだ反対側には新王の母ヴィースが立っていた。白系の優美なドレス姿。若々しく美しい。ただ、闇躍の術師に監禁されていたころの名残か、身体はかなり痩せ細っている。だがそれによって、豊満な胸がむしろ際立って——いたところで俺にとってはどうでもいい。だからジェス、そんな目で俺のことを見ないでくれ。

ヴィースは、到着したジェスに向かって小さく礼をしてきた。ジェスも礼を返す。王家の関係者は、王を除けばこれで全員だ。俺はジェスのペットという扱いだろうから、新王シュラヴィスを含めて、三人しかいないことになる。

ヴァティスから受け継いだ神の血の権威と、厳格な秘密主義——その二つに頼って一国を治めてきた王家の末路が、この現状。そう言っても過言ではないだろう。

金の聖堂の中の広大な空間は、重苦しいほどの無音に包まれていた。

正面入口の方を向く玉座に相対する形で、他に六人の姿があった。

五人と距離を置いて立つ一人は、見違えようがない。背が高く、細身で、金髪のイケメン。解放軍のリーダー、ノットだ。片脚に体重を乗せて立ち、しかめっ面で、腰に手を当てて儀式の開始を待っている。魔法使いでなくても何を考えているか分かる。「めんどくせえな、さっさと終わらせてくれ」だろう。

あとの五人は誰だろうか。全員が同じ白のローブを着ていて、片膝をついた敬礼の姿勢で待っている。よく観察すると、そのうち一人には見覚えがあった。

長くまっすぐな銀髪。司書のビビスだ。そういえば、さっき図書館で会ったとき「ではまたのちほど」と挨拶された気もする。なぜ司書が、この場にいるのだろうか。

――あちらの五人は五長老……特権階級のなかでも頂点にいらっしゃる方々かと思います
ジェスが声に出さず伝えてきた。

〈特権階級?〉

心の声で訊き返すと、ジェスは少し顎を引いて頷く。

――ええ、王都民の中でも、魔法の制限が緩く、男児の堕胎や女児の供出など、義務を一部だけ免れる特権を与えられた方々のことです。司令官、育成人、上司書、魔法工、諜報員という、五つの高度な専門性を要する仕事に関わる人たちを指します。それぞれに長となる方がいて、その五人が五長老と呼ばれているんですよ
淀みない説明。ビビスは上司書の長にあたるのだろう。

正午までの待ち時間で、ジェスは丁寧に説明してくれた。

王都民の大半は、「自力で王都に入る」という試練を乗り越えたイェスマやその付添人から構成される。子を自ら育てることは許されず、家は一代きりだ。しかし一部の職務に関わる者

たちは、王政の維持に必須であるという事情から、例外的に、王都内で子へ孫へと役割を伝えていったり、養子をとったりすることが許されるのだという。

それが、先ほどジェスが説明してくれた五つの特権階級だ。

その一つ、「司令官」とはすなわち、王朝軍の上官たち。王の意向に従って王朝軍の実質的な管理を任される立場にあり、王朝の「戦力」に関わる重要な役職だ。

「育成人」とはすなわち、イェスマの管理を任されている者たち。王都で生まれた女子は、ごく一部の例外を除き、産声（うぶごえ）を上げて間もないうちにその管理下に入る。そして王都の地下にある閉鎖空間でイェスマとして育成されるのだ。この国の制度の根幹ともいえる「イェスマ」に関わる育成人は大切な役職に違いない。

「上司書」とはすなわち、王朝の文書や法制度を扱う者たち。厳格な秘密主義が敷かれた現メステリア王朝において、正確な歴史や法といった「情報」に関わる役職は軽視できない。

「魔法工」とはすなわち、王朝の魔法技術を受け継ぐ者たち。国内に流通させるリスタ、イェスマの首輪、王朝軍が使用する魔法武器などを生産する「技術」に関わる欠かせない役職だ。

そして「諜報員（ちょうほういん）」とはすなわち、王朝の体制や秘密主義を脅（おびや）かす問題に対処する者たち。記憶の抹消から暗殺まで何でもありの仕事であり、王朝の「秘密」を守る最重要な職務だ。

これら五つの長がここに集まり、新しい王の即位を待っている。彼らは特権階級の中でも、王の側近としてさらに特別扱いをされている。魔法の制限がないというのだ。

王都に暮らす魔法使いは、首輪をつけていない。その代わり、全身に血液を送り出す大動脈――それも心臓のすぐ近くに、「血の輪」と呼ばれる銀の輪をつけられる。

イェスマの首輪は魔力と自己中心性を封じるものだが、血の輪は魔力のみを部分的に制限する。つまり王都民は、定められた以上の魔法が行使できない、いわば半魔法使い。これが王族と王都民の非対称的なパワーバランスを維持している。反乱を防ぐための保険であり、特権階級であれ、血の輪をつけられることは変わらない。

ただ、ここにいる五長老は例外だ。力を最大限に発揮しなければならない職務への配慮として、また信頼の証として、マーキスの死後、シュラヴィスが直々に血の輪を外したらしい。彼ら五人は、魔力は劣るとはいえ、王家の人間と同様に魔法に何の制限も受けていないのだ。格別の待遇だろう。

裏を返せば、そこまでしなければ実行力が足りなくなるほど、今の王家は弱っている――

ジェスの説明が終わると、俺はお座りしたままお利口に新王の到着を待った。

ノットはたまに姿勢を変えたが、五長老は忠誠を示すかのようにピクリとも動かない。

正午になり、澄み切った鐘の音が鳴り始める。

遂にシュラヴィスが、奥からゆっくり歩いてきた。

闇躍の術師から王都を取り戻して一ヶ月。シュラヴィスは、戦後処理、王朝の秘密業務、魔法の鍛錬などにかかりきりらしく、俺たちと顔を合わせる機会がほとんどなかった。

久しぶりの対面となるその姿は、記憶とはどこか雰囲気が違って見えた。威厳ある紫色の法衣のせいだろうか――いや、それだけではない。

きつくカールした金髪は、しばらく切っていないのか長めに伸びている。濃い眉はその真面目さを強調するかのようにまっすぐで動かない。元々骨太だった肉体も、ゆったりとした服の上からでも目に見えて分かるほど、さらに鍛えられている。魔法の鍛錬の成果だろうか、纏っている空気感も違う。父マーキスや祖父イーヴィスのような、こちらの肌に刺さってくるほどの強さをピリピリと感じる。

シュラヴィスはすでに、王の威厳を身に帯びていた。途端に、自分とジェスが場違いなところにいるのではないかという懸念が湧き上がってくる。

ジェスが隣で、ごくりと唾を飲むのが見えた。

王子シュラヴィスは歩調を崩さず玉座のすぐ前まで歩いてくると、入口側に並ぶ六人の方を向いてまっすぐに立った。

五人の王都民は跪いた姿勢で、さらに深々と頭を下げる。ノットは立ったまま手を後ろに組む。一応の敬意を示しているのだろう。

低くうなる鐘の響きが聞こえなくなると、シュラヴィスはゆっくりと玉座についた。

無音より重い沈黙。俺のガツがギュルギュル音を立てでもしないかと心配になるくらいだ。

「これをもって、私は父より玉座を引き継ぎ、六代目の王となった」

落ち着いた低い声が厳粛に告げた。ヴァティスが王朝を開いて一三〇年。傍系を許さず親から子へと受け継がれてきた王の座は、四代目イーヴィスの死後、半年も経たずに最後の一人のものとなってしまった——今日一九歳となったばかりの少年のものに。

シュラヴィスは堂々と背筋を伸ばして、数少ない参列者に視線を巡らせる。

「事情が事情だ、祝辞はいらぬ。あまりにも早い継承となったが、諸君には変わらず、我が王政を支えていってほしいと思う」

五人の王都民は、床に額が擦れるほどに頭を下げた。

「即位に際して、我が王政の方針を、ここでしかと確認したい」

シュラヴィスは玉座の肘掛けを神経質に指で撫でながら、何度か咳払いをした。

この世界の混乱をどうするのか。闇躍の術師によって乱された治安をどう回復するのか。そしてイェスマをどう解放するのか。その重要な方向付けが、ここでなされるのだ。

「みな、楽な姿勢になってくれ」

シュラヴィスの言葉に、五長老は跪いたまま顔を上げる。それぞれが全く違う容貌ではあるが、全員、同様に引き締まった真剣な表情をしていた。

「諸君もすでに承知の通り、メステリアはかつてない危機に陥っている」

シュラヴィスは淡々と言葉を発した。

「暗黒時代を生き残った魔法使いに、この王朝は崩壊寸前まで追い詰められてしまった。祖父

が呪いに斃れたのは四ヶ月前。跡を継いだ父上も身体を奪われ、私は王都から逃走せざるを得なくなった。我々は、王政をなかば失いかけた」

シュラヴィスの緑色の目が、眼前の六人にそれぞれ向けられる。

「まずは礼を言わねばならない。最悪の魔法使いに王の座を奪われながらも、奴に対しては面従腹背を貫き、我が王朝の秩序と秘密を守り抜いた五人に。そして私に手を貸し、王都を取り戻すため戦ってくれた解放軍の者に」

六人は頭を下げて応えた。

「ただ、困難は終わっていない。メステリア全土で奇妙な現象が頻発している。現実が歪められ、魔法は不安定になり、秩序は乱れている。我々がすべきは二つに一つ。世界を以前の状態に戻すか、もし戻せないのであれば――この状態のままで秩序を取り戻すか」

王が言葉を切ると、しんと沈黙が下りてきた。背筋をピンと伸ばしていたシュラヴィスが、五長老の方に顔を向ける。

「ビビス、上司書の長として、あなたはどう思う。この難局は打開できるものだろうか」

若き王の問いかけに、銀髪の老婆は穏やかな表情で顔を上げる。

「この奇怪な現象の正体につきましては、ジェス様が調査を進められています。私も、この分野には暗いながらも、陰ながら応援いたしております。打開策のあるなしというのは、そう遠くない未来に判明するものと存じます」

「そうか、引き続き頼む」

シュラヴィスはビビスを見て、それからこちらにも確認の視線を送ってきた。

王朝はその秘密主義ゆえに、恒常的な人手不足だ。重要な調査も、魔法に関する秘密が関わってくる場合、ビビスをはじめとした一部の上司書しか立ち入れないのだろう。彼らの助けを借りながら、ヴィースが業務の合間を縫って行うか、そうでなければジェスが担（にな）うしかないのだ。俺たちが頷（うなず）くと、シュラヴィスは少しだけ微笑（ほほえ）んだ。咳払（せきばら）いをして続ける。

「……いずれにせよ、我々王朝がこの国の主導権を握らねばならず、そしてこの国の主導権を握るのが我々であるという事実を国民に知らしめなければならない。そのために重要なのは三段階だろう。まず、我々に牙を剝（む）いていた北部勢力（ノザン）の残党の殲滅（せんめつ）。次に、乱れた秩序の立て直し。そして、国民の支持の回復だ」

説明しながら三本の指を順々に立て、最後にそれを一本に戻した。

「シト、司令官の長として、一つ目についてどう思う。北部勢力（ノザン）の完全な殲滅（せんめつ）は可能だと思うか。この場で改めて、率直な見解を表明してほしい」

黒髪を短く切（き）り揃（そろ）えた男が顔を上げる。顎の先端に黒い鬚（ひげ）を少しだけ生やした、厳格そうな中年の男。首や腕を見ただけでも、肉体が鋼のように鍛え上げられているのが分かる。軍を指揮するだけでなく、自らも戦いに身を投じてきたのだろう。

「主将であり最大の切り札を失った北部勢力（ノザン）は、もはや敵ではありません。不法者やゴロツキの集まりで、勢力と呼ぶのすら烏滸がましい。しかし問題は奴らの所在です。一般の国民に交じって暮らし始めている。根絶には時間がかかるに違いありません」

その声色からは、真面目そうな性格と誠実そうな人柄が滲み出ていた。一方で敵を駆除すべき害獣のように扱うあたりが、戦争の世界にどっぷり浸かっていたことを窺わせる。

「承知した。私も手伝いたいところだが、王としての責務が増えれば、それだけ前線に出ることが難しくなるかもしれない。軍には引き続き、奴らの殲滅に努めてほしい」

「御意」

シュラヴィスの目が、黒髪から、隣の女性へと移る。

「さて二つ目、秩序の立て直しについて——我々は従来のやり方をやめようとしているが、その点リーデス、育成人の長として思うところがあるはずだ」

呼ばれた痩身の女性は、一つに縛ったゴワゴワの金髪に白いものが交じり、五〇代ほどに見えた。目鼻立ちのはっきりとした理性的な顔立ちだが、表情筋が仮面のように動かず、外見からは感情が微塵も感じられない。

イェスマという制度の根幹を担う者がどのようなことを言うのか、俺には興味があった。それはノットも同様らしい。表情は変えていないが、顔を傾け、耳をそちらに向けていた。

「イェスマの分配を停止したことについてでしょうか」

頷くシュラヴィスに、リーデスは少し目を伏せる。

「王の方針に異論を唱えるつもりはありません。しかし正直に申し上げれば、曖昧なままでは立ち行かなくなるかと存じます」

シュラヴィスが歴代の王と違うのは、何より、解放軍の主張を受けて、イェスマという制度をやめようとしているという点だ。闇躍（あんやく）の術師による支配によって一時的に停止していたイェスマの「出荷」を、シュラヴィスは再開させなかった。

リーデスの口調には、諭すような厳しいものが混じる。

「簡単な計算です。年に一〇〇人以上売っていたイェスマを、突然出さないことになったのです。このままでは、魔力を秘めたたくさんの少女が王都に余ります。そして殺害を禁じ、かといって王都への帰還も許さぬ現状で、王都の外にざっと一〇〇〇人のイェスマが放置されています。シュラヴィス様は、彼女たちをどうするおつもりなのでしょうか」

羊でも数えるかのような発言に対し、ノットはあからさまに不快な表情をした。しかし口には何も出さずに耐えている。

問われたシュラヴィスは顎に手を当てる。すぐには返答ができないようだ。

王家は、イェスマの残酷な扱いをやめることを決断した。英断だろう。しかし、王都の地下で育成されている〇歳から八歳までの「出荷前」のイェスマたち、そしてメステリアで小間使いをしている八歳から一六歳の「雇用中」のイェスマたちは、それぞれ一〇〇〇人、合わせて二〇〇〇人ほどいるらしい。彼女たちをどうするのか。

一六の誕生日を迎えたら、命を狙われながら王都へ自力で辿り着かなければならない——その残酷な旅路において彼女たちが淘汰されることで、魔法使いの数のバランスは維持されてきた。彼女たちを生かすと決めたのであれば、その行き場を決めなければならない。

しばらく考えてから、シュラヴィスは慎重に口を開く。

「……イェスマの扱いについては、技術的な問題も含めて、早急に、しかし慎重に検討していかなければならない。疑問に答えられず申し訳ないが、忠言、感謝する」

リーデスは深く頭を下げ、また顔を上げる。

「おそれながらもう一つ、言わせていただけますでしょうか」

「いいだろう。何なりと申せ」

シュラヴィスが促すと、リーデスは金の指輪を嵌めた右手を口に添えて咳払いをしてから、姿勢を正して口を開く。

「シュラヴィス様の融和的なご姿勢には、幼い子たちを育てる身として大変共感いたします。しかしながら、あの明君イーヴィス様がイェスマという制度を頑なに続けようとしてきた理由については、お忘れなきよう申し上げておきたいのです」

理性的な顔立ちの中で、薄い唇がきゅっと引き締められる。

「イェスマというのは、暗黒時代を終えるために生み出された必要悪でした。貴くも危険な魔法使いの血を絶やすことなく維持するのみならず、不満を言わぬ奴隷に不条理を押し付けるための、画期的な仕組みでもありました。イェスマをやめれば、危険な魔法使いの数は格段に増えます。捌け口を失った民は、互いに不条理を押し付け合うようになりましょう」

人間がいる限り、皺は必ずどこかに寄る——イーヴィスもそんなことを言っていたはずだ。俺たちがどう感じようと、それはこの国の歴史が学んできた事実なのだ。

「くれぐれも、シュラヴィス様、暗黒時代の二の舞だけは避けるようにお願いします」

シュラヴィスはチラリとノットを見やった。解放軍の英雄は今、怒りを顔に出すどころか、表情を完全に殺している。それがかえって、何よりも雄弁に憤怒を語っていた。

「当然のことだ。この件については、弛まずに議論を継続していければと思う」

切り上げて、シュラヴィスはリーデスの隣に目を移す。

「……さて、イェスマの扱いについては、技術的に大きな問題が一つある。ガネス、魔法工の長として説明してほしい」

顔を上げたのは光沢のあるスキンヘッドの老人。口をへの字にし、職人の気難しさを漂わせている。全身に脂肪が多いが、腕の太さには確かな筋肉の存在も感じる。武器やリスタや首輪など魔法の製品を作る立場だから、鍛冶屋に近い力仕事もあるのかもしれない。

「イーヴィス様とマーキス様が立て続けに亡くなられ、イェスマの首輪を外す方法が失われてしまいました。首輪の解除には、王家に伝わっていた特異な鍵魔法が必要なのです」

首輪を外す方法を知る最後の一人であったマーキスは、その方法を伝えぬまま深世界で死んでしまった。このままでは、仮にイェスマの解放が決まったとしても、その実行は不可能だ。

シュラヴィスやヴィースや魔法工の技術では、今ある首輪を外すことができない。

魔力と自己中心性を封じる奴隷の首輪から、少女たちを解き放つことはできない。

「ヴァティス様の遺された鋳型を使うことで首輪を生産することは、私ども魔法工にも可能です。王家の方に手伝っていただければ、首輪を着けることもできますな。しかしながら、その首輪を、首を斬る以外の方法で外すことは、技術的にはもう不可能かと」

シュラヴィスは深く頷く。

「つまり現状、我々にはイェスマを増やすことはできても、減らすことはできないというわけだ。そこに一つの難題がある」

その緑の瞳がノットを見た。ノットがシュラヴィスをまっすぐに見返す。

「なんだ、しゃべっていいのか」

「そうだノット。解放軍の長として、そちらの主張をここではっきり述べてほしい」

眉根に皺を寄せて、ノットは低い声で言う。

「俺たちの言いたいことは変わらねえ。イェスマというのを即刻やめろ。首輪を外せ」

明確なシングルイシュー。五長老が、ノットの方にじっと視線を向ける。今、それができないという話をしたばかりなのだ。しかし解放軍の英雄は臆することを知らない。

「俺たちは、不当な扱いを受けているイェスマを解放するために立ち上がり、集結した。それは最初から最後まで絶対に変わらねえ」

断固たる決意の宿った青い瞳でシュラヴィスを見る。

「北部勢力(ノザン)との戦いでは王朝との同盟を選んだ。だがそれは、北部勢力(ノザン)の支配下じゃ、状況がもっと悪くなると判断したからだ。そしてお前――シュラヴィスに、少しでも歩み寄る姿勢が見えたからだ。俺たちの初志を叶(かな)えるつもりがなければ、この同盟は解消になる」

厳しい言葉に、聖堂の温度が下がったかのように思えた。

「悪魔の囁(ささや)きとして、聞いていただければと思いますが……」

冷たい声に、全員がそちらを振り返る。一本の乱れもないまっすぐな金髪を肩まで伸ばした男――まだ発言をしていない諜報員(ちょうほういん)の長だ。落ち着いた表情でありながら、刃物のように鋭いオーラを纏(まと)っている。彼は片手を小さく挙げていた。その中指には金の指輪が嵌(は)まっている。

そこで気付く。上司書のビビスもそうだったし、育成人のリーデスもそうだった。五人はみな、右手の中指に同様の金の指輪をしているのだ。五長老に与えられたものだろうか。

「メミニス、ぜひ話してほしい」

シュラヴィスが促すと、男は氷のような水色の瞳を冷たく光らせる。

「最大の敵は、もうおりません。戦力としては、王朝軍で十分でしょう。無理難題を突き付けてくる下民の集まりと、対等な同盟を維持する意味……私には、分かりかねます……」

ゆったりとした口調の裏に、岩石のように冷めきった心が窺(うかが)えた。

シュラヴィスは小さく首を動かして理解を示す。

「同盟の理由についてしっかり話したことはなかったかもしれない。まず何より、彼らにも打算があったとはいえ、国難に瀕した我々に、解放軍は力を貸してくれた。恩義があり、私にとっては大切な友である――というのも大きな理由の一つではあるが、当然、単にそれだけで同盟を決めたわけではない。もう一つ、欠かせない理由があるのだ」

メミニスは大人しくシュラヴィスの言葉を待っている。

「解放軍はこの混乱のさなかに、メステリア全土で密な連絡網を形成していた。実に見事な手腕だった。この世にはびこる理不尽を終わらせる――その志のもと、全国各地で、よき心をもった有力者たちが解放軍支持を表明してきたのだ」

これは、俺と同様の転移者、黒豚サノンの計画だったと聞いている。英雄ノットの名声を借りて各地で草の根的な運動を展開し、王朝に対して戦力以上の影響力を養ってきたのだ。

「解放軍は北部勢力との戦いにも尽力し、国民の支持はきわめて高い。逆に我々王朝は、支配力はあるが支持されていないのが現状だ。そこで先ほど言った三段階の三つ目――国民の支持の回復のためにも、この同盟が必要となる」

「なるほど……お考えがおありなら、異論はございません……」

メミニスはそれだけ言って目を伏せた。ノットは彼を一瞥すると、何も意に介さない様子で口を開く。

「死んだマーキスは、『首輪を外す方法は他にもある』と、そう言ってたらしい。俺は王朝に要求して、その具体的な方法を調べさせた……この話はもう、ここでしていいのか？」

シュラヴィスは頷きながら、手を少し上げてノットを遮る。

「みなにはこちらから伝えよう」

そして五長老の方に向き直る。

「解放軍からの要請に応じて、母上に、首輪を解除する方法を最優先で調べてもらっていたのだ。そして、一定の成果があった」

そうなのか……？

ジェスと顔を見合わせる。ジェスも心当たりがない様子だった。

シュラヴィスは、横に控える母の方に顔を向けた。

「母上、説明をお願いしてもよろしいですか」

ヴィースはゆっくりと、少し前の方へ歩み出る。

「ここひと月ほど、亡き主人の遺品を整理しておりました。大半は隠されていて、闇躍の術師の目から逃れ、無事だったのです。中には王のみに代々受け継がれてきた品もありました。その一つに、興味深い記述がありました――『最初の首輪』というものです」

初耳だ。しかしノットは、特段驚いている様子はない。最初から知っていたようだ。

「イェスマの首輪は、ヴァティス様が手ずから開発されたものです。その最初の一つが、文字通り『最初の首輪』。この首輪はメステリアのどこかに隠されており、『王家の血によってすべての首輪を破壊する』と記されていました」

「すべての首輪を破壊？」

育成人の長リーデスが抗議の声をあげた。

「……失礼しました。しかし、突然そのようなことをすれば、この大変な混乱のさなかに、一〇〇〇を超える魔法使いを解き放つことになります」

ヴィースとシュラヴィスが大人しく聞いていれば、隣に跪く魔法工の長ガネスも口を開く。

「それは危険でしょう。魔法の法則が乱れております。厳密に調整されたリスタですら、各所で暴発しているのですぞ。我々王都民も、魔法が暴走しないよう細心の注意を払っています。そこに若い魔法使いを一〇〇〇も解き放つなど……到底あり得ない話かと。首輪を作ってまた嵌め直すにしても、管理を外れた少女を漏れなく監視するのは不可能に近い」

シュラヴィスはあくまで穏やかに受け止める。

「もちろん、問題は承知している。すぐに『最初の首輪』を使おうという話ではない。世界の歪みを正す方法、魔法使いが増えすぎないようにする措置、不適な者にまた首輪をつける仕組みなど、首輪を外すにしても、先に確立しなくてはならないことが山ほどある。だがいずれにせよ、首輪を外す方法を手中に収めておくに越したことはないだろう」

一理あると思った。俺たちが蚊帳の外に置かれていたのは悲しいが、王としては正しい判断だろう。反発必至の層には知らせず内々に首輪を外す方法を調べ、その結果をいち早く報告すること——それは、王朝としてはどうしても同盟を続けたい解放軍へのアピールになる。

「して……隠し場所は、見つかったのですか」

　諜報員(ちょうほういん)の長メミニスが、冷たい声で静かに問うた。

　シュラヴィスはゆるゆると首を振る。

「残念ながら、どこにあるかは、明確には書かれていなかった」

　何度目だ、と思うが、それが王朝の祖ヴァティスの性癖なのだろうから仕方がない。きっとまた、謎めいたメッセージが手掛かりとして提示されているのだろう。

「……だが、わずかな手掛かりをもとに、すでに解放軍が人海戦術で捜索を開始している」

　魔法工のガネスが驚いた様子で禿(は)げ頭(あたま)をさする。

「捜索を……手掛かりというのは、そんな下々の者に与えてよい情報なのですかな」

　続いてシュラヴィスが発した言葉は、あまりにも意外なものだった。

「誰もがよく知る、童謡なのだ」

　白熱しかかっていた金の聖堂の内部は、再びしんと静かになった。

　童謡……？

　見上げると、冷静なジェスの表情の中で、目だけが好奇心にきらりと輝くのが分かった。

　シュラヴィスは全員をぐるりと見回してから、再び口を開く。

「『最初の首輪』の在処を示すのは、『くさりのうた』という童謡だ」

即位式の後、ジェスと俺はそそくさとジェスの部屋へ戻った。ジェスはせっかくのドレスをベッドの上に脱ぎ捨て、急いで普段着に戻った後、俺のところへ一冊の本を持ってくる。

ちなみに、ジェスの脱衣を見ていたかのように言ったが、当然ながら実際に見ていたわけではない。ジェスが寝室で着替えている間、俺は紳士なので隣の居間にいた。後から寝室を覗いたら、ベッドの上にドレスが放置されていたのである。目を閉じてミミガーをそばだて、ジェスの着替えを想像して遊ぶのがマイブームだったりはしていない。一周回って実際に見るよりも想像する方が楽しいだなんて思ったりもしていない。本当だ。

「変態さんですね」

そう言われることに悦びを感じながら、俺はいつものように、ソファーによじ登る。ジェスも一緒にソファーに座って、膝の上で本を広げる。豚と人間の少女が一緒に本を読む体勢として、俺たちが到達した最適解である。俺は遠慮なくジェスの脚を観察することができるし、ジェスはたまに空いた手で俺を撫でてくれる。

「ありましたよ、ほら。『くさりのうた』です」

ジェスが見せてくれたのは、子供用の絵本だった。淡く色のついたイラストがあって、中途半端にデフォルメされた動物たちが仲良さそうに踊っている。

ページの見開きに、大きな文字で、童謡の歌詞が書かれていた。

とおくまで　さびたくさりは　つづいていくよ
ろうやをでたら　はかばまで　くさりのみちは　おわらない
ひとつめの　わっかがわれて　ねずみがにげた
にげたねずみは　なべのなか　おゆでゆだって　しんだのさ
ふたつめの　わっかがわれて　きつねがにげた
にげたきつねは　えんとつに　おちてやかれて　しんだのさ
みっつめの　わっかがわれて　ひぐまがにげた
にげたひぐまは　きにのぼり　そらにうたれて　しんだのさ
よっつめの　わっかがわれて　　　がにげた
にげた　は　すぐそばで　ひとにまぎれて　くらしてる

「なんだか物騒な歌詞だな……牢屋とか、墓場とか、死んだとか……」

「そうですか？　童話とか童謡って、こういうものが多いと思いますが」

「確かに。残酷な言葉ほど分かりやすくて、子供には親しみやすいのかもしれないな」

言いながら、まず気になったことを指摘する。

「この最後の二行、単語一つ分が空白になってるのはどういうことなんだ？　これじゃ歌えないじゃないか」

「ここには何でも好きな言葉を入れて歌うんですよ。♪悪魔が逃げた〜……とか」

歌詞の部分だけ、ジェスはきちんと音程や節をつけて歌ってくれた。

「なんだジェス、歌えるのか」

「ええ、もちろん。有名なお歌ですから」

「それなら最初から最後まで、全部歌ってみてくれないか」

「いいですよ！」

咳払い(せきばら)いをして息を吸い、ジェスは——視線を逸(そ)らして、そのまま息を吐いてしまった。

「どうした？」

「いえ、えっと……豚さんの前で歌うのは……なんというか、恥ずかしいです」

気まずそうに微笑(ほほえ)んで、頬をほんのり染めている。

「さっき聞いた感じ、音痴じゃないんだろ？　別に恥ずかしいことはないと思うが……声もきれいだし」

「別にきれいではないです……」

褒めるとすぐに否定する、ジェスの悪い癖。

「あ、ごめんなさい……でも、きれいだなんて言われると、余計に歌いにくくなっちゃうじゃありませんか」

　確かに。

「それもそうだな、悪かった。どんな歌なのか気になっただけだから、別に歌わなくても大丈夫だ。歌詞さえ分かれば、考察はできるからな」

　即位式でのシュラヴィスの説明は明確だった。

　この童謡が最初の首輪の在処を示している。

　童謡は暗黒時代よりも前から伝わるものらしいから、おそらくヴァティスが童謡に合わせて手掛かりを残したのだろう。ヴァティスがメステリアを統一して王朝を創始したのは一三〇年前。ジェスによると、首輪を開発したのはその後らしい。手掛かりがあるとすれば、そこからヴァティスが没した一一〇年ほど前までの、約二〇年の間に作られたもののはずだ。

　冬の日が傾くのは早いが、窓の外の太陽が沈んでしまうまで、まだ時間がありそうだ。今日はシュラヴィスの誕生日。ヴィースから夕食に招待されている。だが王もその母も忙しいらしく、開始は遅めの時間に設定されていた。夕飯までじっくり考えられるだろう。

「ジェスはどう思う？　この歌詞を見て、何か気付いたことはあるか？」

　俺の問いに、うーんと唸るジェス。

「牢屋から墓場まで、鎖の道が続いている――この部分が気になりますね。何か道順を示しているんでしょうか？」

「それは俺も思った。牢屋(ろうや)がスタート地点、鎖を辿(たど)っていくと墓場に至って、そこがゴール、つまり最初の首輪の隠し場所——そういう解釈ができるな」

ジェスの指が、踊る動物たちの絵の辺りを撫(な)でる。

「では、歌詞の残りの部分は関係ない、ということですか？」

しばらく考える。

「いや、それはないんじゃないか。歌が示していると主張する以上、残りの部分が無関係っていうのは……何というか、美しくない。それに牢屋(ろうや)や墓場なんて、メステリアにいくらでもあるだろ。何の手掛かりもなしに絞り込めっていうのは酷だ。何か鎖に強く関係する牢屋(ろうや)とか、『牢屋(ろうや)と言えばここ！』みたいなとこがあれば別だが」

「ううん……あんまり心当たりはありませんね……」

言われて絵本に目を落とす。仲良さそうに踊る動物たちはどこか虚(うつ)ろな表情をしていた。

「じゃあ仮に、歌詞の残りの部分が何かの手掛かりになってると考えてみよう。一つ目、二つ目、と続いているから、場所を巡る系のメッセージなのかもしれない」

全裸変態親父(おやじ)の出題する謎を解くため、王都で彫刻巡りをしたことを思い出す。

小さな果実が二つなる——今回もそうした暗喩が使われているのだろうか。

「視線の先にあったものですね」

　ジェスはなぜか、俺に冷ややかな視線を浴びせてきた。確かにあの変態親父が俺たちに与えたメッセージはそんな感じだった。胸の大きな女性の彫像が見つめる先、そこに胸の小さな少女の彫像があって、さらにその少女の背後には翼のように広がる道があり、そこを行くと目的の泉が——というように、目印を辿っていくタイプの謎解きだ。この一族はそういう謎解きラリーみたいなのが好きなのかもしれない。

　ジェスの胸部から視線を落とし、再び歌詞に注目する。

「となるとまずは最初の場所を見つけなきゃいけないわけだが……ネズミが逃げた……鍋の中……茹だって死んだ……これだけから場所を特定するのは、かなり無理があるな」

「だからシュラヴィスさんも、解放軍のみなさんに頼んだのかもしれませんね。色々な街で総当たり的に牢屋を探せば、それらしきものが見つかるかもしれないと踏んで」

「そうだな」

　と言ってから、ふと思う。

「しかし、有名な童謡とはいえ、これが最初の首輪の在処を探す手掛かりになるなんて、解放軍に教えて大丈夫だったのか？　誰かに先に見つけられたら大変だ」

　ジェスは少し言い淀んでから、若干の小声で話す。

「シュラヴィスさんからしてみれば、それはそれでいいのではないでしょうか」

「どういうことだ……？」

「ヴィースさんのお話では、最初の首輪を使ってイェスマを解放できるのは王家の血ということでした。私たち以外の誰かが勝手に解放することはできません。誰かが先に最初の首輪を発見しても、結局、使うときには王家の承認が必要になるんです」

なるほど、しかし……。

「誰かが先に見つけて、別の場所に隠したら？　イェスマを解放できなくなってしまう」

ジェスはさらに言い淀む。

「……おそらく、ヴィースさんやシュラヴィスさんは、万が一そうなっても構わない、と思っているように感じます」

言いづらそうにしていたのは、そういうことだったのか。

「確かに、イェスマを解放したいと願っているのは解放軍や俺たちだ。王朝じゃない」

どんな理不尽にも文句を言わない奴隷を流通させ、魔法使いという種族を維持するイェスマ制度。社会を安定化させながら魔法族を存続させるために、王朝はこの不条理を積極的に継続してきた。

ジェスは神妙に頷く。

「……ええ。それに、解放軍のみなさんに情報を伝えておけば、最初の首輪が万が一紛失してしまっても、それを王朝ではなく解放軍のせいにすることができます。解放軍のみなさんも、それを分かって、おそらくこの情報は相当慎重に扱っているのではないでしょうか」

なるほど。人海戦術といっても、末端の人間には例の童謡が何の在処を示しているのか教えずに、ただ捜索だけさせることもできるわけだ。

「シュラヴィスも策士になったな」

俺が言うと、ジェスはゆるゆると首を振る。

「いえ、これはヴィースさんのお考えだと思います。イーヴィス様のときから、王朝をずっと陰で支えてこられた方ですし……それにヴィースさん、とっても頭がいいですから」

それは俺もなんとなく感じている。あの燦々ヒマワリ美人マッマ、抜け目がないというか、油断ならないというか、ホーティスやサノンに近い雰囲気があるのだ。おそらく俺たちよりもずっと賢い。敵に回してはいけないと直感が告げてくる。

いつだかヴィースに嘘をついてえっちな洞窟の所在を聞き出したことがあったが、あのときも秘密の企みを暴かれかけた。俺が慌ててシュラヴィスとジェスの関係進展を匂わせ、ようやく彼女を騙しおおせたのだった。

そのせいでジェスにはぷんすこされてしまったが……。

「燦々ヒマワリ……日陰のスミレで悪かったですね」

顔を上げると、ジェスが胸の前で腕を組み、ぷんすこしながらこちらを見ていた。

さすがに友人の母に欲情したりはしないから安心してほしい。

王族の人間はあまりにも少ないが、王宮の建物は無駄に広い。星々が高密度に充塡された異形の夜空を窓の外に見ながら、俺たちは長い廊下を歩いて移動する。目的地は大ホール。もうすぐ新王シュラヴィスの誕生会だ。せっかくだからといって、ジェスは即位式のときに着ていたドレスにまた着替えている。

「そういえば、ジェスの誕生日っていつなんだっけ？」

訊くと、ジェスは微笑んで言う。

「六の月の一六日——私と豚さんが初めて出会った日ですよ」

イエスマのジェスが一六の誕生日を迎え、過酷な旅に出なければならなくなったあの日——俺は豚小屋で目を覚ましたのだった。俺が食あたりで倒れたのは現代日本の一二月のことだったから、あちらとメステリアとでは暦に半年くらいのズレがあるようだ。

だがともかく、ジェスの誕生日は六月一六日ということでいいのだろう。

「そうか。憶えておこう」

「豚さん、お祝いしてくださるんですか？」

「もちろんだ」

「えええ、本当ですか？　とっても嬉しいです！」

ジェスは胸の前で両手を握り、ワクワクと肩を揺らした。

だが、祝うにしてもプレゼントの用意が難しい。ペンを咥えて誕生日イラストでも描くか。

「誕生日いらすと……？」

地の文を読んで首を傾げるジェス。

「誕生日に、お祝いの意味でその人の絵を描くことだ」

「へえ！　豚さんの国にはそのような文化があるんですか？」

主にアニメキャラとかの誕生日を祝う文化なのだが……まあ間違ってはいないだろう。

「そうだ。素敵な絵を描いてもらえたら誰だって嬉しいだろ」

「確かに嬉しいです！　では、どんなふうに描いてくださるのか、楽しみにしてますね」

「それはもう美少女に描いてやる」

俺にその技術があるかは別として。豚の口ではニコちゃんマークが精一杯かもしれない。

「美少女ではないですが……ちなみに、豚さんの誕生日はいつなんですか？」

「俺の生まれた世界で言えば、一〇月の一六日だ」

よろしくな、諸君！

「憶えました！　だいぶ先ですが……いっぱいお祝いして差し上げますね」

ジェスの柔らかい笑顔に、俺の頬肉もとろけそうになる。

すまない諸君、俺の誕生日には予定が入ってしまった。

美少女に祝ってもらう予定がな！

そんな会話をしながら歩いていると、後方から足音が追いかけてきた。シュラヴィスだ。紫の法衣(ほうえ)は脱ぎ、黒いズボンに白シャツの普段着に戻っている。

「わざわざ時間を割いてもらって、悪いな」

ジェスの肩に、気安くポンと手を乗せるイケメン王子様。近くで見ると、以前よりも鍛えられたガタイの良さがよりはっきりと分かる。眼鏡ヒョロガリクソ童貞が敵(かな)う見込みはゼロ以下だ。長めに伸びた金髪は、きついカールを通り越して爆発したようになっていた。

地の文を読んだのか、シュラヴィスは頭の近くで指パッチンをして髪を整える。

「ずっと訓練をしていたのだ。父上亡(な)き今、神の威厳を示すのは俺の役目だからな」

さらっと言いながら歩くシュラヴィス。空気の流れが、俺の鼻に強いにおいを運んでくる。

「何か香水でもつけてるのか?」

よくぞ訊(き)いてくれた、と言わんばかりに、シュラヴィスは誇らしげな笑顔を向けてくる。

「王になったからな。父上がつけていたのと同じ香水を使ってみたのだ」

なんだか嫌なにおいだな、と思ったが、そういうことだったのか。訓練のせいであろう泥臭さを塗りつぶすようにして、会社役員の背広から漂ってくるような野性味のある芳香が漂っている。豚の鋭敏な嗅覚にはどちらかといえば不快だった。

「……俺には合わなかったか」

残念そうに低い声で言うシュラヴィスを、ジェスがすかさずフォローする。

「いえ、大人っぽくて、とても凛々しい香りだと思います！」

「だろう。快いにおいかは別として、青臭さを消さねばならぬと思ったのだ」

シュラヴィスはまだ一九歳、俺と同い年だ。青臭くたって別にいいと思ったが、一国の王になった以上、そういうわけにもいかないのだろう。

「そういえば、しばらく見ないうちに、結構ムキムキになったんだな」

シュラヴィスは自慢げに微笑む。

「肉体だけではない。実戦や訓練を経て、脱魔法もすでに一〇回を数えた。ジェスは今――」

「私は九回のままです。深世界から帰った後、あまり魔法を使っていませんから」

「ようやく抜き返せたな。だが俺の方が歳も三つ上だ、さらに励まなければ」

並んで歩く金髪の二人は、まるで競い合う兄妹のように見えた。もちろん、血縁としては従兄妹同士なので、あながち間違いでもない。なぜかジェスの方が脱魔法のペースが速いので、シュラヴィスには内心焦りがあるらしい。

脱魔法の回数は、魔力の強さに直結する。契約の楔に頼らずとも、若い魔法使いが魔法を使って自分を追い込んだ場合にも脱魔法は起こることがあり、魔力はそのたび倍増する。脱魔法ゼロ回の魔力が兵士一人分に相当するらしく、一回では二人分、二回では四人分、と魔力は指数関数的に増加していくのだ。

この計算だと、ジェスは約五〇〇人分の戦力、シュラヴィスは約一〇〇〇人分の戦力となるが……正直数字が大きすぎて、あまり実感は湧かない。

ちなみに脱魔法(エクディイツサ)を四三回経たというヴァティスは、八兆から九兆人分に迫るほどの戦力を有し、メステリアの島という島を沈めるほどの力があったそうだ。島を沈めるのには兵士何人分の力があればよいのだろうか。これについては全く想像もつかない。

「シュラヴィスは一気に脱魔法(エクディイツサ)のペースが速まったようだが、何か秘訣(ひけつ)でも見つけたのか?」

訊(き)くと、シュラヴィスは嬉(うれ)しそうに頷(うなず)く。

「この世界の異変に由来する部分も大きいと思うが……自分を強くしたいという願いが強まるほど、自分を成長させようとする魔法も強まるのだ。その魔法によって願いが増強され、さらに自分の魔法が強くなっていく。この循環に身を置くことが肝要だと気付いた」

「なるほど、その手があったんですね……」

ジェスが感心したように呟(つぶや)いた。

魔法は願いを叶(かな)える力だ。出力であるはずの魔法によって、入力である願いを増強する。するとさらに魔法が強まっていく——という循環が起こるのだろう。短時間で一気に生長する植物のホルモン調節などにも見られる、正のフィードバック制御のようだ。

「でも、お身体(からだ)も大切ですし、無理のしすぎは禁物ですよ」

ジェスに心配されて、シュラヴィスは頬を緩める。

「分かった」

しばらく無言で歩いてから、シュラヴィスはぼそりとこぼす。

「……しかしやはり、王というのは大変だな。即位式ではさっそく緊張してしまった」

はあ、とため息が聞こえた。疲れた様子の若き王を見る。

「きちんと配下の意見を聞きつつ、主張はちゃんと伝えて……立派にやっていたと思うぞ」

「そうか。お前は人を褒めるのが上手いな」

そっちこそ変なところで褒めてくるな、などと思っていると、ジェスがにっこりと言う。

「私もそう思います。豚さんってば、隙さえあれば、私のことを可愛いだとか美少女だとか言ってくるんですよ……そんなこと、全然ないと思うんですが……」

場合によってはクソ惚気に聞こえるようなジェスの発言に、シュラヴィスは真顔で返す。

「いや、ジェスは美形で、内面も素晴らしく美しいと思うが」

さすがのマジレス野郎だ。淀みない。

一方、ジェスもジェスで、照れたように顔を背けている。

いったい俺は何を見せられているんだ……？

この状況をどうしようかと考えているうちに、俺たちはホールに到着した。

扉が開くと、焼けた肉や香草、そして軽い油の香りがふわりと鼻腔を満たしてきた。

魔法のシャンデリアが照らす明るい空間。あまりにも高い天井には神々しいフレスコ画が描かれており、大理石の巨大な彫像が壁際に並べられている。食卓には広すぎる部屋だが、魔法の空調が効いているのか、冬でも暖かく適温だ。

ここは、俺とジェスが、初めてイーヴィスやシュラヴィスに出会った場所でもある。そしてジェスの首輪が外され、衝撃の真実が明かされた場所……。

あのころと変わらずに、意匠を凝らした円卓が置かれていた。手前側にはすでにヴィースが座っていて、こちらを振り返っている。ヴィースはドレス姿のままだ。

「早く掛けなさい」

優しくも凛とした声が俺たちに呼びかける。俺に配慮した座面の高い豚用の椅子が右手に用意してあり、俺はジェスの魔法で持ち上げてもらってそこに座った。

主役のシュラヴィスが正面——つまりヴィースの向かいに着席し、ジェスは俺の隣に座る。

「揃いましたね」

広い円卓の上には、三人分の豪勢な食事が用意されていた。俺の前には色とりどりのフルーツが山盛りになっている。人間用の食事は、見えている限りでもすでに眩しいほどの品数だったが、さらに銀のドームカバーに覆われまだ見えていないものもある。

円卓の中央から、繊細な模様の付いた黒い瓶がゆっくり浮かび上がる。

「ラッハの谷の、王暦一一一年のワインです」

ヴィースが右手を軽く動かすと、その場で瓶からコルクが抜けて、瓶がシュラヴィスの前までスムーズに移動した。慎重に傾けられた瓶から、わずかに褐色を帯びた赤紫の液体が、幅広のワイングラスへと注がれる。

瓶は見えない給仕に持たれているかのように、次にジェスの前へとゆっくり移動してきた。

俺の目の前で、ジェスの分が注がれる。息を吸い込むと、アルコールの蒸気とともに、花束のように複雑で、蜂蜜のようにまろやかな香りが運ばれてくる。

最後に、ヴィースのグラスにもワインが注がれた。置かれたボトルに刻印された一一一という数字を見て、気付く。

今は王暦一三〇年。今日はシュラヴィスの一九歳の誕生日なのだから、ワインのブドウは彼が生まれた年に収穫されたものだ。ヴィースは即位に際してこれを取り寄せたのだろうか。それとも、ワインができたときからずっと保管しておいたのだろうか。

豚鼻をヒクヒクさせているのに気付いたのか、ヴィースがこちらを一瞥してくる。

「あなたの分はありませんよ。リンゴで我慢してください」

軽く頷いて理解を示す。エタノールが豚の肝臓をダメにしてしまっては堪らない。

一方ジェスは、オールドヴィンテージワインに興味津々の様子だった。グラスの中をキラキラした目で覗き込んでいる。

「さて、今日はシュラヴィスの、一九の誕生日ですね。そして同時に、あなたがこの国の王になった日でもあります」

ヴィースは細い指でワイングラスを持ち上げ、息子のことをまっすぐに見る。

「あなたがまだ言葉もしゃべらないうちから寝かせてきたこのワイン、二〇の節目に開けようと思っていましたが……きっと今日の方が、節目にはふさわしいでしょう。それに、この歪な世界の状況でしたら、寝かせているうちに味が変わってしまうかも分かりません」

シュラヴィスは母親譲りの翡翠色の瞳で、ヴィースを真剣に見つめ返している。

二人の間に漂う空気を察して、ジェスと俺は居住まいを正した。

「王暦一一一年は、気持ちよく晴れた日の多い年でした」

とヴィースは続けた。

「ラッハの谷では、王朝創始以来、最良のブドウが収穫されたといいます。そしてその年は、私の人生においても、最も幸せな年でした」

シュラヴィスは眉をわずかに動かしたが、何も言わない。それとも言えないのか。

「願わくは、あなたの生まれた王暦一一一年が、王朝にとっても、そしてメステリアにとっても、祝福すべき年となりますように。それがひとえに、母の想いです」

ヴィースがグラスを掲げるとシュラヴィスもそれに倣い、ジェスが最後に続く。

「母上の格別のお言葉、心より嬉しく思います。王として気を引き締め、精進いたします」

視線を合図に、三人はグラスを傾けた。よほど美味しかったのかジェスはわずかに目を見開いたが、ヴィースもシュラヴィスも意地を張ったように微笑のままだった。

本当なら、「誕生日おめでとう」「お母さんありがとう」と素直なやり取りをしたいと思っているのだろうか。王とその母という重すぎる立場が、二人に過剰な礼儀正しさを強いているような気がしてならなかった。

ヴィースがグラスを置き、さて食事を、と手を動かそうとしたそのときだった。

突然周囲が暗くなった。どうやらシャンデリアの光が一斉に消えたらしい。身構える間もなく、円卓に置かれた燭台に火が灯る。戸惑いの色を見せるヴィースの前で、シュラヴィスは平気な顔をして席を立った。

仄暗い蝋燭の明かりの中、シュラヴィスはゆっくりと歩いてヴィースの横まで移動する。

「立たなくてよいのです、母上。今日は私からも、渡したいものがあります」

そう言って、流れるような動作で母の左手を取ると、その中指に指輪を嵌めた。

「予告もせず、このようなことをしてすみません。しかし私の誕生日というのは、母上が私を祝福するだけでなく、私が母上に感謝する日でもあるのです」

ヴィースはしばらく言葉に詰まっている様子だった。

「……このところ、何をしているかと思えば、あなたはこんなものを……」

シュラヴィスを直視せず指輪を見つめるヴィースは、冷静に言おうとして失敗していた。

息子のがっしりとした大きな手が、母の細い手を包み込む。

「無垢の白金にヴァティス様の金を混ぜ、私の出せる限りの魔法で鍛えた指輪です。外された結婚指輪に替えて、どうかこれをお着けください」

ヴィースは喉を震わせるばかりで、唇を開かない。シュラヴィスは続ける。

「王家の激務にも耐え、父上の横暴にも耐え、よくぞ私を、ここまで育ててくださいました。心よりの、感謝の気持ちです」

わずかにはにかみながら柔らかに笑う少年を見て、俺は母親にこんなことをしてこなかったな、と自分を省みてしまった。

ヴィースはようやく平静を取り戻し、口を開く。

「シュラヴィス……立派な王に、なりなさい」

「はい」

指輪を渡したシュラヴィスが席に戻っていくうちに、シャンデリアにも光が戻っていった。ホールが明るくなると、ヴィースの目がわずかに赤くなっているのが分かった。

俺の視線に対して少し眉を顰めてから、ヴィースはこほんと咳払いをした。

「……さあ、食べましょう。少し冷めてしまいましたよ」

ヴィースがさっと手を広げる。すると、複数の火の玉が湧き出るように現れて円卓の上を舞い、温めるべき食べ物を的確に温め直していった。

晩餐は素晴らしかった。ドームカバーが外されると、その下から高級フレンチ顔負けに盛りつけられた肉料理が現れた。魚料理も出色だった。クリームを基本としたソースの中に絶妙なブレンドの香草が溶け込んでおり、香りだけで幸せになるような気さえしてくる——というか豚の俺はそれらの料理を食べられないので、目と鼻で楽しんだうえでジェスの食レポに耳を傾けるしかなかったのだが……。

食事の時間は楽しかったが、豚スペアリブのどこかに、ずっと違和感が挟まっていた。

即位式のときからそうだった。

違和感というのは、ジェスと俺――特に、ジェスの扱いについてだ。

側近しか呼ばれない即位式や、王の誕生日を祝う家族の夕食に招かれるなんて、まるで――

その懸念は、ヴィースの一言によって現実となった。

「ときにシュラヴィス」

皿の大部分が空になったころ。ワインによって少しだけ饒舌になっていたヴィースが、頃合いを見計らっていたかのように呼び掛けた。

「あなたたちの結婚の話は、どうなっているのですか」

噎せこそしなかったが、シュラヴィスとジェスは同時に手を止めて咀嚼をやめた。

「あなたは一九、ジェスは一六。特段早いわけではないでしょう」

俺は呆然として、リンゴを丸々咥えたまま顎が動かなくなってしまった。

「……子をつくるのも、王の使命です。早くから励まなければなりませんよ」

気まずい沈黙が流れた。当の二人は、ようやく口の中の料理を飲み込むことに成功した。

ヴィースは二人の反応を照れと解釈したのか、ナイフとフォークを動かし続ける。

「母上、それが……実は……」

ゆっくりと言葉を探しながら、しかし正確に、シュラヴィスは説明を始めた。

実は、ジェスがホーティスの隠し子であったということ。

すなわち自分たちは従兄妹同士であり、結婚すべきではないということ。

自分は母が囚われているときにそれを知り、王都帰還後も言い出せなかったということ。

できるだけ平静を装っているのだろうか、ヴィースは口を開く前に、手ずから最後のワインをグラスへ注ぐ。その手は細かく震えており、瓶の底に溜まっていた黒っぽい澱がことごとく流れ込んでしまった。

「そう……でしたか」

大きく息を吐いて、少ないワインを澱ごと飲み干す。

「優秀な魔力、繊細な技術、絶えぬ好奇心、読書への熱意、そして色事への興味……やけに誰かを思い出すと感じていましたが、まさか……ジェスがあの男の……」

……今なんて？

気になる言葉があったが、とてもツッコミを入れられる空気ではなかった。

ヴィースは目を閉じて少し俯くと、すぐに顔を上げて、いつもの表情を取り戻す。

「分かりました」

沈黙。

「事情は理解しました。きっとイーヴィス様は気付いていたのでしょう。どんな意図があったかは知りませんが、先見の明のあるあのお方が、かような血筋の者をうっかりたまたま許嫁に選ぶなど……到底考えられぬことです。これもきっと、意味のある過程なのでしょう」

「母上……」

「言い出しづらかったあなたたちの気持ちも、察します。仕方のないことです」

「ヴィースさん、ごめんなさい、私、もっと早く――」

「――私は」

　ジェスを遮って、ヴィースが声を大きくした。

「従兄妹で結婚することが、この王家にとってよいこととは思いません。婚約はなかったことにしましょう。また一から新しい女性を探します」

　口を拭ってヴィースは席を立ってしまった。

「母上、言い出せなかったこと、大変申し訳なく――」

「シュラヴィス、贈り物をありがとうございました」

　その視線には有無を言わさぬものがあった。

「今晩は疲れてしまいました。私はこのあたりで。しかしせっかくの料理です、二人で残さず食べてください」

　感情のない早口で一方的に告げると、ヴィースはホールを去ってしまった。

残された俺たちは、言いつけ通り夕食を終える。気まずい空気で、ほぼ無言だった。

帰り際、シュラヴィスは俺たちに申し訳なさそうに笑いかけると、空になったワインの瓶を持って自室の方へと消えていった。


「せっかくの誕生日でしたのに……お二人はどれほど心を痛められたでしょう……」

帰り道。俺たちは少し遠回りをして、外の空気を吸いながら歩いていた。

ジェスは胸に手を当て、痛みに耐えるような表情をしている。

「心の声は聞こえなかったのか？　強い親子だ。ああ見えて、案外平気かもしれないぞ」

あえて見当外れなことを言ってみると、ジェスはゆるゆると首を振る。

「お二人とも、常日頃から心を守る術を身につけていらっしゃいますから……」

俺も身につけたいところだ。

異常な密度の星空にあらゆる方角から照らされ、足元にはぼんやりとした小さな影ができるばかりだ。王宮の立派な石壁を横目に庭園を歩き、散歩しながら奥向へと帰る。

ジェスの手が、俺の背中をそっと触ってくる。

「……でも、いいことが一つあります」

「何だ？」

返ってきた答えはあまりにシンプルだった。

「これでようやく、王家に嫁ぐ話が正式になくなりました」

見上げると、ジェスは唇をきゅっと引き締めてこちらを向いていた。

「私にとって嬉しくないことだと言えば……嘘になります」

「そうなのか」

「そうですよ」

何を言えばいいのか分からず、ぼんやりと前を見ながら歩き続ける。

「豚さんは、嬉しくないんですか」

不満そうな声色を耳に聞きながら、考える。もちろん、ジェスがあのマジレス王と結婚してしまう可能性がなくなったことは、嬉しくないと言えば嘘になる。だが俺には、まだあまり先のことは考えられない。生まれた世界の違い、身分の違い、そして姿の違い——一緒にいるうえで乗り越えなければならない巨大な壁が、まだ他に山ほどあるのだ。

「一緒に道を探せばいいんです。私たちが結ばれるための道を」

地の文な。

「なんというか……結ばれるとか結婚とか、俺にはまだよく分からないんだ。今はとにかく、ジェスと一緒にいられればそれでいい」

背中に置かれていたジェスの手が、俺の背脂を少し押す。

「豚さん、結婚を約束してくださったじゃありませんか」

聞こえてきた言葉に、耳を疑う。

「…………？　そんな約束したっけか」

「歳祭(としまつ)りの夜です。とぼけるんですか」

「いや、とぼけてはいないが」

本当に記憶がない。

「私たち、しっかり約束しましたよ。豚さんの……その、ど、どう……」

なぜか突然言(い)い淀(よど)み、ごにょごにょ口を動かし始めるジェス。顔が赤くなっていた。

そういえば、北方星(サルビーア)を目指す旅の最後、メステリア最北端にあるムスキールの宿で、そんな話をしたかもしれない。

盆と正月とクリスマスが同時に来るような「歳祭(としまつ)り」という文化では、親しいもの同士で贈り物をし合うのが慣習だという。しかし豚には贈れるものがない。旅と年末の特殊な空気の中で、ジェスに「童貞をください」とかいう爆弾発言をされたっけ。ジェスも同じものを渡すから、などと話を進められて、ハムサンド事件やら深世界(しんせかい)やら色々あり、なんだかんだすっかり忘れてしまっていた。

「つ、つまりは、貞操の誓いを立てたということです！」

ジェスの顔は真っ赤になっていたが、口調はいたって真剣だった。

「確かに、そういう考え方もできなくはないが……」

「結婚しなければ誓いは果たせません。だから結婚の約束は成立しているんです」

見事な三段論法だ。

「焦ることはないだろ。結婚よりまず、この不安定な世界でどう一緒にいられるかだ」

ジェスはぶんぶんと首を振る。

「私たちは、豚さんの言うような兄妹ではないんですよ。鎖のような縁もありません。ずっと一緒にいるためにも、結婚のように強固な〝形〟が必要じゃないんですか」

「そういうものか」

「そういうものです」

ジェスはおかしなところで頑固だ。まあ、それもそれでいいものではあるが。

「私と結婚しなければ、豚さんは一生クソ童貞さんですよ。それでもいいんですか？」

クソは余計ではないだろうか。

「……まあ、それが俺のアイデンティティみたいなところもあるからな」

「もう。誤魔化さないでください」

ジェスは俺を見たままぷんすこと頬を膨らませる。

「私だって、今すぐに結婚したいと言っているわけではありませんよ。結婚へと至る道を一緒に探しましょう、と言ってるんですっ！」

王子の許嫁だった完璧美少女がグイグイ結婚を迫ってくる件。

「そういうことなら異論はないが……でも、結婚する準備がないのに結婚を先に決めたところで、それこそ〝形〟だけのものになってしまわないか。俺は正直、結婚というのがまだよく分かっていない。ジェスはその点、ちゃんと分かって、準備ができてるのか……？」

シュラヴィスでもないのに厳しいマジレスを返してしまった。ジェスはしばらく真剣に考えている様子だったが、少し歩いてから、素直に首肯する。

「……ええ、そうですね、確かに準備は……」

胸に手を当てるジェス。懸念があるなら、それを解決するのが第一だ。

「ジェスにも不安があるんだな」

俺の言葉に、ジェスは悩ましげな目をこちらに向けてくる。

「はい……年齢としては、別に早いわけでもないのですが……よく考えてみれば、確かに結婚というのは、私にはまだ想像がつきません。準備ができていると言えば……嘘になるかもしれません」

「だろ。俺も同じだ。結婚を考えるより先に、きちんとした準備が必要だ。俺たちにはまだ準備ができていない。だから結婚したいなら、まず準備の方をしっかりしなくちゃいけない」

目には目を、三段論法には三段論法を。

ジェスの切実な目が俺を見る。

「では……私は何をすればいいんでしょう？　結婚の準備には何が必要なんでしょうか？　お勉強ばかりで、花嫁修業のようなことは全くしてこなかったものですから……」

確かに、具体的に何をすれば準備ができるのだろう。考えていると、ジェスは続ける。

「私、小間使いをしていましたから、拙いながらも家のことはある程度できます。動物さんのお世話もできます。でも、お料理は料理人さんの仕事でしたのであまり経験がなく……あとは何でしょう、例えば夜のことなどは全然……」

夜のことって何？？？

「いや別に、俺はジェスにいわゆるお嫁さんになる準備をしろと言っているわけじゃないぞ。花嫁修業をしたって、難しい現状を変える役には立たないだろ」

唇に指を当て、ジェスは首を傾げてくる。

「では豚さんは、私にどんな準備が必要だと思われるんですか？」

難しい質問だ。結婚に向けて、ジェスがすべきこと……。

例えば、ヒモを一生養っていけるくらいの能力を身につけることだろうか。優しいジェスに養ってもらいながら生きていけたら、きっと最高に違いない。

「そうだな。まず何より、自分の力でしっかり生きていけるようになるべきじゃないか。自分でちゃんとやっていける自信がなければ、自分以外の人生も絡まってくる結婚というのは難しいように思う」

「あの、地の文が聞こえていますが……」

おっと……。

「真面目な話、お嫁さんではなくまず人間として、不安定な世界でも生きていけるような一人前の力を、ジェスには身につけてほしいな」

ジェスはどこか納得いかない顔だ。

「でもそれなら、私は魔法を使えます。魔法があれば、生きていくには困りませんよ」

言いながら、ジェスは手の上で明るい炎を燃やした。焼かれるのではないかという危機感を覚えながら、俺は指摘する。

「魔法だって不安定になり始めてるんだ。いつまでも今のように使えるかは分からないだろ。それにイェスマが解放されたら、魔法は特殊な技能じゃなくなってしまうかもしれない」

「なるほど、確かにそうかもしれません……そしたら私、どうすれば……」

炎が消える。ジェスは真剣に悩み始めている様子だった。素直ないい子でしかないジェスに向かって反論ばかりしている自分が、なんだか嫌になってきた。俺も考えてみる。

「どんな世界でも通用するものとして一つだけ挙げるとしたら、頭脳だろうな」

「頭脳……ですか」

「もっと詳しく言うなら、冷めた頭脳――つまり真実を見抜く力だ。いかなる世界のいかなる状況においても、真実というのはたった一つしかない。そのたった一つの真実を冷静に見抜く力があれば、どこへ行っても通用するはずだ」

ジェスは俺の言葉をしばらく咀嚼してから、ぱちくりと瞬きをした。

「そうですね、豚さんだって、今まで頭脳で色々と解決されてきたわけですし……」

言われてみれば確かにその通りだった。豚の姿で剣と魔法の世界にやってきて、かなりの行動が制約されているなか、俺の桃色の脳細胞はそれなりの役に立ってきたわけだ。

「勉強熱心なのはジェスの長所だ。まずは真実を見抜く力を養うことだな」

ジェスの顔がにっこりと明るくなる。なんと納得してくれたようだ。

「真実を見抜く力があれば、確かに自信もつきそうです。それが私の〝花嫁修業〟ですね！」

そう言って、ジェスは前を向く。まるで、どこかに隠された真実が落ちていないか、早速探し始めているかのようにも見えた。

女性の嗚咽が聞こえてきたのは、ちょうどそんなときだった。

立ち止まって、二人して周囲を見回す。冷たい夜風に乗って、薔薇の香りが漂ってくる。

この先は――ヴィースの管理する薔薇園だ。

気が付くと、ジェスが薔薇園の方に走り始めていた。イーヴィスのような先見の明がなくても、声の主はなんとなく分かる。やめておけばいいのにと思いながらも、俺は後を追った。

三方をレンガの壁に囲まれた隠れ家的な空間。薔薇が計画的に配置され、季節ではないにもかかわらず、赤や白の花がところどころに咲いている。中央には大きな噴水があり、それを円形に囲む水場の縁は座るのにちょうどいい。

ヴィースがそこに腰かけていた。両手を顔に当て、肩を揺らしている。

ジェスが走ってくるのに気付くと、ヴィースは咄嗟に反対側を向いた。

「ヴィースさん……」

傍らに立って、ジェスが呼びかけた。俺はジェスの後ろでできるだけ存在感を消す。

何度か咳払いが聞こえてから、ヴィースはこちらを振り向いた。

その目は若干赤く腫れていたが、凛とした表情は揺るがない。

「未婚の娘が、夜遅くにほっつき歩くものではありませんよ。早く部屋に戻りなさい」

腰のあたりで後ろに組まれたジェスの手がもじもじと動く。

「ごめんなさい……私……」

「血縁のことを気にしているのなら、やめなさい。事実は事実。仕方のないことです。あとはそれを、私が受け入れられるかどうか……それだけなのですから」

「では、ヴィースさんが受け入れられるように、お手伝いしたいです」

ジェスはすっとヴィースの隣に座り、その膝に手を置いた。

一方で、俺は少し後ろに下がった。やめておいた方がいいと直感していたからだ。他人思いなのはジェスの美点だが、人にはそれを嬉しく思えないときだってある。

「どうか私に話してください。ヴィースさんは……本当のお母さんのように、大切な人です」

ヴィースの目が見開かれて、恐ろしいほどシュラヴィスそっくりの瞳がジェスを捉える。

「それは……あなたの母になれると、私が本気でそう信じていたからでしょう！」

声が揺れていた。感情も揺れているのだと分かった。

「黙っている間、あなたたちは私を騙していたのですよ！　あなたは心の声を隠すのも上手くなってきましたね。私の前では、あなたの生まれのことをこれっぽっちも漏らさぬよう、そう努めていたのでしょう！　嘘をついていたのでしょう！」

声を荒げるヴィースを前に、ジェスは涙目になりながらも引かなかった。

「ごめんなさい……期待されているのが分かっていて、だからこそ、言えませんでした」

これについては、俺も共犯だった。シュラヴィスとジェスの婚約関係は、ジェスが王家に残るのに都合がよかった。ホーティスとの血縁を秘密にしようと真っ先に考えたのは俺だ。だから俺は心を読まれぬようあえてヴィースを避け、ジェスが勉強を教わっているときなどは、大抵寝室に下がってうたた寝をしていたのだ。

ヴィースは口を大きく開いて叫ぶ。

「……言えなかった？　言えなかったで済むと思っているのですか！　私がどんな思いでいたか！　いったい何のために、あなたに教育をしてきたと――」

感情に任せてそこまで言いかけ、ハッと口をつぐんだ。

ジェスはヴィースを見たまま、不意を突かれたように固まっている。

冬の風が吹き、二人の間を抜けていく。ヴィースの目が潤み始める。

「すみません……そんなつもりは……」

ジェスが首を振る。

「分かっています。ヴィースさんがあれほど親身になって、様々なことを教えてくださったのは……私が、シュラヴィスさんの許嫁だったからです。未来の王子の母だったからです」

ジェスの目から一筋の涙が垂れた。

「そうでなければ私には、優しくしていただく権利などありませんから……」

ジェスの言うことは、残酷だが紛れもない事実だった。

王都に入って以来、ジェスが特別な待遇を受けてきたのは、ジェスが未来の王の許嫁だったからだ。そうでなければ、一王都民として血の輪をつけられ、管理されながら、冴えない豚と平凡な暮らしを送るはずだった。

先々代の王イーヴィスがジェスを許嫁に指定したあの瞬間から、ジェスの、そして俺の運命は、大きく変わってしまったのだ。

夕食のときにヴィースが言っていたことを思い出す。

イーヴィスには先見の明があった。自分でそう言っていたのだから間違いないだろう。それならば、ジェスがホーティスの隠し子だと分かっていて、あえてジェスを許嫁に決めたのだろうか。こんな未来が待ち構えていることを予期して、そんなことをしたのだろうか。

しばらく言葉を探していた様子のヴィースが、ようやく口を開く。

「いえ……過ぎたことを言いましたね。あなたはとてもいい生徒でした」

ジェスの手を取り、豊満な胸の前に持ち上げる。

「動機は何であれ、私はあなたに教えるのを楽しんでいました。それもまた事実です」

「ヴィースさん……」

「ホーティスには一つ貸しができました。妃直々に魔法を教わったこと、誇りに思いなさい。

そして、王の親族として尽くし、恩を返しなさい」

「……はい」

ジェスが頷くと、ヴィースは何を考えているのか、しばらく目を閉じ、開く。

「これから言うことは、二度と繰り返しません。あなたも心の奥に留めて、決して口にはしないよう約束してください」

一応認識してくれていたのか、ヴィースは俺にも念押しの一瞥を投げかける。

ジェスはヴィースの変化を感じ取り、再びゆっくりと頷く。

「分かりました。約束します」

箱庭のような薔薇園に冬の静寂が降りている。鼓膜を揺らすのは噴水の水の落ちる音だけ。

意を決したのか、ヴィースは深呼吸してから口を開く。

「私は、シュラヴィスに……幸せになってほしいのです」

ぽつり、ぽつりと語り始める。

「本人には絶対に言えません。王太后として、そんなことを言ってはいけないのです。でも母の身からすれば……」

吐き捨てるように。

「立派な王になることなど、心底――心底、どうでもいいのです」

なぜそんなことをジェスに語るのか。

「私は王都に辿り着いて、イーヴィス様に見出された後、王都の外で親しんだ人や場所に関する記憶を、すべて消されてしまいました。封印ではなく、消されてしまったのです。自分の名前すら記憶から抹消され、変えられてしまいました。残ったのは、この身体と、名前も顔も背景もない記憶と、無味乾燥な知識だけ」

知らなかった。

あまりに残酷な仕打ちに、ひどく寒気がした。だが、王家がそうしたがった理由も分かる。王都の外にある心残りや、向都の悲惨な経験は、王妃に無用どころか有害な代物だからだ。中途半端に記憶を封印されたジェスがどうなったかを考えれば、想像は容易である。

ひょっとすると、歴代の王妃は、みなそうだったのだろうか。

みな記憶を消され、王家の仕事をこなし王の子を産む役割に専念させられたのだろうか。

「絶対に忘れないと誓ったはずの、ただ一人の名前さえ、私は思い出せませんでした。そんな私には………シュラヴィスしか、いないのです」

ふと、いつか聞いた彼の言葉を思い出す。

――母上は好きだった人と決別して、イェスマとして単身王都に辿り着いた。その強さと、賢さと、相手がいないことを評価されて、父上の相手に選ばれたんだ

――世界のうちで愛しているのはお前だけだと、俺は母上にそう言われながら育った

ヴィースはジェスの手を離し、その両肩に優しく手を置く。

「あの子は王の責任に潰されそうになっています。何かが起これぱすぐにでも壊れてしまいそうで……だからジェス、後生ですから、どうかシュラヴィスのそばにいてやってください。あの子を助けてあげてください」

ジェスは声を出せないのか、目を潤ませてゆっくり頷いた。

「あなたの出生が分かってしまった以上、王太后としてあなたに命令することができないことは分かっています。これは、シュラヴィスの母としてのお願いです」

「ヴィースさん……私……」

涙をぽろぽろとこぼしながら、ヴィースはジェスの頭に額を当てる。

「お願いです……私には、あの子しかいないんです」


その晩、俺は夢を見た。

暗闇の中で誰かの声が呼びかけてくる夢だ。

ぼやけてよく聞こえないが、美しい、それは祈りのような声だった。


——こちらへ……どうか…………お戻り……こちらへ…………


反響する女の声が、さざ波のように何度も繰り返し聞こえてくる。

遠くて消えそうな、しかし確かに、こちらへと向けられた声。

はっきり聞き取りたくて、俺はそちらへ歩き始める。

久しぶりだ。二本の脚で歩いている。

歩き続けると、先に光が見えてきた。声は確かにそこから聞こえている。

うっ、と息が詰まる。

俺の喉を、硬く冷たい金属が圧迫していた。気管を潰されそうになり、首を押さえて立ち止まる。いつの間にか、俺の首には銀の首輪が嵌まっていた。

首輪の後ろには錆びた鎖が繫がっていて、光とは反対方向、暗闇の中へと延びている。

「絶対ダメです」

はっきりと声がして、鎖の向こうにジェスの姿が浮かび上がる。

「行っちゃダメです……」

ジェスは泣いている。

そしてその手には、鎖が握られていた。


目を覚ますと、ジェスが身体を起こして、俺の顔を心配そうに覗き込んでいた。

カーテンから明るい光が漏れている。もう朝か。

「豚さん、何か悪い夢でも見たんですか？　ひどいお顔をしてますよ」

首を捩らせてみるが、首輪が嵌まっている感じはしない。

「いや……俺は豚だ、いつもこんな顔だぞ」

そういうことじゃなくてですね、とジェスが言い返しかけたときだった。寝室の扉が少し荒っぽく叩かれる音がした。俺たちは二人して跳び上がる。

「入る」

と声がして扉が開き、すでに正装に着替えたシュラヴィスが姿を現す。

寝間着姿で俺に抱きついているジェスを見てそっと目を逸らし、咳払いして王が言う。

「起こして悪かった。とにかく来てくれないか」

翡翠色の瞳はしばらく迷ってから、俺たちにまっすぐ向けられた。

「大変なことになってしまった。ジェス、豚、どうか力を貸してほしい」

第二章

大量殺人は初事件には荷が重い

the story of
a man turned into
a pig.

降り立った街には見覚えがあった。

噴煙のように湯気を上げる山。その麓に建てられた豪華絢爛な大聖堂。火山ガスの臭気を含む湯煙に包まれた街。

メステリア西部に位置する温泉の楽園——ブラーヘンだ。

官能小説『妹に恋をするのは間違っているだろうか』の聖地でもある。

個人的には、ジェスがスク水を突然脱ぎ始めたことが印象に残っているが……。

「すくみず……？」

地の文を読んだシュラヴィスが不思議そうに訊いてきたが、俺もジェスも答えなかった。

空飛ぶ龍に乗って王都を発ち、今はまだ朝の時間帯。空は不吉な暗い雲に覆われているが、街は温泉のおかげか暖かい。街中で龍を降下させるわけにはいかなかったので、俺たち三人は街外れで龍を降り、通りを歩いて街の中心の広場へと向かっていた。

シュラヴィスによると、そこで不吉な大量殺人事件があったという。

諜報員によれば、犠牲者は三九名。みな、いわゆるならず者で、闇躍の術師が指揮した北部勢力(ノザン)の残党だと考えられているらしい。北部勢力(ノザン)が興(おこ)る前には、「イェスマ狩り」や「闇商人」と呼ばれていた奴(やつ)らだ。

殺人の犯人は不明。問題は、遺体に残された〝ある印〟だった。

その印のために、王が直々に動いているのだ。

シュラヴィスは報告を受け、ジェスと俺を連れて早速現場を調査しに来た。ヴィースは王都に残って、この危機に対応すべく配下の指揮や情報収集に取り掛かっているという。

霧のように濃い湯煙に包まれながら、黒い石造りの街を進んでいく。空気のにおいは記憶とは少し違った。なんだか錆(さび)っぽい、血のようなにおいになっている気がする。

「即位したばかりなのにこのザマだ……いきなりお前たちに頼るなんて不甲斐(ふがい)ない。だがこの事件は、何としてでも解決しなければならないのだ。迷惑をかけてしまうな」

申し訳なさそうにするシュラヴィスに、ジェスは全力で首を振る。

「そんなことをおっしゃらないでください。私、お役に立ちたいんです！」

あまりに勢いよく言うものだから、シュラヴィスはむしろ怪訝(けげん)そうな表情になる。

「そうなのか……？」

「はい！　ちょうど、たった一つの真実を見抜きたいと思っていたところだったんです！」

昨晩俺が言ったことの影響だろうか。突飛な発言に、シュラヴィスはさらに首を傾(かし)げる。

「真実を……それはまた、どうして」

「花嫁修業なんです！」

少しばかり沈黙があった。シュラヴィスの頭の上には三つぐらい疑問符が浮かんでいる。

しかし深く追及することはせず、シュラヴィスは困惑気味に笑いかける。

「それはよかった。この事件、ぜひ解決を手伝ってくれ」

「分かりました！　私がきっと、真実を明らかにしてみせますね！」

両手を胸の前で握って意気込むジェス。

名探偵ジェスたそ、誕生の瞬間であった。

「めいたんてい……？」

地の文を読んで振り向いてくるジェスに、説明する。

「探偵っていうのは、真実を明らかにする人のこと。推理して謎を解くんだ。なかでも特に優れている者に与えられる称号が、名探偵」

俺の言葉に、ジェスはキラリと瞳を輝かせる。

「そうなんですね！　では私、めいたんていになります！」

さしずめ、シュラヴィスが依頼人で、俺は助手だろう。最初の事件が三九人の大量殺人というのはどう考えても荷が重いが、依頼されたものは仕方がない。

堂々とした宣言のあと、ジェスは俺の方を向いて、小声で付け加える。

「私がめいたんていになれば、結婚にも一歩近づきますね」

何か誤解が生じている気がする。だが、名探偵になろうという心意気は素晴らしい。

「じゃあ俺が、名探偵の条件を教えてやろう。まずは決め台詞からだな……」

俺のレクチャーに、ジェスは真剣に耳を傾ける。

不穏な状況にもかかわらず、現場に向かうジェスの足取りは力強いものだった。


どんどん濃くなるにおいの中を歩き、巨大な聖堂の前に広がる大きな広場へと至る。広場への入口となる道の両脇には、温泉の噴水が置かれていた。記憶では乳白色の湯が噴出していたはずだが、今、湯の色は血のような赤色だった。

錆のようなにおいから察するに、鉄分が含まれているのだろう。もしかすると本当に血が混じっているのかもしれない。深世界の影響は、ブラーヘンの温泉にまで及んでいるのだ。

広場には空から冬の冷たい空気が流れ込んでいて、周囲よりもひときわ濃い湯気が立ち上っている。進んでいると、見覚えのある人影がこちらに気付いた。

人影というより、その背負っている大斧が目印だった。

「もう来てくれたのか。早かったな」

シュラヴィスの呼びかけに、陽気な女の声が答える。

「陛下直々のお呼びとあらばね。寝室にだって飛んで参上してやるよ」

背が高く、黒髪をポニーテールにした女。解放軍の幹部、イツネだ。冬でも肩や臍を出した露出の多い格好をしており、攻撃的な鋭い目つきが特徴だ。

「なぜ俺が、お前を寝室に呼ぶのだ？」

シュラヴィスが童貞くさいマジレスを返すと、イツネは顔をしかめてやり過ごす。

「ちょっとこっちで進めてる作戦があってさ。ノットとヨシュは昨日の夜から北東部に行ってて、ここには駆けつけられなかった。あたしだけでも不満じゃないね？」

「もちろんだ。来てくれて感謝している」

シュラヴィスは微笑むと、急ぎ足で先へ進む。イツネは俺とジェスを一瞥してから、シュラヴィスの少し離れた隣を歩き始めた。

ロリポさん、と少年の声がして、俺はすぐ近くに小柄な獣がいるのに気付いた。俺と同様、口がきけるようになったチビイノシシ。自分のことだとそうでもないのだが、目の前で実際に動物がしゃべると、ちょっと不気味に思えてしまう。イノシシはなぜか、リボンとフリフリのドレスを着用していた。その向こうには緑のワンピースを着たおさげの少女。

ケント、そしてヌリスだ。二人はイツネの付き人だろう。俺たちと並んで歩き始めた。

「ヌリスさん、お元気でしたか？」

ジェスが呼びかけると、ヌリスは歩きながらゆっくりとお辞儀をした。そばかすの浮いた純朴な笑顔が俺にも向けられる。

「ええ、おかげさまで大きな戦いもなく。平和にやっていますよ」

「安心しました。ところで、こちらは……」

ジェスがイノシシに視線を落とす。まるでお人形さんのように可愛(かわい)らしく着飾っている。右耳には大きなピンクのリボン。そして四足の獣用に作られた水色のドレスを着ている。お手製なのか縫製は粗めだが、かなり作り込んである。

「ケントさんがとっても喜んでくださるから、私、お洋服を作ってるんですよ！」

イノシシが、何も言わないでくれ、という目でこちらを見てくる。

その中身は†終焉(しゅうえん)に舞う暗黒の騎士† keNto――ちょっと中二な男子高校生だ。フリフリドレスを着るのが趣味だとは知らなかった。

「あら、手作りなんですね！　とっても素敵です！」

「素敵だなんて……ありがとうございます。よかったですね、ケントさん」

着飾ったイノシシをくしゃくしゃと撫(な)でるヌリス――その首には銀の首輪が嵌(は)まっている。

聞けば、イツネたちもブラーヘンに到着したばかりらしく、現場の検分はまだらしい。警戒する王朝軍兵士たちの間を抜けて、俺たちは広場をさらに進んだ。

湯気に溶け込んだ鉄イオンと硫黄化合物の濃度が明確に上がっていくのが分かる。

目的地に着くと――待ち受けていたのは、想像を絶するような光景だった。

聖堂正面の扉は開け放たれていたが、灯(あか)りがついておらず、中に覗(のぞ)くのは暗闇だった。その扉の前、黒い石畳の上に、裸の遺体がずらりと仰向けに並べられている。総数三九。

問題は、その遺体に施された魔法の痕跡だった。

すべての胸に、赤く輝く十字が刻まれている。まるで中から溶岩が覗いているかのようだ。

薄暗い空の下、それは悪趣味なイルミネーションのようにも見えた。

近づくと、どの遺体も肌が不自然に白く変色しているのが分かった。

「うっわ、気持ち悪いね」

そう言いながらも、イツネはまじまじと遺体を観察する。一番手前の屍は痩せた男で、全身に不気味な刺青が入っていた。

「実に面白いですね。この赤い光が……」

名探偵ジェスたそも、俺の教えた決め台詞を使いながら、物怖じせずに遺体を眺めた。

「ああ。血の十字と呼ばれるものだ……どうやら本物のようだな」

シュラヴィスは手頃な遺体のそばでしゃがみ、何やら分析してから立ち上がった。

俺は死体に慣れておらず、ジェスの後ろでうじうじと尻込みしている。無邪気に死体に触ろうとするヌリスを制止しようと、イノシシがスカートの裾を咥えていた。

俺たち全員に向かって、シュラヴィスが改めて説明する。

「遺体の発見は今日の日の出ごろ。犬の散歩をしていた少女がこれを見つけた。一通り話を聞いた後、この発見に関する少女の記憶は諜報員が消去した」

さらに訊きたいことができたらどうするんだ、と思ったが、おそらくそれよりも、王朝の機密保持の方が優先されるのだろう。この広場にも、警戒する兵士の他には俺たちしかいない。

それがことの重大さを示している。

王が直々に現場へ出るほど深刻であり、同時に、内々で解決したい事件でもあるのだ。

「犠牲者は全員、北部勢力の残党だ。肌が白くなっているのは高温によるもの——おそらくこのブラーヘンのどこかで、高温の温泉によって茹でられたのだろう。問題はこの十字だ」

イツネが首を傾げる。

「血の十字って言ったっけ？　これがどう問題なのさ」

濃い灰色の雲の下、シュラヴィスの顔は赤々と光る十字に下から照らされている。

「これは、暗黒時代、罪人に刻まれた魔法の印なのだ」

思い切ってジェスの隣に行き、遺体の胸を観察する。胸の上、正中線に沿って深い切れ込みがある。そして肋骨の下あたりで、もう一つの切れ込みが垂直に交わっている。赤い肉が見えるはずの部分は、大地の亀裂から溶岩が覗いているかのように、赤く明るく輝いている。

「で……罪人の印がどう問題なのさ？」

イツネが困惑した声で訊くと、シュラヴィスはまっすぐにイツネと向き合う。

「分からないか。これを刻むことができるのは、魔法使いだけ。殺人を犯した魔法使いが、どこかに潜んでいるのだ」

沈黙。

イツネはことの重大さがまだ分からないようだ。

「でも、殺されたのは北部勢力（ノザン）の残党——むしろあたしたちが殺してやりたいくらいの奴（やつ）らじゃないか。代わりにどっかの魔法使いさんがやってくれたなら、別にいいんじゃないの？」

「俺たちの知らない魔法使いという存在そのものが、大問題なのだ」

そこでイツネは、ようやく理解したようだった。

「なぁるほどね。王家のみなさんに管理されず野放しになってる魔法使いといえば、今はセレスくらいなもんだ。言っておくけどあの子なら今、ノットにべったりくっついてるよ。きっとこんなことしてる暇はない」

「もちろん、セレスを疑っているわけではない」

シュラヴィスは悩ましげに首を振る。

「そもそもあの小鹿のような少女に人を殺せるわけがない。暗黒時代の魔法など知りさえしないだろう。犯人は、これだけの人数を殺すことができる魔力を行使でき、かつ王朝に葬られた暗黒時代の風習を知っている者だ」

背脂がブルリと震える。それが意味することは明確だった。

闇躍（あんやく）の術師のような魔法使いが、まだメステリアのどこかに潜んでいるかもしれないのだ。

そして大量殺人を犯し、何らかのメッセージを残すかのように遺体を陳列した。

　ジェスが顎に手を当てて考察する。

「可能性があるとすれば……暗黒時代の生き残りが闇躍の術師さんの他にもいたか、もしくは闇躍の術師さんにお子さんがいたとか……いずれにせよ、一大事ですね……」

　シュラヴィスが深刻に頷く。

「どちらの可能性も捨てきれない。我々にまた、未知の強力な敵が現れたということだ」

　俺は話を聞きながら、昨日ビビスから言われたことを思い出していた。

　――今、世界はとってもおかしなことになっているでしょう？　もしそこに、もっと悪いことが重なってしまったら……そんな予感がしてならないの。どこか私の知らないところで不運が重なって、毒蛇が現れてしまうんじゃないか
　魔法が不安定な状況で未知の魔法使いが殺人を犯したという状況は、まさにビビスの予期した通りなのではないか。不安がハツをドクドクと鼓動させる。

　シュラヴィスは赤い十字に瞳を輝かせながら、淡々と説明を続ける。

「現時点では、誰が犯人なのかは見当もつかない。しかし、刻まれた十字の魔力から推定するに、かなりの強者のようだ……仮に『十字の処刑人』と名付けることにしよう」

　それを聞いて、イノシシがどこか興奮したように鼻を鳴らす。

確かにケントの好きそうな名前だ。イーヴィスが勝手に名付けたらしい「闇躍の術師」もそうだが、王家のネーミングセンスには独特のものがある。俺に「ピンクの淫獣」などといった二つ名がつくのも時間の問題だろう。

俺は不気味な遺体を見て、それからシュラヴィスに訊く。

「シュラヴィスが直々にここまで出向いたのは、その十字の処刑人とやらをさっさと特定しなきゃいけないからだな」

「そうだ。頼ってばかりで申し訳ないが、ぜひお前たちの力を借りたい。俺には王として、この問題に対処する責務がある。しかし王都の中にもやるべきことが山積みだ。みなの助けがなければ、早期解決は難しいかもしれない」

イツネは背負った大斧の持ち手を触りながら、八重歯を見せて苦笑いする。

「童謡を追えだの、魔法使いの殺人鬼を追えだの、随分と注文が多い王様だね。礼はたっぷり弾んでくれよ」

冗談めかした口調だったが、シュラヴィスは真摯に頷く。

「当然だ。情勢が落ち着いたら、解放軍には相応の領土を与えようと思っている。幹部については処遇も検討しよう」

「処遇？　配下にでもしてくれるってのか」

「違う。王朝と解放軍はあくまで同盟だろう。お前たちを王政に取り込んで部下とするのではなく、お前たちに権力を与え、俺の部下の一部を任せるということだ」

一息おいて、シュラヴィスは付け加える。

「ただ、妃の座は空いている。もし希望があれば申し出てくれ」

突拍子もない発言に対し、イツネはぽかんとした顔でシュラヴィスを見つめる。血の十字に照らされているせいか、その頬は若干赤く染まっているようにも見えた。

数秒の沈黙ののち、シュラヴィスが小さく笑って首を振る。

「……いや、真に受けるな、冗談だ。王家に非魔法民が嫁ぐことはない」

イツネは大きなため息をつく。

「まったくさあ、あんたが言うと、全然冗談に聞こえないんだよね」

分かる。

「シュラヴィスは当面冗談を控えるとして……さっそくここで、その十字の処刑人とやらの正体を示す手掛かりを探してみよう」

俺の提案に、ジェスが瞳を輝かせて意気込む。

「正体を示す手掛かり……私が見つけます！」

そういえば、探偵役はジェスだったな。

堂々と宣言したその口で、ジェスは俺に訊いてくる。

「……でも、何から始めればいいんでしょう？」

ここは俺がミステリーの知識を駆使して、名探偵の作法を教えてやることにしよう。

「まず殺人の軌跡をなぞって、犯人がうっかり残してしまった痕跡を見つけるんだ。任せてくれ。俺も助手としてサポートする。もしかすると、豚の嗅覚が役に立つかもしれないぞ」


結論から言えば、豚の嗅覚はてんで役に立たなかった。

火山ガスの刺激臭と、温泉から漂ってくる血腥(ちなまぐさ)い臭気のせいで、遺棄現場に残った他のにおいが全く嗅ぎ分けられなかったからだ。そこで俺たちはまず、遺体に残された、血の十字に次ぐ大きな手掛かりを辿(たど)ることにした。

体表の熱変性だ。

並べられた三九の遺体はすべて、熱によって不自然に白く変色していた。しかし焦げてはいなかった。高温によって、蒸されるか茹(ゆ)でられるかしたのだろう。

俺がそこまで説明すると、ジェスが挙手をする。

「でも、魔法によって加熱された可能性がありませんか？」

いい指摘だ。

「その可能性もあるな。遺体の髪が濡(ぬ)れている。水気の成分を調べてみよう」

温泉は酸性だろうから試験紙のようなものがあるといいな、などと思っていると、イノシシがフンゴと鼻を鳴らした。

「この水気は間違いなく酸性ですね。三価の鉄イオンも含まれています。まずここの温泉で間違いないでしょう」

　ケントの発言に、俺は先を越された気分だった。

「すごいな、どうして分かった……？」

　着飾ったイノシシが胸を張る。

「鋭敏な生体化学センサーを使ったんですよ。ロリポさんは嗅ぐ派のようですが、オレは舐める派なんです。温泉を舐めて、さらにいくつかの遺体の髪を舐めてみました。すべて九九パーセント同じ味、ほぼ完全に一致です」

　血の色をした不気味な温泉に、死体の髪すら舐めるとは。中世の科学者並みの度胸だ。

　しかし舐める派というのは……？　それは飼い主とのコミュニケーションのことを言っているのだろうか。確かに俺は嗅ぐことに悦びを覚えるため、ジェスを舐めることはないが……。その点、サノンは舐めもするし嗅ぎもするようだったから、俺やケントをさらに上回っていると言えるだろう。俺もそろそろ方針転換を検討すべきなのかもしれない。

　ジェスに変態でも見るような視線を向けられているのに気付き、俺は話を振る。

「さてジェス、こういうとき、どこを探すのがいいと思う？」

　変態警戒モードから探偵モードに切り替えたらしく、ジェスはゆっくりと話し始める。

「見たところ、かなり高温で茹でられたみたいです。普通に温泉に浸かっただけでは、こうはならないでしょう……犯行現場は、源泉に近いところだと思います。温泉はいったん聖堂に集まってから街に分配されているはずです。街の方に行くと入浴できるくらいまで温度が下がりますから、街の中という可能性は低いかもしれませんね」

なるほど、満点に近い答えだ。助手は不要かもしれない。シュラヴィスがジェスに訊く。

「では、山の方で殺人が起こったということか？」

「ええ。断言はできませんが、そうかもしれません。一度来たことがあるのですが、山には湧出口があって、そこでは湧いたばかりの温泉がぐつぐつと沸騰していました」

議論をしていると、「おーい」と呼ぶイツネの声がする。

振り向けば、イツネは開け放たれた聖堂の扉から中を覗き込んでいた。

全員でそちらへ向かう。イツネは大斧を青白く輝かせていた。巨大な円形のホールが、その光によって照らされている。金で覆われた壁と黒光りする床が大斧の輝きを反射させ、不気味な万華鏡の中にいるような気分になった。

「暗いな」

シュラヴィスが呟き、魔法で無数の光球を出現させる。光球は暖色の光を放ちながら天井付近に漂い始めた。

全体が明るくなり、ホール中央に置かれた悪趣味な彫刻を照らし出す。温泉に入る若者たちが、大量の骸骨によって湯の底へと引きずり込まれる様子を彫ったものだ。ガラス質の黒い岩を巧みに加工して作られており、彫刻とは思えない生々しさがあった。

顔を歪める彫刻の若者たちの喉から、呻き声のような音が響いているせいかもしれない。深世界に侵された世界では、たまにこういうことが起こるそうだ。怖いからやめてほしい。

湯は冥界の恵みなり

彫刻の台座には、金文字で書かれた警句が光る。温泉の独占権を恐怖で掌握しようとした領主の意図が、ここに表れている——以前来たときに、ジェスとそんな話をしたっけ。

「扉が開いてるからちょっと探してみたらさ、床に跡があったんだよ」

イツネが自分の足元を指差し、その指の先を前方、彫刻の脇の方へと動かす。

よく見ると、そこにはうっすらと水滴の痕跡が残っていた。温泉を滴らせる何かが上を通過したかのように、たくさんの小さな丸い跡が帯状に続いているのだ。水分はすっかり蒸発していたが、温泉成分と見られる赤茶色の固形物が残っている。

イノシシが早速床を舐める。

「これも確かに温泉成分です。どうやら犯人は、犯行場所を隠す気がないようですね」

さすがに地面を舐めるのは気が引けたが、ここは火山ガスが薄いので、俺も周囲を嗅ぎ回ってみる。もしかすると、犯人に繋がるにおい成分が残っているかもしれないからだ。しかし残念ながら、これといって特徴のあるにおいは見つからなかった。

濡れた跡——犯行の痕跡は、奥の部屋へと続いている。

「豚さん、行きましょう！」

ジェスが意気込むように言って、真っ先に跡を辿り始める。

「待て！　ジェス、犯人がいたらどうするんだ。未知の強力な魔法使いだぞ。全員で固まって行動しよう」

俺の言葉を聞くと、シュラヴィスが先頭へ出る。

「任せろ。俺が全員守ってみせよう」

そしてカツカツと歩き始めた。

温泉の滴った痕跡は、進むにつれて徐々に太く濃くなっていった。温泉がついたままの遺体を魔法で浮遊させて運んだのだとしたら、犯行現場から離れるにつれて滴る量は少なくなると考えられる。

つまり、この先が犯行現場ということだ。

辿り着いたのは、クジラの口のように巨大な跳ね上げ扉だった。普段は使われていない様子の、薄暗い部屋の中央。俺たちを誘い込むように、がばっと上に開いている。

温泉の滴った跡は、跳ね上げ扉の中、つまり地下から続いていた。そしてその奥から、冬なのに熱く湿った空気が流れてくる。鉄イオンと硫黄化合物の臭気。この先に熱湯があるのは明らかだった。

地下に潜ると、想像していたよりもずっと大きな空間が俺たちを待ち受けていた。

「これは……」

声を漏らし、シュラヴィスが光球を展開する。

まず見たときは、闘技場かと思った。岩を掘って造られた、広い円形の地下空間。床は同心円状の階段になっていて、中央へ行くにつれてすり鉢状に低くなっている。

中央にあるのは、巨大な浴槽。ただ、そこを満たすのは、心地よい湯気を上げる温湯ではなく、躍るように沸騰する赤い熱湯だった。

壁に沿って、いくつにも小分けされた狭い牢が並んでいるのに気付く。檻は金で鍍金されている——火山ガスによる腐食を防ぐためのものか、もしくは魔法使いを閉じ込めておくための特殊な加工か……。

床についた傾斜のおかげで、どの檻からも中央の浴槽がよく見えるはずだ。

岩でできた高い天井は、熱湯に漬けられた罪人の絶叫をきれいに反響させたことだろう。

この場所は、巨大な地下牢であり、同時に残酷な処刑場——もしくは拷問室だった。

わずかな良心の表れか、俺たちのいる入口とは反対側に、小さな白いヴァティス像が置かれている。信仰によって恐怖を和らげる役割を果たしていたのだろうか。

ジェスが自分の人差し指を少し舐め、立てたその指で風を読む。

「ヴァティス様の像の背後から、外気が取り込まれているようです。向こう側からこちら側へと、常に強い風が吹いています」

前に立つ美少女のにおいが常に流れてくることから、俺もそれに気付いていた。

「有毒ガスが溜まらないような構造になっているというわけか。親切なのか、残酷なのか」

空気より重い火山ガスは、低い場所に溜まる。ヴァティス像の後ろから吹き続ける慈悲の風が、それを効率よく排除しているのだろう。罪人を中毒死させないためだ。天井にはいくつも空気穴が開いていた。そこから空気が出ていく仕組みになっているらしい。この地下牢は、流体力学的に計算されて造られている。

囚人たちを殺さずに苦しめるための計算だ。

「誰もいないようだな」

シュラヴィスは光球をぐるぐると巡らせ、壁に並ぶ独房の中を照らしている。ボロ布や人骨が乱雑に放置されているが、生きている人間の姿はないように見えた。

「何かの罠かもしれない。イーヴィスみたいに呪いを受けたりはしないか」

シュラヴィスは肩越しに微笑みを向けてきた。

「大丈夫だ。あの呪いはすでに分析が終わり、俺でも探知できるようになっている」

言いつつ、シュラヴィスは石の壁に手を当てた。

「それに、この空間にはヴァティス様の魔法の痕跡がある。強力な魔法によって守られているのだ。あの術師の杖のような道具であっても、ここの床や壁を貫くことはできまい」

「あたしの斧でも？」

イツネの問いに、迷わず頷くシュラヴィス。

「試してみてもいいが、刃を研ぎ直すことになるぞ」

そう言うと、階段を下りて中央の浴槽に向かう。俺たちも後に続いた。

ヴァティス像から吹く慈悲の風はおそらく、外気由来だから冷たいのだろう。冷たい風は比重が大きく、暖かい空気の下へ潜り込む。一度浴槽の水面まで吹き下ろしたのち、熱を帯びて、正面から俺の顔に吹き付けてくる。それなりの強い風だ。

ジェスのスカートが割と大変なことになっていたが、高温の湯気を含んだ向かい風の中では目を大きく開くことが敵わず、俺はその恩恵にあずかることができなかった。

下へ降りるにつれ、熱気の迫力が増していく。

シュラヴィスの光球が煮えたぎる赤い湯を照らす。血を思わせる濃密な錆臭さが鼻をつく。床の石材は結露し、濡れている。足を滑らせたらそのまま浴槽へ転がり落ちてしまいそうだ。

「下着ばっかり見ようとして、うっかり落ちたりしないでくださいね」

心なしか冷たいジェスの声に、俺は鼻を鳴らす。

「気を付けてるさ。テジクッパにはなりたくないからな」

ちなみに俺の横には牡丹鍋候補生がいる。無邪気に浴槽を覗き込もうとする飼い主を制止しようと頑張っていた。

浴槽には縁がなく、階段の一番下の段がプールサイドのように広くなっているだけだった。囚人を転がしておくのにちょうどいいスペースだ。滑りやすい床面から蹴落とすだけで、熱湯に放り込むことができる。

ブクブクと沸騰する水面を見ながら、シュラヴィスが言う。

「ここで罪人が殺されたということで、まず間違いはなさそうだな」

殺人の場面を想像してみて、疑問符が浮かぶ。

「いや、厳密にはここじゃないな」

俺の言葉に、シュラヴィスは首を傾げる。

「なぜだ」

「想像してみろ。生きた人間をここに投げ入れたらどうなる？」

「死ぬ」

「いや、それはそうなんだが……すぐには死なないんじゃないか。『押すなよ！　絶対押すなよ！』のシーンを考えてみてほしい」

沈黙。後ろからケントの声が聞こえてくる。

「日本のお笑いの話は通じないと思いますが……」

確かに、と思っていると、ジェスが横でハッと息を呑む。

「分かりました！　熱湯に投げ入れられてしまった方は、まず出ようと足掻くはずです。そうでなくても、痛みにもがいたりすると思います。でも広場に並んだご遺体は、みなさん、両手両足をきれいに揃えて、仰向けに並べられていました！　これはおかしいです」

さすが名探偵。

「そうだ。生きたまま茹でられれば、死体はそれ相応の形で固まってしまう。暴れたり、苦しんだりしてる姿でな。しかしあの遺体は、まるで眠っているかのようだった。とすると……ジェス、何が分かる？」

名探偵ジェスたそはうんうん考えたのち、人差し指を一本立てる。

「例えば……一度傷のつかない方法でお命を奪われて、死後、ご遺体が硬直した後に茹でられた、というのはどうでしょう」

死後硬直まで考察に入れた説得力のある推理だ。

シュラヴィスは顎に手を当て、じっと考えている様子だった。俺は補足する。

「まあ、死体をきれいに並べたくて、生きたまま魔法で硬直させてから茹でた可能性もあるが……結局、そこには犠牲者を苦しませるかどうかの違いしかない。あれだけの人数をまとめて殺すんだ。そんな手間をかけるより、殺してから茹でる方が合理的だと俺は思う」

ジェスが興味津々の表情で疑問を呈する。

「ではなぜそんなことをしたのでしょう？　死んでしまった人を、わざわざ茹(ゆ)でた理由は？」

「おかしなことを、気にするのだな」

首を傾げるシュラヴィスに、ジェスは言う。

「細かいことが気になってしまう、私の悪い癖です」

刑事ドラマのような発言は、もちろん、俺が教えたものである。

なんだか面白くなってきた。まるで本当のミステリーではないか。

広場に並べられた悪党三九人の遺体。

魔法によって刻まれた罪人の印。

遺体をわざわざ茹(ゆ)でた理由。

名探偵ジェスたその初陣(ういじん)は、犠牲者の数が多いのみならず、かなりの難事件かもしれない。

顎に手を当てて考えるジェスの様子は、すっかりさまになっていた。その横顔をぼんやり見ていると、奥にある白いヴァティス像が視界に入る。

左手を胸に当て、右手を高く掲げるお決まりのポーズ。

しかし、違和感があった。

強烈な違和感。その正体に気付いたとき、俺はあまりの衝撃に身震いしてしまった。

「豚さん……？」

「なあジェス、ヴァティス像っていうのは、みんな同じポーズをしてるんだよな」

「ええ、そうですが……」

「……あれは同じポーズに含まれるのか？」

俺の指摘を受けて、全員がヴァティス像に目を向ける。

勘のいいジェスが真っ先に、「あっ」と悲鳴に近い声を漏らす。

右手を高く掲げるヴァティス像——その手に、錆びた鎖が握られていたのだ。

すべては繋がっている。そう直感した。

昨日読んだ「くさりのうた」という童謡の歌詞を思い出す。

——とおくまで　さびたくさりは　つづいていくよ

——ろうやをでたら　はかばまで　くさりのみちは　おわらない

——ひとつめの　わっかがわれて　ねずみがにげた

——にげたねずみは　なべのなか　おゆでゆだって　しんだのさ

イエスマ解放に必要な「最初の首輪」の在処を示す童謡。

殺したならず者たちをわざわざ茹でた理由は、そこにあるのではないか。

ここブラーヘンはおそらく、最初の場所——シュラヴィスが解放軍に探させていた、最初の首輪に辿り着くための手掛かりとなる場所だろう。

そして、シュラヴィスの即位の翌日というこのタイミング。

犯人――十字の処刑人は明らかに、「最初の首輪」のことを知っている。

堂々と広場に並べられた死体は、かなり高い確率で、王朝への挑戦状なのだ。


俺たちはヴァティス像を詳細に調べた。強力な魔法によって創られたらしい頑丈さから、これが――鎖を含めて――ヴァティスの遺したものらしいと分かった。

錆びた鎖は像の右手から延びて、冷たい空気の吹き込んでくる穴の中へと続いていた。ここに首輪はない。どうやらまだ、先があるらしい。

「私が豚さんと一緒に考えた通り、くさりのうたの謎が場所を巡っていくものだとしたら……まだ、第二の場所、第三の場所、第四の場所と続いていくはずですね」

ジェスの分析に頷く。

「きっとこの鎖が手掛かりになってるんだ。早く次を探さなきゃいけないぞ」

気付けば俺は、相当な早口になっていた。

「十字の処刑人は、シュラヴィスが『くさりのうたを追って最初の首輪を見つける』と宣言した翌日にこんなことをしでかした。このタイミングに、わざわざこの場所で、くさりのうたに倣って死体を茹でている。奴が最初の首輪のことを知らないと考えるのは無理がある。首輪を先に手に入れられたらまずいぞ」

　ケントも早口でまくし立てる。

「最初の首輪を奪われたら、イェスマを解放する唯一の方法（カギ）が失われてしまうんでしょう？　そんなの絶対に――絶対にあってはならないことです」

　見た目はフリフリした服に身を包む可愛らしいイノシシだが、イェスマを――というか、ヌリスを奴隷の首輪から解放することに関しては尋常ではない熱意を持っている少年だ。

　ケントは最初の転移時、他でもないこのヌリスのもとにやってきた。北部（ノザン）勢力がヌリスを強制労働させようと徴集するのに抗って、しかし失敗し、殺されて日本へ戻ってきた。

　ヌリスはその後、記憶を消されてしまい、ケントのことを憶えていない。それでもケントは、再会したこの少女を自由にすることに執着している。

　魔法という本来の力を封印し、自分を大切にする意志すら奪うこの奴隷の首輪から、少女たちを自由にする。そのために、ケントは、解放軍は、命すら懸けて闘っているのだ。

　その解放軍の幹部であるイツネが、シュラヴィスの肩にポンと手を置く。

「どうしたんだ王様、ちょっと落ち着きな」

　見れば、シュラヴィスはいつものように無表情だが、指先がプルプルと震えている。

「俺は……俺は落ち着いているっ！」

　そうは思えない強い口調で、若き王は断じた。

「この手は恐怖に震えているのではない。怒りに震えているのだ。悪しき魔法使いが我々の情報を盗んで、最初の首輪を奪おうとしている……それに、我々を嘲笑うかのようなこの殺人！三九人も殺し、暗黒時代の罪人の印を刻んだ！　俺が即位した晩にだ！」

はあ、はあと、肩で息をして。

「放置してはおけぬ。小さなリスタすら暴発するこの危険な世界で、そのような反逆者の存在が許されてたまるものか！」

口調は乱暴だが、言っていることはもっともだ。これは単なる殺人ではない。

王朝に敵意をもった魔法使いによる殺人。

マーキスが不死の魔法使いによって身体を奪われたのに比べればまだマシに思えるが、それでもこの現状は、紛れもなく王朝の——そしてメステリアの危機だと言えよう。

俺はシュラヴィスに近づいて、言う。

「俺たちの目的は二つだな。願わくは十字の処刑人よりも早く最初の首輪を見つけること。そして、十字の処刑人の正体を突き止めること。万が一、最悪の事態が起こって、奴が先に首輪を手に入れていたなら……何としてでも捕まえて、首輪を取り返さなくちゃいけない」

「ああ。王家に刃を向ける魔法使いなど、野放しにはしておけぬ……このシュラヴィスが、必ず討ち果たしてみせよう」

前半聞いてたか？

何を感じ取ったのか、ジェスがシュラヴィスの前に立つ。

「まず、この鎖が延びている先を探しましょう。それが、首輪を手に入れるための、次の手掛かりになっているはずです。十字の処刑人さんも、それに気付いているかもしれませんよ」

美少女のことは無視できないようだ。シュラヴィスはゆっくりと息を吐いて頷く。

「……そうだな。この通気口を辿るには、鎖と干渉する光球を上昇させるのがいいだろう。俺がいざというときに魔法で対処できるよう、ジェスがやってくれるか」

「はい、もちろんです！」

ジェスは手の平の上に、白く輝く光の球を出現させる。それをヴァティス像が右手に持っている鎖に近づけると、光球は鎖に纏わりつくようにして通気口へと入っていった。

なるほど、こうすれば、外で光っている鎖を探すだけでいいというわけか。

「行こう。一刻を争う」

シュラヴィスは素早く踵を返して、壁沿いに並ぶ牢の前を足早に戻っていった。

ジェスと一緒にその後を追いながら、考える。

遺体を茹でた理由は分かった。

くさりのうたを連想させるための、いわゆる見立て殺人だ。

しかしそれなら、なぜ遺体は熱湯で殺されなかった？　素直に茹でて殺せばよかったのだ。

熱湯の中でもがき苦しみながら死んだ遺体を陳列した方が、王家への挑発としては迫力がある気もする。童謡で歌われたネズミも、きっと鍋から出ようともがく格好で死んだだろう。

わざわざ殺してから茹でたのだとしたら、それはなぜだろうか？　単にきれいに並べたかったから？　しかし、せっかく童謡に見立てているのだ。手間をかけて童謡とは違う殺害方法をとるというのは美しくない気がする。十字の処刑人はどういう感覚をしているのだろう。

可能性は低いが、気を付けの姿勢で固定したまま茹で殺したとしたら——それはなぜだ？　あの遺体のポーズに何かこだわりがあったのか？　左右対称にこだわる気質というのは犯罪小説でたまに見かけるが、そういったコンプレックスがあるのだろうか？

「豚さんは、十字の処刑人さんの内面をとても真剣に考えるんですね」

廊下を歩きながら、ジェスが指摘してきた。地の文だが……。

「こういう殺人っていうのはな、遺留品だけが手掛かりじゃないんだ」

助手としてアドバイスをする。

「名探偵を目指すなら憶えておいても損はないぞ。殺害方法から人物像を考えることで、犯人の正体に迫ることができる。どんな気持ちで殺人をしたのかが分かれば、どんな奴が殺人をしたのかもおのずと見えてくるんだ」

いわゆるプロファイリングという手法だ。

「なるほど……？」

あまり納得していない様子のジェスに、説明する。

「簡単な例で言おうか。例えば俺が殺されていて、腹に『見境のない豚』と刻まれていたとしよう。そこから何が分かる？」

「見境のない豚さんなんだな、ということが分かります」

いや俺のことじゃなくて……。

「犯人は、俺の見境のなさが気に食わなくて殺したんだ。そこで俺の行動を詳しく調べてみると、前の晩にセレスたそと二人きりで密会していたことが分かった」

「見境のない豚さんですね……」

「その通り。犯人はそれによって俺を恨むような存在、つまりジェスだと推定できる」

「えええ！　私は豚さんを殺したりしませんよ！　おしおきはすると思いますが……」

おしおきしてくれるのか。

「あくまで例えばの話だ。これと同じように、十字の処刑人がなぜこんな殺害方法をとったのか詳細に考えていくことで、犯人を絞り込む手掛かりになる」

「ほほう……」

興味をもったようで、ジェスの目つきが変わった。何か考えるように、顎に手を当てる。

「私の見解ですが……」

「なんだ」

「十字の処刑人さんは、実は、残酷な方ではないのだと思います」

想像もしていなかったプロファイリングに、むしろ俺が驚かされた。

「……どうしてそう思う？」

「安楽死です」

言われて、その可能性もあるな、と思った。

「奴は犠牲者たちに、無駄な苦しみを与えたくなかった。だから一回、安らかな方法で殺してから熱湯に入れた。そういうことか？」

「はい。もしかすると、人を殺すことに慣れていらっしゃらないのかもしれません。苦しみを与えたくなかったというより、苦しむ姿を見るのが嫌だった、という可能性もあります」

前を歩くシュラヴィスが、顔をしかめて振り返ってくる。

「そうか？　三九人も殺しているんだぞ。これを残酷と呼ばずして何と呼ぶ」

その拳はぎゅっと握られていた。まるで殴る相手を欲しているかのようにも見えた。

「まあまあ、安心しなよ」

横からイツネが声を掛けてくる。

「そいつが慈悲深かろうが、残酷だろうが、あたしたちのやることは変わらない。見つけたら知ってることを全部吐かせて、用済みになったら首をスパンと刎ねてやるんだ」

聖堂の裏に回ると、雨どいに紛れるようにして、錆びた鎖があるのが分かった。コの字形の鎹のような金具が外壁の石材に等間隔で打ち込まれ、それによって鎖が固定されている。

ジェスの魔法による光が、ゆっくりと鎖を伝いながら上昇していく。どうやら鎖は屋根の上へと続いているようだ。他のメンバーには下で待っていてもらって、シュラヴィス、ジェス、俺の三人で登ってみることにした。

シュラヴィスは難なく俺たち三人全員を浮遊させ、上昇させる。ジェスがスカートを気にするようにして腿を抱えた。俺は落ち着かない浮遊感に脚を動かすばかりだった。高いところは苦手だ――特に魔法で浮かび上がって、下に支えになるものが何もない状態では。

ブラーヘンの大聖堂は、屋根を金メッキされた尖塔が剣山のように林立する巨大建築だ。尖塔の間には細い煙突のような構造があり、そこからもくもくと湯気が上がっている。湯気のせいで見通しが悪く、目下に広がる尖塔は霧に包まれた黒い森のようにも見えた。

「ジェス、光を速めてくれ」

シュラヴィスの要求に応じて、ジェスは右手をゆっくりと動かす。その動きに合わせて、鎖を伝う白い光が尖塔の隙間を縫うように移動していく。まるで蛇のようだ。

光はやがて、尖塔の一つを登り始め、そしてその頂上へと辿り着いた。

そこには青銅の風見鶏があった。

「行こう」

興奮気味の俺の声を待たず、俺たちの身体はそちらへふわりふわりと平行移動を始める。

風見鶏の近くで、屋上の平らな部分に降り立つ。

観察してみて、それが異様な存在であることが分かった。

まずこの塔は他よりも低いため、聖堂の周囲から死角になっている。周りから見えないのであるから、相当馬鹿な設計ミスでない限り、風を見るためのものではない。

しかも、風見鶏には錆びた鎖が繋がっている。ジェスの光球がそこで止まっているので、あの闘技場型地下牢にあったヴァティス像から続いているものだと分かる。

そして何より、肝心の雄鶏の造形だ。

頭から首までは鶏なのだが、胸から下は蛇やトカゲのような爬虫類の様相を呈している。大声で叫ぶように開かれた嘴からは、二股に分かれた蛇の舌が伸びていた。

「これは……コカドーリエですね」

ジェスが言い、俺とシュラヴィスは「なんやそれ」という顔でジェスを見た。

「あの、実在しない、想像上の生き物です。炎を吐き、それを浴びるとどんな生き物も石になってしまうと言われています……古い説話集に登場していました」

さすがジェスだ。読書量が多いだけあって、知識はなかなかのものである。

シュラヴィスは頷くと、尖塔の屋根を少し登った。手が届くところまで行くと、風見鶏をそっと触る。そして、板状の鶏の頭を思い切り摑んで回転させようとする。

「固定されているな」

俺とジェスはコカドーリェの足元を見る。そこには鶏の嘴と同じ方を向く矢があった。

「方角は……北東ですね」

ジェスが言い、そちらを見る。矢の向く先は真っ白な湯気で見えない。

「霧を払うか」

シュラヴィスはすっと手を北東に向けた。開いた手が閉じられると、強烈な衝撃が一度だけ爆散し、一瞬にして霧が晴れた。

雲を消して太陽を覗かせたり、一帯の湯気を消滅させたり、魔法使いというのはさすがにチートすぎないだろうか。満足げに振り返ってくるシュラヴィスを見ながら、そう思った。

山の麓にある大聖堂の塔の上からは、北東に広がる平野を一望することができた。雲の切れ目から顔を出した鮮烈な朝日が、景色と俺たちの横顔に照りつける。

ジェスが隣で、指をさす。

「豚さん……！」

風見鶏が示す直線上に、それらしい場所は一つだけだった。

遠くに一本の大きな川、ベレル川が流れていて、その畔にひときわ大きな街がある。

「あれは……妖精の沢があった辺りじゃないか」

「ええ、アルテ平原です！」

シュラヴィスはそちらに視線を定めたまま頷く。

「ああ。アルテ平原の中央にある、ハールビルという都市だ」

俺たちは互いに顔を見合わせて、頷いた。シュラヴィスが鋭く言う。

「ここは軍の者に任せて、すぐにでも出発しよう」


シュラヴィス、ジェス、俺の三人に加えて、イツネとヌリスとケントもハールビルへと直行することになった。移動手段は、俺たちが乗ってきた王朝の龍だ。

黒い鱗に覆われた巨大な背に、箱型の座席が設置されている。ジェットコースターに喩えればいいだろうか、前二人後ろ二人の人間四人乗りだ。したがって、俺とケントはそれぞれの飼い主の足元に身体を埋める他なかった。俺はジェスのふくらはぎに身体を挟まれる感覚をしみじみと味わいながら空の旅を過ごした。

馬車では朝から夕方までかかった道のりも、龍にかかれば三〇分ほど。上昇を終えたと思えば龍はすぐに降下を始め、すっかり葉の落ちたリンゴ園に降り立った。

口数の少ない俺たちの周囲で、厳しい現実が靄のように漂い、不安を増幅させていた。

十字の処刑人はシュラヴィスの即位の日の晩に殺人を実行した。

そして童謡に見立てて遺体を茹でた。

しかも現場は、最初の首輪へと至る手掛かりのある場所だった。

十字の処刑人は王家に対して何らかの挑戦をしているに違いなかった。そして、俺たちが探そうとしている最初の首輪のことを知っている可能性が非常に高い。

いったいどこから情報が漏れたのか……俺たちは向こうのことを全く知らないのに、向こうはこちらのことをそれだけ知っている。考えると、豚肌が立った。

今のところ、十字の処刑人を特定する判断材料は見つかっていない。

俺たちは、奴(やつ)がまだ最初の首輪に辿(たど)り着(つ)いていないことを信じて、最初の首輪を最速で探すしかないのだ。そのなかで奴(やつ)が尻尾を出せば、追い詰めるチャンスがあるかもしれない。もし首輪を先に奪われていたとしたら……それは一大事だ。何としてでも十字の処刑人を捕らえ、最初の首輪を奪い返さなければならない。大きな戦いになるだろう。

重要なのは、信頼できるメンバーでこちらの陣営を固めること。

龍は俺たちを下ろすとすぐに飛び立って、ノットとヨシュを拾うために北へ向かった。

「行こう」

シュラヴィスは祖父お手製の無敵ローブを翻(ひるがえ)して、街の方へと歩き始めた。

日が高くなったのだろう、明るくなってきたが、相変わらずどんよりとした曇り空だ。

確固たる意志を感じさせる足取りで進みながら、シュラヴィスは説明する。

「ハールビルは、ベレル川を使った交易で栄える大きな街だ。川を挟んで南北に分かれ、ヴァティス様の祀られている聖堂もそれぞれに複数ある。まずは中心部の大きな聖堂から探していくのがいいと思うが……結局、手当たり次第に探すことになるかもしれない」

それを聞いて、ジェスが言う。

「いくつかに分かれますか？　それとも、このまま行きますか？」

シュラヴィスは判断を迷わない。

「二手に分かれよう。襲われたときにどちらも対処できるよう、戦力は分散しておきたい。つまり、俺とイツネは別々だ」

「じゃああたしがヌリスと一緒で、ジェスちゃんがあんたの方につくってこと？　あたしたちはヴァティスのこと全然詳しくないから、見落としたりしない自信がないんだけど……」

イツネの指摘に少し考えてから、シュラヴィスが口を開く。

「そうだな。ジェスと豚には知識がある。俺にヌリスとケントをくれ。ジェスと豚が、イツネと一緒だ。ヌリスなら俺を治癒することもできるし、ジェスもある程度ならイツネを補助できるはずだ。治癒もできるな？」

「ええ、どなたでも、多少であれば」

治癒の魔法には、「この人を癒したい」という願望の強さがダイレクトに反映される。ヌリスは首輪のせいでリスタに頼らざるを得ないが、心が広いのか、解放軍の仲間であれば割と誰でもそこそこ癒せるらしい。それもあって幹部に重用され、いつも同行している。セレスはほぼノット専属で、ノットならば瞬く間に全治させることができる。ジェスも選り好みの大きい方らしいが、魔力自体がチート級なので、よほどのことがなければ、誰でもヌリス並みには癒せるそうだ。

ちなみに、ヴィースは感情に頼らない治癒の魔法に長けているとジェスから聞いた。衣服を織るような感覚で、複雑な体組織を成形できるのだという。だから、俺たちが向都を達成したとき、彼女にとって豚以下の存在である俺の傷も、ヴィースは一瞬で癒すことができた。

リンゴ園を抜け、街に入る。土の道路はやがて石畳に替わり、平屋の家も二階建て、三階建てと徐々に高くなっていく。中心へ向かうにつれて栄えていくのが分かる。道行く人々の数も増えていく。川に近いところでは建物同士の間隔も狭くなり、川沿いは四階建てや五階建ての建物が隙間なく立ち並ぶ街並みになった。

どの建物も赤いレンガで建てられ、街全体に港の雰囲気が漂っている。ジェスによると、この街は俺たちが以前妖精の沢から歩いてきた場所よりもいくらか下流にあるらしい。流域でも最も栄えているエリアだという。

「大きな街ですね！」

ジェスが川の方へ駆けていくので、俺もついていく。交易と商売の街だからだろうか、冬風の中でも様々な人が行き交い、盛んに言葉を交わしていた。

しかし、会話に耳を傾けてみれば、倉庫のリンゴが一晩にして見たこともない粘菌に食いつくされただとか、せっかくのワインが真っ黒に変色してしまっただとか、リスタの暴発で船が燃えてしまっただとか、散々な不満が聞こえてくる。

俺たちが招いてしまった超越臨界(スペルクリツカ)——その結果として引き起こされた深世界(しんせかい)による日常の侵食は、何の罪もない住人たちの生活に、確実に悪影響を与えているのだ。

川辺は石積みで護岸され、悠々と流れる大河を少し高い位置から見下ろせるようになっていた。黒々とした水面には木箱を積んだ木造船が行き交っている。交通量が多く、街へ入ってくる船や街を出ていく船は、右側通行でなかば列をなすようにして航行していた。

ベレル川は西から東へと流れて、街を南北に分断している。今俺たちがいるのは南側だ。川の中央には大きな中州があって、そこにもレンガの街が発達している。南側から中州へ、そして中州から北側へと、それぞれ立派な石橋が一本ずつ架かっていた。石橋は二つとも見事なアーチ構造をしていて、アーチはちょっとした帆船が通り抜けできるほど高い。

川に向かって右手に石橋を望むと、手前の橋の側面に大きく街の名前が刻まれていた。

——ハールビル

古めかしい雰囲気の飾り文字だ。ずいぶん昔から発展してきた場所らしい。

石橋の周辺には船がつけられ、荷物の積み下ろしがさかんに行われている。中州側には古めかしい石積みの船着き場が、こちら側——つまり南側には建て増しされたらしい木造の船着き場がある。そのどちらでも人々が活発に行き来していた。中州側には川を下る船が、こちら側には川を遡上する船が着ける決まりになっているようだ。

「街の中心部というと、どうも中州が怪しいな。立派な建物もあるみたいだ」

俺の言葉に、ジェスは頷いてシュラヴィスを振り返る。

「シュラヴィスさん、私たちは中州から調べようと思うんですが」

「いいだろう。それなら俺たちは、まずこの南側から調べることにしよう」

シュラヴィスが両手で空中に渦を描くと、一対の白い巻貝が出現する。手の平サイズの貝殻で、右巻きと左巻き、鏡で映したようにそっくり同じ形だ。一方をジェスに差し出す。

「それらしい場所を見つけたり、何か不穏な空気を感じたりしたら、すぐに連絡をくれ。開口部に向かって俺の名前を呼べば、もう一方を持った俺が応答する。この貝殻の場所はいつでも把握できるようになっている。一瞬で助けに向かおう」

シュラヴィスの声には緊迫感があった。ブラーヘンで殺人が起こったなら、それに続くこの場所で殺人が起こってもおかしくはない。それが俺やジェスの目の前で起こったら、どうなるか。三九人を殺した十字の処刑人と対峙しなくてはならないかもしれない。

貝殻を受け取ると、ジェスは覚悟したように深く頷いて、シュラヴィスを見る。

「シュラヴィスさんも、お困りのことがあったらいつでも呼んでくださいね」

「……お前は優しいな」

ふと見当外れなことを呟いてから、誤魔化すように言い直す。

「俺は王——神の血を引く絶対の王者だ。ジェスを頼りにしているのは事実だが、ジェスが俺の危機に駆けつける必要はない」

「そんな……」

「俺の危機には、俺が自分で対処する。ヌリスやケントも、俺が絶対に守ってみせる。俺の危機に駆けつければ、ジェスが危険にさらされるではないか。そのようなことは、絶対にあってはならないのだ」

ジェスの頭を優しくポンと叩いてから、シュラヴィスはヌリスとケントを引き連れて街の中へ入っていった。

「じゃあジェスちゃん、あたしたちも行くよ。ゲス豚も来な」

イツネが言って、迷いのない足取りで石橋へと向かう。

ゲス豚？

俺たちはシュラヴィスの後ろ姿を少しだけ見送ってから、イツネに続いた。

中州へと架かる石橋は、メステリアで見たことがある橋の中でも、最も立派なものだった。精密に切り出された暗灰色の岩が隙間なく積み上げられ、見事なアーチを描いている。幅は馬車がすれ違えるくらいに広い。橋の中央にかけては緩やかな斜面になっていて、多くの人が往来している。段差がないため、荷車や馬車などで荷物を運搬するのにも都合がいいようだ。

橋のたもとでは出店が商売をしている。買ったリンゴを齧っている人がいる。どこからか肉を焼くいいにおいが漂ってくる。気付けばもう昼時が近い。

　早足で橋を渡る。革の覆いで刃は隠れているものの、イツネの大斧が人目を引いた。

「中州っていっても広いよ。どこから探してく？」

　イツネの問いに、俺はジェスを通してテレパシーで答える。しゃべる豚は目立つからだ。

〈まずは聖堂だ。古いもの――一〇〇年以上前の建築がいいだろう〉

　ジェスが補足する。

「きっと立派な建物のはずですね。魔法で守られて、深世界の影響も小さいはずです」

　橋の中央を通過すると、下り坂になる。橋の上からは中州の様子がよく分かった。

　全体として大きな戦艦のような形だ。川の流れによる侵食を防ぐためか、外周は切り立った石垣で護岸されている。石垣の内側には、窓のない大きな建物がいくつも並んでいる。

〈建物が多いな。この中州は、何に使われてる場所なんだ？〉

　ジェスは橋の下の方を覗き、考える。

「この橋の下は船着き場になっているみたいです。川沿いに並ぶ建物は、もしかすると倉庫に使われているんじゃないでしょうか？」

〈なるほど、窓がないのはそういうことか……とりあえず、倉庫は後回しだな〉

　橋が終わり、俺たちは中州に降り立つ。まずは小さな広場だ。路面はすべて灰色の石で舗装され、広場を囲む建物の周りには樽や木箱が並んでいる。大きな荷物を背負ったり、荷車を引いていたりと、商売に関係しているらしい人が多い。

「なぁんかあんまり、それっぽい建物はない感じだね」

イツネの発言に、俺たちは同意する。

「この奥に、さらにもう一つ広場があるようです。ドーム屋根が見えます。先にそちらを調べませんか?」

〈そうしよう〉

広場を横切り、次の広場を目指す。街には噴水がいくつか置かれていたが、どれも毒々しい青色の花を咲かせる蔓薔薇（つるばら）に埋め尽くされ、水は止まっていた。この街には、噴水に強い恨みでもある人がいるのだろうか。

街の様子が少しおかしいのには慣れっこで、俺たちは噴水を一瞥（いちべつ）しただけで素通りした。

俺たちが探すべきなのは、ヴァティスの魔法で守られているはずの建物――つまりどちらかといえば、深世界による侵食が起こっていない、いないものなのだ。

次の広場が、中州の中心部分のようだった。広く開放的な場所で、ドーム屋根の立派な聖堂が建っている。白い石材に緑色の屋根が映える、煌（きら）びやかな建築だ。その向かいには、砦（とりで）を思わせるような古城がある。巨大だが、全体的に四角い地味なつくりで、四隅にチェスのルークを思わせる側防塔が備わっている。

俺たちはまず聖堂に入った。錆（さ）びた正面の扉は素直に開かず、イツネが力尽くで蹴り飛ばして開けた。そのときたまたま彼女の生脚を観察していたのだが、力を入れた一瞬だけ、その皮膚が黒っぽく変色するのに気付いた。何だろうか。

——見境のない豚さんですね

　ごめんなさい。

　錆びついた扉から予想はできていたが、聖堂内には誰もいなかった。ステンドグラスは割れたまま放置され、礼拝のための長椅子は埃を被っている。天井のシャンデリアは傾いていて、とても光を灯しそうには見えなかった。

「ひどい……」

　ジェスの呟きに、イツネはニヤリと笑う。

「気付いてなかったかい、ジェスちゃん。どこの街も今はこんな感じだよ」

　その足が、地面に捨て置かれた本を蹴ってどかす。

「なんたらの術師が王権を握ってた間に、王朝の信頼はガタ落ちさ。治安は最悪、リスタもイエスマも出さないんだから当然だよね。それにこの……深世界だっけ？　身の回りのものなんでもかんでもめちゃくちゃにされて、それでヴァティスへの信仰が残るはずもない」

　奥に設けられた祭壇に向かって中央を歩き続ける。

　割れずに残ったステンドグラスには、骸骨のようにやせ細った病人が金髪の女性に治癒される様子が描かれている。それを見ながらジェスが考察する。

「この病気は、痩死病かもしれませんね」

聞いたことがない語彙に、訊き返す。

「痩死病？」

「ええ。ベレル川の流域で九〇年ほど前に流行った疫病です。激しい嘔吐や下痢で痩せて死んでしまうことから、その名前がついたといいます。この聖堂はもしかすると、それを受けて建てられたんでしょうか」

九〇年前――とすると、ヴァティスの死後だ。ここに手掛かりがある可能性は低くなる。

祭壇の中心には、例のごとく白い彫像が見えた。ヴァティスの姿を彫ったものだが――

「これは……」

ヴァティス像は埃で汚れ、ところどころが欠け、見るも無残な様子だった。掲げられているはずの右手はぽっきり折れて地面に落ちている。よく見れば像全体がひび割れだらけだ。

「ちょっと離れてな」

イツネはそう言うと、流れるような動作で大斧を構えた。革の覆いをつけたまま、大斧をバットのように振ってヴァティス像にぶつける。

鈍い音がして、彫像はあっけなく粉砕した。

「ここは……違いそうだな」

俺が言って、ジェスも頷く。

最初の首輪の手掛かりになる大切なものなら、ヴァティスがしっかりと魔法で保護している

はずなのだ。しかしこれはあまりにも簡単に壊れた。俺たちの求めていたものではない。

「勘違いしないでよ、別に王朝に恨みがあるわけじゃない」

大斧を背負い直すイツネ。意外そうなジェスの視線を受けて眉を上げる。

「もちろん昔はね、王朝なんてぶっ壊しちまおうって思ってたさ。でも、シュラヴィスはいい奴だった。あいつがものを決められる王朝となら、同盟を続けてもいい気がするんだ」

解放軍とは、イェスマの解放を求める者たち。イェスマという理不尽な仕組みを頑なに守ってきたのは王朝だ。本来、王朝と解放軍とは、相容れないはずのものだった。

それが、闇躍の術師という共通の敵のために一時的に共闘して――若者たちの絆によって、その同盟がこれからも続こうとしている。

「その同盟、ぜひ続けてくださいね……！」

胸に手を当て、ジェスが訴えた。イツネは出口へと向かって歩き始める。

「ジェスちゃんに何と言われようが、あたしはあたしの好きなようにやる。でもこのままの関係を続けてくれるなら、同盟を捨てたりはしないよ。ノットだってそう思ってるさ」

しばらく間を置いて、立ち止まると振り返ってくる。

「あたしが王朝を憎んでた理由、そういえば言ってなかったっけ」

ジェスも立ち止まる。

「豚さんからちょっとだけ、聞いたことがあります……」

頼んでもいないのに、イツネは語り始める。

「あたしの実家って、実は王朝軍の系列でさ。在野司令官っていう、王都から与えられる命令をもとに軍を指揮する役目で、まあそれなりに裕福でさ。あたしがまだ小さいころ、家にリティスっていうイェスマが仕えてたんだ。優しくて、素直で、おさげの似合ういい子だった」

ぼんやりと、ヌリスが髪をおさげにしているのを思い出した。

「で、そのリティスがある日、買い物に行った帰り、分別のつかないクズ男に乱暴された。行方不明になってるところを何人かで捜索したから……まあなんだ、現場を見つけた奴がしゃべっちまって、乱暴されたってことが公になっちまった」

ジェスが口に手を当てる。そんな目に遭ったイェスマがどうなるかは決まっている。

「そのクズ男は親父が即座に処刑した。でも王朝の決まりでは、リティスも裁かれなきゃいけなかった。知ってると思うけどね、もちろん死罪だ。リティスが何も悪くないのは明白だったのにさ」

「イェスマに関する掟でしたね……」

「狂った掟さ。親父はそれなりの地位があってさ、王都には入れなかったけど、王都に対して言葉を伝えられる立場だった。やろうと思えばリティスが裁かれないで済む方法もあったはずなんだ。なのに、お上の言うことに従ってリティスを渡しちまった。世間体だよ。出世出世、出世のことばっかり考えてる馬鹿野郎だった。で、リティスはすぐに処刑された」

イツネの手が大斧を撫でる。その持ち手には、リティスの骨が使われているのだ。

「それで、あたしとヨシュは家を出た。正直あのころは、王朝と親父が死ぬほど――いや、殺したいほど憎かった」

「お気持ち、お察しします」

ジェスの言葉に、同情はもういらないとばかりにため息をつく。

「でも、シュラヴィスは違うと分かった。あいつは話の通じる男だ。あいつの父親を殺そうとしたあたしたちを庇ってくれたことだってある」

――俺はこのメステリアを、お前たちのように自由な考え方の者たちとともによくしていけたらと、本気で願っているのだ
マーキスとホーティスが王都で派手に兄弟喧嘩をしていたとき、シュラヴィスはそう言っていたっけ。あの言葉があったからこそ、シュラヴィスは王朝を闇躍の術師に乗っ取られてからも、解放軍に守ってもらうことができたのだ。

王に必要なのは、絶対の力ではない。民を思う優しさ――温かい心だ。

「変な冗談さえ言わなければ、いい奴なんだけどな……」

呟きながら、イツネは足払いの要領でまた正面扉を開け放つ。

「さて、次はどこにする？」

広場に出ると、はらはらと細かい雪が舞い始めていた。

〈向かいの建物は何だろう。古そうだし、一応見ておかないか〉

「そうですね、優に一〇〇年は経っていそうな感じがします」

三人で広場を横切る。正面の古城はブロック大の石材を積み上げて建てられており、四方に向けられた壁は垂直に切り立っている。あまり人を歓迎する雰囲気ではない。往来する人々の動線からは少し奥へと下がったところにあった。景色の一部になっているのか、誰も注意を払う様子はない。おそらく廃墟なのだろう。

向かいの聖堂もそうだが、街の中心部にありながら、どちらも通り道の脇を飾る建築物としての役割しか果たしていないようだ。

古城は四階建てらしく、二階より上には鉄格子の嵌まった小さな窓がついている。

その四階部分の内側が、チラリと赤く光った気がした。

〈…………？　ジェス、見えたか？〉

「え、何がですか？」

とっさにスカートの裾を押さえる少女。俺に対する信用があまりにもない。

〈ジェスのおぱんつはジェスには見えないだろう。あの建物の四階だ〉

ジェスは俺の鼻が指す方をじっと見つめる。イツネも目を細めてそちらを注視する。

今度は明らかに、窓の一つにチラリと光が見えた。光は再び現れ、徐々に大きくなる。

これは――

「炎です！　四階が燃えています！」

俺たちが見ている間にも、炎は一気に燃え広がっていく。

全くの偶然かもしれないが、このタイミングはさすがに気持ちが悪い。

そして炎――童謡の歌詞を思い出して、悪い予感に背脂が震えた。

ジェスはローブの内側から巻貝を取り出して、シュラヴィスに呼び掛ける。

「シュラヴィスさん、すぐそばで火事が……！」

『すぐに向かう』

待ち構えていたかのように秒速で返答があり、ぷつりと通話が切れた。

気付けば、イツネが大斧を抜いて、古城に向かって走り出していた。待つか、突撃か――シュラヴィスが来ない限りイツネから離れるのは得策ではないだろう。咄嗟の判断で、俺たちはイツネの後を追った。

〈嫌な予感がする。ジェス、くれぐれも周囲に気を付けてくれ〉

「はい！」

俺も豚の広い視界を最大限に使って、怪しげな姿がないか警戒した。炎を見て突っ込むのは正気の沙汰ではない気がしたが、ここは一瞬で助けに向かうというシュラヴィスの言葉を信じることにしよう。

古城正面の入口には槍を束ねたような落とし格子があったが、客を迎え入れるかのように上がったまま固定されていた。その奥を見て、はっと気付いた。

山門を守る金剛力士像よろしく、入口の両脇を奇怪な化け物の石像が固めている。コカドーリエ——炎の息を吐いて生命を石に変える、半鶏半蛇の幻獣。

ブラーヘンの風見鶏とここは、明確に繋がっているのだ。

コカドーリェの間を抜けると、木製の両開き扉が行く手を塞いだ。イツネが思い切り蹴飛ばして開く。閂がかかっていたようだが、強烈な蹴りによって真っ二つに割れて吹き飛んだ。

イツネの構えた大斧が鋭い刃先からバチバチと青白いスパークを飛ばし、オゾンのにおいがつんと鼻を突く。

もし中でお茶会でもやっていたらさぞ驚かれただろうな、などと思ったが、その心配は不要だった。石の壁と石の床が露出したホールは、ひとけがなく閑散としている。すっぽりと布を被った謎の調度品がいくつも置かれているだけの、埃色の空間だった。城主の悪趣味か、壁際には苦痛に歪んだ人間を描写した石像が並んでいる。

左手に、上へと続く階段があった。

「まだ上に誰かいるかも。突撃していい？」

イツネがジェスに訊く。その瞬間、俺たちの後ろでドサッと何かの落ちる音がした。

壊れた扉の外側で、シュラヴィスが片膝をついて着地の姿勢をとっていた。ローブをはためかせ、まるでアメコミに出てくるスーパーヒーローだ。

「遅くなった」

いや本当に一瞬で来たな。

「ヌリスとケントは？」

「急ぐためにいったん別れた。後から追いつく。場所は伝えてきた」

シュラヴィスは立ち上がり、イツネの隣まで歩いた。ふと上を向く。

「上に魔法の痕跡を感じる。慎重に進もう」

「誰かいたら斬っていい？」

「迷わず斬れ。だが頭は極力損傷させるな。情報を得るのに使うかもしれない」

シュラヴィスはスタンガンの試し撃ちのように、両手に稲妻を光らせた。バチバチ、ビリビリと激しい音が鳴る。臨戦態勢だ。

「あの、私は……」

シュラヴィスがジェスを振り返る。

「そばにいてくれ。俺から離れるな」

イツネとシュラヴィスは顔を見合わせ、小さく頷き合うと、さっそく階段を登り始める。シユラヴィスは前方の空中に丸い鏡を出現させ、曲がり角の先を警戒しながら進んだ。

駆け足で進みながら、ジェスに言う。

「気を付けて行こう。俺たちは後方を警戒する。誰かいたらロープで身を守るんだぞ」

真剣なまなざしがこちらを見る。

「大丈夫です、私が豚さんを守ります」

自分の身を守ってほしいのだが……。

「……助かる」

摩耗してツヤツヤになった石段を登る。今は使われていないようだが、昔は大勢がここを行き来していたのだろう。試しに足元を嗅いでみるが、俺たち自身の痕跡以外、何か顕著なにおいがするわけではない。十字の処刑人がいたとして、侵入経路はここではないのだろうか。しかし、階段は見たところ一つしかないようだったが……。

あれこれと考えながら、俺はジェスの一歩後ろを歩く。豚の広い視界を生かして、後方やジェスの絶対領域に気を配るためだ。

「絶対領域はあとでたっぷり見せて差し上げますので、どうか周囲を警戒してくださいね」

助かる。

階段の壁にはいくつもフックが打ち込まれており、そこに錆(さ)びた手錠やら足枷(あしかせ)やら、物騒な金具がたくさん掛かっていた。かなりの年代物らしく、傷んでもう使えないだろう。

二階は二つの広間からなる単純な構造になっていた。広間を見て、ぞっとする。

暗い室内に、小さな窓から曇天の昼光がうっすら差し込んでいる。それに照らされているのは……尖った木馬、棘だらけの椅子、人の形をした檻、鋸のような刃物、斧、錐、その他、形容しがたい形をした金具の数々。

それらは拷問の道具——人間に苦痛を与えるための意匠が凝らされた、残虐の痕跡だった。

これが苦痛に歪む人間の石像に囲まれているのだからたまらない。

最後に使われてからかなりの時間が経過しているのか、道具の多くは錆びついたり、壊れたりしていた。一方で、地面には人骨と思われるものがバラバラに放置されていて、ここで確かにことが行われたのだという証左になっている。

「ひどい……」

ジェスの口からは悲しむような声が漏れたが、その目は数々の拷問装置を舐めるように観察し、好奇心を隠しきれていなかった。

シュラヴィスはせかせかともう一方の広間を覗いて戻ってくる。

「あちらには壁に繋がれた枷がいくつもあったが、人の気配はない」

言ってから、獲物に気付いた肉食獣のように、シュラヴィスがふと歩みを止める。その右手が、部屋の中のある一点に向けられた。落雷のように一瞬だけ稲妻が炸裂し、俺は咄嗟に目を閉じてしまう。次に目を開いたときには、木製の椅子が焦げて煙を上げていた。

「人が隠れているのかと思ったが……手だけか」

首を伸ばしてよく見ると、枷がついた椅子の手すりの上で、切断された生の手首が痙攣していた。救いを求めるように歪んだ形のまま、手は枷の中で息絶える。

「深世界の影響だろう。残された人骨に、肉がついてしまったのだ」

冷静に推測を述べると、シュラヴィスは素早く階段に戻って三階へ向かう。

階段の上からは、ほんのりと血のにおいが漂ってきていた。そしてその奥からは、木や肉の焦げるにおい……正直言ってあまり気は進まなかったが、ジェスに続いて駆け上がる。

三階も二階と同じつくりだった。片方が拷問道具の並んだ広間、もう片方が枷で人を壁に繋いでおく部屋。

予期していたことだが、切断されたばかりに見える人間の一部がところどころに転がり、死にかけの動物のように蠢いていた。血の跡を残して這いずり回っている手首もあった。

「ったく、気色悪いなあ……」

イツネが吐き捨てるように呟いた。ジェスが部屋を見て、興味深そうに言う。

「二階よりも数が多いですね。どうしてでしょう」

「分からないが、ここから規則性を見出すとすれば、四階はもっとひどいんじゃないか」

そう俺が言っている間にも、先頭の二人は階段を駆け上がっていた。四階へと続く道はこの階段しかないはずだ。もしかすると、放火の犯人がまだ四階にいるかもしれない。

階段を一段踏むごとに、煙のにおいが強くなる。跳んで火に入る夏の豚、という言葉がふと脳裏をよぎる。罠があるかもしれない。このまま進んでよいのだろうか？　もし炎の中で、十字の処刑人が俺たちを待ち構えていたら？　シュラヴィスとイツネがいくら強いとはいえ、向こうが万全の対策を練っていた場合はどうなる？

「シュラヴィス、あまり急ぐなよ。あくまで慎重に行こう」

俺の忠告に、シュラヴィスは振り向くことをしなかった。

「心配するな。俺を誰だと思っている」

金髪マジレス童貞王……？

「………この国の王だ」

四階。拷問に対する溢れんばかりの情熱があったのか、階段の周りにまで所狭しと道具が置かれている。妙に凝った大型の装置が多く、まるでジャングルだ。恐怖心を煽るためか、恥辱を与えるためか、人体を模した生々しい彫刻が施されたものもあり、ちょっとジェスには見せたくない類の装飾もいくつか目に入った。

そこらじゅうで骨がカタカタと音を立て、枷できつく拘束された生の手足がおぞましい形で痙攣している。立っているだけで心を蝕まれそうな気分になる。

「扉だ」

シュラヴィスがまっすぐ前を指差した。

階段を上がった広間には、一つの大きな扉があった。四角い古城の外形からして、おそらく長方形を壁で二つに区切っているのだろう。扉の向こうには一段と大きな空間があることが想像される。

扉は金属でできていた。頑丈で歪みなく、こちらと向こうをしっかり隔てているが、石積みの壁と金属の隙間から、炎の赤い光がわずかに覗いている。扉の向こうでは轟々と嫌な音が響き、木や肉の焼ける不快なにおいが漏れ出していた。あの扉が、図らずも防炎扉のような役割を果たしているのだろう。

「煙のにおいが強いですね……」

ジェスが言って、鼻と口を袖で塞いだ。それを見て、シュラヴィスが両手を広げる。周囲の壁にある小さな窓の錠が魔法で外れ、次々に外へと開け放たれた。すぐに冷たい空気が流れ込んでくる。

その手がすっと、正面――俺たちと炎を隔てる扉に向けられる。

まさか……

「待て！　開けるな！」

俺の声は間に合わず、ガチャンと大きな金属音が響いた。

焦燥感で脳が真っ白になりかけながら、俺はやるべきただ一つのことをする。

「伏せろ！」

それだけ叫んで、素早くジェスに身を寄せた。

ジェスが俺に応じるのと、周囲が一瞬にして炎に包まれるのとはほぼ同時だった。

なぜか水飛沫を尻に感じながら、俺の背中に覆い被さるジェスの重みに安堵する。

あまりの轟音に、鼓膜が裂けてしまったかと思った。気付けば俺たちは頭から水を浴びて、床に転がっていた。周囲の拷問道具に火が燃え移り、俺たちは炎の海の中。

バックドラフト――ラノベに頻出する現象だ。燃える部屋の扉を解放すると、不完全燃焼によって生じた一酸化炭素が外気と混じり合って爆発的に燃焼する。

「すまない、爆風までは防ぎきれなかった」

シュラヴィスは頭からつま先まで見事にずぶ濡れになりながらも、炎の中で平然と立っていた。どうやら瞬時に水で盾を作ったようだ。俺たちの周囲だけ床が水浸しになっている。素晴らしい反射神経だが、水をポタポタ滴らせるその姿は少し滑稽にも見えた。

「イツネさんは……」

髪から水を滴らせながら立ち上がり、ジェスが周囲を見回す。

どうしたことか、イツネの姿が見えない。

「イツネ！」

シュラヴィスが鋭く叫ぶと、後方から声が返ってくる。

「大丈夫！　三階に逃げただけ！」

ほっと安心する——と同時に、この一瞬で、しかも爆風の中、どうやって階段を下りたのだろうと疑問に思った。転がり落ちてしまったのだろうか？

「怪我はないか」

「あるはずないでしょ」

階下から問題なく声は届いた。しかし階段には、爆風で飛んできた木材が、山積みになって燃えている。通れない。魔法でどけるのかと思えば、シュラヴィスはイツネに命令する。

「鎮火するまで、下で待っていろ」

そして前——扉の方へと歩き始める。

「正気か？　まだ燃えてるんだぞ。いったん退避した方がいい」

俺の忠告に、シュラヴィスは歩きながら首を振る。

「恐れることはない。神の力の前で、この程度の小火など蠟燭の炎のようなものだ」

さっきうっかり爆発させたばかりでは……？

「ジェス、豚、一緒に来てくれ」

言われた俺たちは顔を見合わせ、互いの表情を見て前進を決めた。

シュラヴィスはムキになっている。独りで行かせるわけにはいかない。

王になってから、シュラヴィスは悪い意味で大胆になったような気がする。確かにその魔力は頼りになるが、過信しすぎるのもよくないだろうに。

しかし、さすが神の力といったところか、俺たちの前を塞ぐ炎は、シュラヴィスが歩みを進めるにつれて、恐れ戦くように萎縮して、次々に鎮火していった。

爆風を浴びてなお整然と開いている扉を、シュラヴィスに続いて通過する。

そこには、予期していた通りの——そして予想をはるかに上回る凄惨な光景があった。

煌々と燃える火の海。大量の木材が散らばって、炎を上げていた。礼拝堂を思わせる石造りの広間で、中央に一本の太い石柱が立っている。

鎖を使って、そこに何人かの人間が一緒くたに縛り付けられていた。

いや、人間だったもの、という表現が正しいだろう。苛烈な炎に焼かれてすっかり黒くなり、胸に輝く赤い十字が異様なコントラストを見せている。

ブラーヘンでは死体に興味津々だったジェスも、今回はさすがに気分が悪そうだ。しかし名探偵の矜持があるのか、目を逸らさない。

俺は全然死体に慣れておらず、豚タンの奥にすっぱい唾液が滲み出してくるのを感じる。息を吸うたびに、炭とタールと焦げた肉の強烈なにおいが鼻をつく。

これは本物の遺体ではない、ホラー映画だ——そう思うことでようやく正気が保たれた。

石柱には、鎖を通すための金具がついていた。つまり、こうして人を鎖で縛り付けるのは、この柱本来の用途なのだ。

さらに視線を落として気付く。石柱の足元には、空気を通すための穴が開いている。今は部屋のすべてを焼き尽くすように大量の木材が散らばっているが、おそらく本来ならば、人をじわじわと炙るだけの燃料がそこに置かれたのだろう。

天井を見れば、石柱の上はドーム状になっていて、その中央に大きな通気口がある。煙突になっているようだ。人を燃やした炎の煙が出ていくのだろう。

ここは、人間を火あぶりにする場所だ。屋内で、しかも複数人を同時に。

どういう意図でこんなおぞましい空間がデザインされたのか、見当もつかない。

シュラヴィスは教会に来た観光客のように遺体を観察しながら、ゆっくりと中央の通路を歩いて奥へ進む。

十字の処刑人の気配はないようだった。まだところどころで木材が炎を上げている。柱に縛り付けられた焼死体が、若き王をじっと見つめている。

ふとシュラヴィスが立ち止まって、こちらを振り向いてくる。

そして無表情のまま口を開く。

「ジェス、妹にならないか」

いつもと変わらない声で、思い立ったように言うシュラヴィス。俺は耳を疑った。

炎に照らされ、その緑の瞳は、今は赤く輝いている。

「え……？」

困惑した様子で、ジェスがシュラヴィスを見返した。

「俺の妹にならないか」

その顔は、ふざけているようには見えず、淡々として真剣だった。

炎と遺体に囲まれて立つびしょ濡れの少年は、とても尋常には見えない。

「冗談きついぞ、こんなときに何を言ってるんだ」

「これは冗談ではない。真面目な提案だ」

シュラヴィスは数歩こちらへ歩いて戻ってきた。

硬直し、言葉が見つからず、俺は頓珍漢な問いを投げかける。

「お前……お兄ちゃんって呼ばれたいのか？」

「…………？　お兄ちゃんと呼ばれると、いったい何がいいのだ？」

通常運転のマジレスを返される。

この異様な状況の中でも普段通りなのが、むしろ恐ろしかった。

「ジェスには神の血が流れている――王の妹になる資格があるのだ」

俺たちの目の前まで戻ってきて、シュラヴィスはジェスの肩に優しく手を置いた。

「……最悪の事態になったら、ジェス、お前が王位を継承してくれないか」

最悪の事態――シュラヴィスの言わんとしていることがようやく分かった。

不安定な世界で、肉親の死によって転がり落ちてきた王位。シュラヴィスはそれを若くして受け継いだ。そんな重責を分かち合い、そして万が一のときには自分に代わって引き受けてくれる存在を、シュラヴィスは欲しているのだ。

兄妹の絆を――ジェスを繋ぎ留める鎖を。

王として堂々と振る舞ってはいるものの、こんな現場を見せられて、内心は相当焦っているのだろう。俺たちは十字の処刑人という正体不明の魔法使いに翻弄され、またしても尻尾を掴み損ねた。来てみれば、待っていたのは凄惨な死体の山。

ジェスはそういうこともおそらくすべて考慮しながら、申し訳なさそうに肩を縮める。

「ごめんなさい……あの、すぐには、お返事は……」

困惑しているジェスに、シュラヴィスは諦めたような微笑みを向ける。

「お前は強く、賢く、美しく、何より優しい……妻にできぬなら妹に、と思ったが……俺の立場でそうした願いを表明するのは、威圧的で、暴力的な行為だった」

目を伏せて、踵を返す。

「すまない、すべて忘れてくれ」

大股で奥へと歩くシュラヴィス。俺とジェスはただその後に続いた。

突き当たりで、シュラヴィスは立ち止まった。

見上げる先には、すっかり煤を浴びて真っ黒になったヴァティス像。

左手を胸に当て、右手をまっすぐ上に掲げて――右手が錆びた鎖を握っている。

——ふたつめの　わっかがわれて　きつねがにげた

——にげたきつねは　えんとつに　おちてやかれて　しんだのさ

くさりのうたの歌詞を思い出す。完璧な一致。

最初の首輪へ至る二番目の手掛かりがある場所で、二つ目の殺人が起こった。

遺体はヒントとなるくさりのうたの歌詞の通りに処分され、晒されている。

魔法でしか刻むことができない血の十字とともに。

ここまで条件が揃ってしまえば、殺人の法則は明白だった。

これは、くさりのうたに見立てた連続殺人——首輪を欲する王家への挑発である。

そしてきっと、三番目の殺人が俺たちを待っている。

鎖を持ったヴァティス像が示す、次の手掛かりのある場所で。

第三章

連続殺人の犯人は大抵出し抜いてくる

the story of
a man turned into
a pig.

「犯人はかなり用心深い。火事にせず人間を焼くための設備があったのにもかかわらず、余分な木材を大量に燃やして部屋全体を火事にした。証拠隠滅を図ったんだろう。そのせいで、豚の鼻でもにおいが分からなかった……脱出経路は煙突だろうが、あれだけの煙と熱風が通過した後じゃ、何の証拠も残ってないだろうな」

鎖を辿(たど)りながら、俺はジェスとシュラヴィスに説明した。

「私たちも、危うく爆発に巻き込まれそうになりましたし……」

ジェスの指摘に頷(うなず)く。

「単純な罠(わな)だが、その狙いもあったのかもしれないな」

鎖は煙突を通って外に出て、雨どいを伝って地上に降りていた。ここでも鎹(かすがい)のような金具でしっかりと固定されており、そのうえ魔法で保護されている。

鎖はさらに続いていた。排水溝を伝って北へ延び、やがて北の石橋の欄干を蛇のように這(は)い始める。橋の途中で下向きに方向転換すると、中州にある古い船着き場の一角に到達。そこから川の中へと垂れ下がっていた。

南側と同様、北の石橋の周囲も船着き場になっている。対岸には木造の船着き場があって、そちらでも荷物の積み下ろしが行われていた。

商人たちの目を避けながら、俺たち三人はひっそりと鎖を観察する。

「手掛かりは……水中にあるんでしょうか」

言いながら、ジェスが垂れた鎖を摑んだ。少し引いてみるも、びくともしない。案外重そうだ。すぐにシュラヴィスが手伝って、二人で引っ張り上げた。

シュラヴィスが魔法で筋力を増強してまで持ち上げた鎖の先には、大きな錨がぶら下がっていた。藻やら泥やらを取り払っても、鎖と同様に錆びついた表面が現れただけだ。

「どういうことだ」

眉根を寄せるシュラヴィス。

できるだけ力になろうとしているのか、ジェスは真剣に考察する。

「ブラーヘンの大聖堂では、鎖はコカドーリェを模した風見鶏まで続いていました。そこには二つの意味がありましたね。ここハールビルを示す方角と、それからコカドーリェ自体です。さっきの古城にコカドーリェの石像があったのは、多分偶然ではないでしょう。そこから類推していくと、次の手掛かりの場所には、これと同様の錨があると考えられます」

シュラヴィスは鎖を川の中に戻す。

「なるほど……となると方角が分からない。鎖が垂れているのは下向きだ。しかしこの川の下に何かがあるとは思えぬ」

　俺は暗い色の水面を見る。

「まあ、川に入っているんだから、川が手掛かりということになるだろうな」

「つまり、川を辿れということか？」

　シュラヴィスの推測に、ジェスが指摘を挟む。

「でも、風見鶏と違って、川には二方向――上流と下流があります。どちらに向かえばいいんでしょう？」

「……確かに、分からないな」

　悩む俺たちに、シュラヴィスは意外そうな表情を向ける。

「川の水は、上流から下流へと流れるものだ。自然の摂理に従うのであれば、下流に向かうのが道理ではないか」

「そうかもしれないな……だが、それだとちょっと根拠が弱い」

「ですよね……他に何か、ヒントは……」

　一酸化炭素中毒ではないだろうが、頭が重い。度重なる事件の連続と、火山ガスや黒煙による強い嗅覚刺激――疲労も溜まっている。それはジェスも同じだろう。しかし、考えなければならない。間違いがあってはならないのだ。

「何を悩んでいる。下流ということではいけないのか」

焦りの色が混じったシュラヴィスの言葉を聞き、俺は首を振る。

「いや、可能性は低いかもしれないが、もし上流だったときに時間の損失が甚大だ。そのせいで取り返しのつかないことになったら……」

言いながら、すでに取り返しのつかないことになっているのではないかという不安に襲われる。こんな劇場型殺人を企てるくらいだ。十字の処刑人とやらはあらかじめ準備をしていたのだろう。俺たちは奴を追い詰めているつもりで、まんまと踊らされ、誘導されてここまで来ているだけかもしれない。そもそも最初の首輪が奴の手に渡っていたら？　海にでも捨てられてしまえば、イエスマを解放する手段が失われてしまうではないか。

しかし今の俺たちは、とにかく遅れを取り戻すことしかできない。足りない情報を確実に摑むには、ヴァティスが遺した「くさりのみち」の先を辿るしかないのだ。

少なくともこの謎解きだけは、何としてでも成功させなければ……。

顎をくいっと持ち上げられる。見れば、王の顔が目の前にあった。

「時間がない。それほど悩むのなら、二手に分かれるというのはどうだ」

広場で集合し、簡単な作戦会議をした。

イツネ、ヌリス、ケントに加えて、龍で駆けつけたヨシュも参加。ノットは任務の最中で、すぐには来られないらしい。

解放軍は北部勢力の残党を探るために潜入捜査をしていて、ノットはその大詰めを指揮する立場にあるというのだ。しかし王朝の緊急事態ということで、けりがつきしだいこちらとの合流を目指すらしい。

広場の隅に集まる俺たちに、シュラヴィスが改めて説明する。

「鎖の先端は、今度はベレル川の中に垂れ下がっていた。次の手掛かりはおそらくその下流にあると思うのだが、上流である可能性も捨てきれない。だから、二手に分かれようと思う」

来たばかりのヨシュが、小さく片手を挙げる。姉のイツネと同じ黒髪で、その前髪が鋭い三白眼を覆い隠している。色白で細身、百発百中のクロスボウを背負う、解放軍の幹部だ。

「川を辿るとして、次の場所には何か目印があるの？」

「どうやら錨が手掛かりらしい。船も多いし、錨などいくらでもあると思うが……」

ジェスが横から助け舟を出す。

「手掛かりは、ヴァティス様が生きていた時代以前の、古いもののはずです。魔法で保護されているため、深世界の影響も受けにくいでしょう。それにおそらく、錨には錆びた鎖がついています」

さらりと補足して、励ますようにシュラヴィスへ微笑みかける。シュラヴィスは頷いて謝意を伝えた。

ヨシュはジェスの説明に納得した様子だ。

「了解。じゃあ川岸から目を離さないようにすればいいんだね」

咳払いして、シュラヴィスは仕切り直す。

「俺は、可能性の高そうな下流に向かおうと思う。どう二手に分かれるのがいいだろう」

ふと思って、俺は指摘する。

「まだここの現場の検分や後処理が終わっていないが、それは放っといていいのか?」

「案ずるな。すでに諜報員と王朝軍の兵士を呼んである」

ちょうどそのとき、黒いローブで全身を覆った人影が空から降りてきた。音もなく着地したその男は長身で、長い金髪がフードから覗いている。氷のような水色の瞳。即位式に参列していた諜報員の長、メミニスだ。

メミニスはフードを被ったままシュラヴィスに礼をした。しばらくその形で固まっているのを見るに、テレパシーで何か伝えているのだろう。シュラヴィスが頷くと、メミニスは走って古城の方へと去っていった。

「もう着いたようだ。ブラーヘン同様、ここでの聞き取りや現場の解析は部下に任せる。時間がない。俺たちはこの先に専念しよう」

シュラヴィスが俺たちに視線を配ると、イツネがまず口を開く。

「あたしはあんたと一緒に行くよ。あたしたちが来たのを見計らったみたいな火事——十字の処刑人とやらは、絶対にこっちを狙ってるんだ。狙われるとしたら王様だろ。あたしがあんたと組めば、まずやられることはない。むしろ返り討ちにしてやれるさ」

シュラヴィスが嬉しそうに頬を緩ませる。

「心強い。では、イツネは俺と一緒に来てくれ」

メンバーを見て、俺は考える。

「シュラヴィスが下流なら、俺とジェスは上流側か。ボディーガードが欲しいところだな」

「じゃあ行くよ」

そう挙手したのはヨシュだ。最後にヌリスがニコリと言う。

「では、私とケントさんは、イツネさんに付きますよ」

その手がフリフリのお洋服を着たイノシシを撫でる。イノシシも頷く。

「妥当でしょう。オレが手掛かりを見つけて、王も守ってみせますよ」

偉いですね～とヌリスに撫でられながら、ケントはフンスと鼻を鳴らした。

全員が合意し、シュラヴィスが迷いのない口調で言う。

「では移動開始だ。ジェスは何かあれば、例の貝殻ですぐに呼びつけてくれ。最速で向かう」

「ありがとうございます」

俺たちは二手に分かれ、それぞれ王朝軍の用意していた小型艇に乗り込んだ。川沿いに手掛かりを探しながらの移動となる。低空を飛ぶと目立つため、龍は使わない。

シュラヴィスたちを乗せた船は、すぐ出発して下流の方へと消えていった。一方俺たちは、すぐには出発しなかった。危険な場面があるかもしれないということで、ジェスが俺にアンクレットを装着するというのだ。その間、ヨシュは船着き場に立って、周囲を警戒してくれた。

三色のリスタとアンクレットを取り出しながら、ジェスはヨシュがこちらに背を向けているのを確認した。そして、心なしか小声で訊いてくる。

「私……なるべきでしょうか？」

突然訊かれて、首を傾げる。

「妹にです」

補足してもらい、ようやく話題を理解する。シュラヴィスの衝撃発言についてだ。

「……それを決めるのは俺ではない。ジェス自身だ」

逃げるようなアドバイスに、ジェスはむすっと頰を膨らませる。

「豚さんがどう思うのか訊いているんです」

「俺は別に、どうとも……」

「む」

怒られた。豚の視界でヨシュを横目に見る。あまり待たせるわけにはいかないだろう。

「個人的に言えば、ジェスが王の妹になってしまうのは嫌だな」

俺の右前脚を持ち上げながら、ジェスは至近距離で俺を見てきた。

「……だが多分ジェスが想像してるのとは違う意味でだ。別にジェスに兄ができたところで、俺は嫉妬したりしない。それは安心してほしい」

「しないんですか？　私がシュラヴィスさんのことをお兄様って呼ぶかもしれないんですよ」

魔法師ヒロインっぽくていいじゃないか。

「それは別に関係ない。俺のこともお兄さんと呼べばいいだけだ」

「ええ……」

呆れたような、困惑したような、それでいてどこか納得したような声が漏れた。

「問題は、最悪の場合――シュラヴィスが万が一命を落としてしまった場合に、ジェスが王位を引き継ぐことになってしまう、という一点に限る」

「そうですね……私、女王になる自信なんてとても……」

「だろ。俺だって、さすがに女王の婿というのは気が引ける――手が止まっちゃってるぞ」

ジェスはハッと気付いて、アンクレットにリスタをつけ始めた。

「助かる。これは完全な私見だが、万が一にでもシュラヴィスが子を残さずに死んでしまうようなことになったら……あくまで仮定の話だが、王政は終わりでいいんじゃないかと思う」

「えっ……？」

ジェスは考えもしていなかったかのように目を丸くした。

「だってそうだろ。イエスマを解放することになれば、王の優位性もなくなっていく。ジェスが一人で国を統べなくちゃいけない理由なんてどこにもなくなるんだ。いずれにせよ、少人数の独裁で残りの大多数を服従させるような国の仕組みは健全ではない。一部の魔法使いや解放軍の有志で、共和的な統治の仕組みをまた一から作っていけばいい」

「確かに……そうかもしれませんね……」

「だから、万が一の可能性を考えてジェスが妹になるというのはナンセンスだ。妹になる意味があるとしたら、それはシュラヴィスに、どんなときも助けになってくれる存在が必要だからということになるだろうな」

アンクレットの装備が完了し、ジェスは俺の脚を解放する。

「でも私、別に妹でなくても、シュラヴィスさんを助けます」

「だろうな。だったら別に、妹になる必要はない」

「……はい」

納得した様子で、ジェスは頷いた。

「名探偵になるんだろ。まずは今回の事件を解決してやろう。最初の首輪を手に入れて、十字の処刑人を見つけ出すんだ。それが依頼人のシュラヴィスを助けてやる第一歩になる」

「そうですね！　私、きっと事件を解決してみせます……イーヴィス様の名にかけて‼」

準備が整い、俺はジェス、ヨシュとともに出発した。雪の降る中、ベレル川を東へ遡上していく。振り返ると、遠ざかっていくレンガの街並みの中、対になった南北の石橋が水面に反射し、まるで眼鏡のように見えた。南側の橋にだけ街の名前が大きく刻まれているのを除けば、きれいな左右対称だ。小型艇は俺たちを乗せ、ジェスの魔力を使って快速で水を切った。

わずかな手掛かりも見逃すまいと、三人で両岸に目を凝らす。

「視力には自信がある。何か気になるものがあったら言ってよ」

颪に黒髪をなびかせながらヨシュが言った。

「ありがとうございます！」

ジェスはそう言うなり、すぐに遠くの岸を指差す。

「あの船着き場にある彫像、見えますか？」

俺もそちらに目をやったが、白い石像が小石のように見えるばかりだった。

「もちろん。錨を持った人魚の姿だ」

ヨシュの言葉を聞いて、ジェスが即座に船を旋回させる。俺とヨシュはバランスを崩しそうになって船縁に身を寄せた。

「早まらないで。王暦一一二年って刻印がある。古いものじゃないから、今回の手掛かりじゃないと思う」

「あっ、ごめんなさい……でも、そんなこと、どこに……？」

ジェスは舳先をゆっくり上流側に戻しながら、彫像に目を凝らした。

「人魚のお尻──鱗が四角く抜けてるところに彫ってある」

ヨシュはそう言うが、そもそも俺にはようやく人魚らしい構造が認識できたばかりだった。尻がどこに当たるのか分からないし、当然、鱗があることも、鱗の彫られていない部分があることも、全く分からなかった。

身を乗り出すようにして彫像を見ようとするジェスのお尻なら見えるが。

「ええ……視力はいい方なんですが……全然分かりません」

「普通の人には見えないよね」

まるで自分が普通の人じゃないみたいな言い方だが……。

「目がいいのは頼りになるな。ぜひ、探すのを手伝ってくれ」

「分かった」

ヨシュは淡々としていて、口数も少ない。

こうして少人数で動くシチュエーションで、ヨシュと一緒になるのは初めてだった。雑談もあまり交わしたことがない。姉のイツネについても同じことが言えたが、彼女はまだ大胆で分かりやすい感じだったから問題はなかった。一方、ヨシュはどこか親近感を覚える陰キャといった印象で、どういう人物なのかいまいち把握できていないところがある。

暗くなりつつある曇天の下、川の水を軽快に切りながら小型艇は進んでいく。

ヨシュも俺と同じような据わりの悪さを感じていたのか、ぼそりとジェスに話しかける。

「そういえば、あんまり一緒に行動したことなかったっけ」

眉間に皺を寄せて川岸を注視していたジェスが、はっと振り返る。

「ええ、そうでしたね！　よろしくお願いします、ヨシュさん」

真面目なジェスは、またすぐに川岸へと視線を戻した。

前髪の奥から左右に視線を飛ばしつつ、ヨシュは愚痴っぽく言う。

「戦力のバランス的にはさ、こっちに姉さんが来た方がよかったと思うんだけど」

「そうなのか？」

ヨシュが俺を見下ろしてくる。

「姉さんもシュラヴィスも、近くの敵に滅法強い力押し系だ。姉さんはあの大斧だし、シュラヴィスも魔法とはいえ、電撃とか水とか炎とか出して身体の近くで操ることが多い。得意の範囲が被ってるだろ」

確かに、シュラヴィスが砲撃などの遠距離攻撃をする場面はあまり見たことがない。

「一方で俺は、近くまで来ちゃった相手にはそこまで強くない。ジェスも多分、近寄られるのは苦手でしょ。万が一、強い魔法使いが不意を突いて襲ってきたとき、俺たちだけで対処するのって、結構難しいと思うんだ」

言われてみれば、そうかもしれない。十字の処刑人が急襲してきたとして、シュラヴィス側は対処できるかもしれないが、こちらはかなり手薄な感じがする。俺のアンクレットも、割と責任重大というわけだ。

　ジェスは胸に手を当てて、心配そうに言う。

「私……そうですね、襲われたら困ります。あまり目立たないようにしましょう」

　はあ、とあからさまなため息をついて、ヨシュが不満げに漏らす。

「……姉さんはさ、シュラヴィスにお熱なんだ」

　突然の暴露に、俺もジェスもヨシュを見た。

「気付いてなかった？　まあそうか、あんまり媚びるタイプでもないからね」

「お熱というのは……シュラヴィスさんのことがお好き、ということですか……？」

「多分ね。本人は認めてないけど、俺にはそう見える」

「意外だったな」

　俺の言葉に、ヨシュはどこか自嘲気味に笑う。

「意外でもないよ。姉さんは、好きになる男に三つの条件があってさ。それは自分でもよく公言してるんだ。一つ目は『顔がいいこと』、二つ目は『地位があること』、そして三つ目が……『自分より強いこと』」

「現金な奴だな……」

　思えば、俺は一つも当てはまっていない。

「なに、姉さんに好かれたかった？」

「まさか」

横からジェスの胡乱な視線を感じながらも、俺は川岸に目を向け続けた。

安心してほしい。イツネはちょっと、乳が大きすぎる。

好かれたいとは一言も言っていないのに、やめときな、とヨシュに言われる。

「姉さんのお眼鏡にかなう男なんて、三つ目の条件のせいで滅多にいないんだ。それなのに姉さんは、条件を満たさなければ男とは認めない——中途半端な奴とくっつくくらいなら可愛い女の子を侍らせる方がいいって、本気でそう思ってるんだ」

ヨシュの口調にどこか不満げな響きがあるのは、気のせいだろうか？

「姉の恋愛事情にやたら詳しいんだな……」

俺が言うと、ヨシュは顔をしかめて否定する。

「詳しくないよ。ずっと一緒にいるから、たまたま知ってるだけ」

そして、ヨシュはしゃべり続ける。

「これまでで、姉さんの条件に当てはまった男は二人しかいない。一人目にお熱だったのは解放軍に加わったばかりのころ。まあ分かると思うけど、その誰かさんには当然見向きもされないで、二人目があの朴訥な王様ってわけ」

誰かさんというのは、きっとノットのことだろう。顔がいいし、解放軍の英雄ということで地位があるし、それに強い。俺でも惚れてしまうくらいのいい男だ。

「ダメですよ」

ジェスがじっと俺のことを睨んできた。…………。安心してほしい。

ヨシュは俺たちのやりとりに少し首を傾げた後、ふと我に返ったように頭を振る。

「……姉さんには、俺がしゃべったってこと、言わないでくれよ。殺されちゃうから」

川岸を注視しながら進む船旅では、目が忙しく、一方で口は暇だった。

そんな状況で、ヨシュは案外おしゃべりが好きらしいと分かった。しかも、姉のイツネのことに大変詳しい。姉について話しているときはなぜか声のトーンが上がって早口になることも判明した。

まるで、推しを語るオタクのように……。

「姉さんはああ見えて、戦闘では慎重派なんだ。大斧は、威力は抜群に高いけど、一振りの動作が長くて小回りが利かない。だからここぞというところで正確に一撃を決めていかないと、逆に姉さんの方が攻撃を食らってしまう。ノットと組むときは、双剣で自在に体勢を変えていけるノットの方がむしろ前に出ていく戦い方になるんだ。あの変なオグっていう化け物がいたときは、あいつら動きがとろいし、姉さんが先鋒のことも多かったんだけどね。姉さんの性に合ってるのは、実は自在に戦える人の補佐だったりする。その人が対処しきれないところに一発を撃ちこんでいく感じ。そういう意味でも、あの王様との相性はいいと思ってるみたい」

息継ぎも少なめに語るヨシュに、俺は改めて確認する。

「やっぱりお前、姉のことに結構詳しいよな……？」

心外だ、という表情がこちらを向く。

「全然詳しくないよ。たまたま知ってるだけ」

そうか……。少し考え、問いを投げかけてみる。

「ちなみに、イツネが好きな食べ物は？」

「しっかり焼いた肉、塩味の強いスープ、重めの黒パン、スパイスの効いたホットワイン、砂糖漬けにした果物……だけど、なんでそんなこと訊くの？」

めちゃめちゃ淀みなく即答するんだな……。

するとジェスも興味をもったようで、ヨシュに尋ねる。

「イツネさんには、お嫌いな食べ物もあるんですか？」

「豆と根菜は全般にあんまり食べないし、肉の脂身はいつも残してるね。あと、臭みの強い内臓類は苦手だけど、他はほとんど何でも食べるよ」

沈黙。

「詳しいよな……？」

「詳しくないって。たまたま知ってるだけ」

あくまで否定する気らしい。まあ世の中のきょうだいには色々な事情があるだろうから、こ

れ以上の追及はやめておくことにする。

するとジェスが、ふと思い付いたように訊く。

「イツネさんは、かなり筋力がお強いようですが、何か秘訣があるんでしょうか？」

ヨシュは意外そうにジェスを見て、すぐに川岸へ視線を戻す。

「あれ、知らないんだっけ。姉さんと俺は龍族なんだ」

龍族？　さらっと告げられたが、俺は全然知らなかった。どこかで読んだ気もするが……。

「そうなんですね……！」

驚くジェスに訊く。

「龍族って何だっけか？」

「身体の一部を龍のように変形させられる種族のことですよ。私も本でしか読んだことがありませんが……身体能力が格別に高く、暗黒時代には魔法使い殺しとして活躍したそうです。魔法の速度を上回って動くことで、不意討ちから魔法使いを斃せるんです」

そうそう、とヨシュは頷く。

「最近は数もかなり少ないからね。珍しがられて面倒だから、姉さんも俺も、あんまり言わないようにしてるんだ」

話を聞きながら、思い出す。イツネが聖堂の扉を蹴破ったとき、その生脚が、一瞬だけ黒っぽく変色したっけ。

「それではヨシュさんも、身体を変形させることができるんですか？」

気付けば船の速度は落ち、川の流れと釣り合って静止していた。ジェスは興味津々でヨシュの方に身を乗り出して、今にも解剖を始めそうな様子だった。

「い……いや、俺は変形ってほどでも……見せてあげるから、船は止めないで」

ヨシュが俺たちの方に顔を向ける。黒い瞳が、瞬時にギラリと金色の蛇目に変わった。瞳自体が大きくなり、瞳孔は縦に切れ込んでいる。

「ほら」

続いて髪をかき上げたヨシュの耳は、黒く細かい鱗に覆われ、上部が鋭く尖っていた。しばらくすると人間の耳に戻り、ヨシュは髪を下ろす。

「俺は目と耳だけで、姉さんは骨格筋だけ。姉さんは力を使うとき、皮膚に黒い鱗が現れる」

「なるほど……」

言いながら、ジェスは止めてしまった船を再び上流に向かって走らせる。

「やたら目がよかったのは、龍族の能力があったからなんだな」

「まあね。ずっと発動してるのはしんどいけど、耳も使えば索敵にはかなり役立つ」

それはかなり頼りになりそうだ。

再び川岸の観察を始めながら、ジェスがヨシュに問う。

「お二人が龍族ということは……ご両親が龍族だったんですか？」

「いや、龍族（ラチエルテ）だったのはクソ親父（おやじ）だけ」

そう言ってから、何かを思い出したように動きを止める。

「あれ、サノンにはしゃべるなって言われてたんだっけな……まあ君たち相手ならいいか」

サノン？　なぜ……？

俺の懸念（けねん）をよそに、ヨシュは話を続ける。

「親父（おやじ）の方は、両親とも龍族（ラチエルテ）で、やたら滅法強かったんだ。俺みたいな感覚と姉さんみたいな筋力を両方もってる、龍族（ラチエルテ）の中でも稀（まれ）な例だった。おかげでバンバン出世したらしい。さぞ楽しかっただろうね」

ヨシュの言葉に棘（とげ）が混じる。出世のことばっかり考えてる馬鹿野郎、というイツネの話を思い出した。彼ら姉弟は、出世を重視するその父親の姿勢によって愛する少女リティスを喪（うしな）ったと考えている。

いったい何が、彼らの父親をそこまで出世に駆り立てたのだろうか。


ベレル川を上っていくと、やがて街は見えなくなり、川岸は枯れたヨシに覆われた湿地ばかりとなっていた。鉛色の空から冷たい雪がハラハラと降り続ける。船が多いところでは右側通行を守っていたが、もう他の船もあまり見かけなくなったので、俺たちは川の中央を航行するようになっていた。

　夕方になって空が暗くなり始め、身体がすっかり冷えてきたとき、ことは起こった。

「待って、何か来る」

　ヨシュが鋭くそう言って、クロスボウを構えたときだった。

　瞬く間に、周囲に黒煙が充満する。一瞬にして真っ暗闇だ。何も見えない。息を呑む。背中にジェスの手が置かれるのを感じる。バシュッと音がして、矢が放たれたのが分かった。

——豚さん、お怪我は？

——大丈夫だ、無事だ。ジェスは？

——私も大丈夫です
——思い合うのはいいけど俺の心配もしてよ……

　闇の中、ジェスのテレパシーを使ってやりとりする。

　制御を失った小型艇が不安定に揺れている。俺は警戒しようにも、視界を奪われ、ただ混乱したまま身体を縮こまらせることしかできなかった。

　ヨシュの声が脳内に響く。

——矢の的中した音はした。ただ、音で狙いをつけたから、どこに刺さったかは分からない。電撃の魔法が込められてるから、普通の人間なら痺れて動けないはずなんだけど……

——何かがここへ、俺たちを襲いに来たってことか？　撃ち落とせたんだろうか

――うん……待って
ギシ、と板の軋む音がした。

ヨシュでなくても聞き分けるくらいはできる。俺たち三人とは別の場所から聞こえてきた。

これは俺たちの乗った小型艇に、何者かが侵入した音だ。矢の電撃は効かなかったのか。

――伏せて
ヨシュに伝えられ、ジェスが素早く俺に覆い被さってくる。耳元でジェスが何か囁いたようだったが、聞き取れなかった。俺も慌てて四足を畳み、できるだけ姿勢を低くした。あっ、と小さくジェスの声が聞こえる。続いて何かが床をコロコロ転がり離れていく音。

黒煙で何も見えない中、緊張の駆け引きが行われていた。

クロスボウの弦が鳴る。俺たちのすぐ頭上を、矢が通過していくのが分かった。

舌打ちの音が聞こえる。外れたらしい。視界は依然ゼロだ。当たる方がおかしいだろう。

パニックになりそうな頭で考える。何者かに襲撃されている。しかもそいつは、この小型艇の上にいる。空から来たのか？　水中から？

再びクロスボウの音がするが、またしても当たらなかったようだ。

視界を覆う濃い黒煙は、一向に消える気配がない。

まずい。まずいまずいまずい。一刻一秒を争う状況だ。何か判断をしなければ、俺たちは殺されてしまうかもしれない。ジェスが殺されて、その胸に赤く光る十字が刻まれたら――そんなこと、あってはならない。絶対に。

判断をしなければ。

この状況で、俺たちが取るべき行動は何だ？

——ヨシュ、こっちへ寄ってくれ。ジェスは船を爆破するんだ
ヨシュの方から板の軋む音がし、近くにやってくる気配があった。背中に置かれたジェスの手に力が入る。俺の頭に、手が置かれる。

手が——誰の手が？

その瞬間、俺は今まで体験したことのないような頭痛に襲われた。

視界が——世界が真っ白になる。

重力が消えたような浮遊感。風もない。音もない。温度もない。ジェスの手の重みもない。

全身の感覚がなくなっていた。

まるで、魂だけ抜き取られて、真っ白な空間へ投げ込まれたかのようだ。

……俺は死んだのか？

止むに止まれず想像する。頭に手を置かれた豚が魔法で爆発し、一瞬のうちにひき肉へと成り下がる様子を。肉体とは脆いものだ。強力な魔法使いにとっては、きっと、指先一つで壊せるカードの家のようなものだろう。

白飛びした空間の中で余計なことを考えていると、どこか遠くから声がする。

——どうか……

少女の声だった。祈るような声は何度も反響する。

——どうかこちらへ……早くお戻り……

声は次第に大きくなり、続けて呼びかけてくる。

何があった？　俺はどうすればいい？

——お身体（からだ）がもう……急がなければ………

やたらエコーのかかった声。折り重なって、わんわんとうなるものだから、言葉は一部しか聞き取れない。

聞いたことがあるような声だが、俺はどこで——

強烈な爆音とともに、俺の意識は現実に引き戻された。

五感が一度に戻ってくる。濁った視界。ゴポゴポという水の音。泥水のにおい。冷たい濁流に呑（の）まれている。誰かの腕が俺を抱いている。押し当てられている柔らかいものとその大きさから判断するに、ジェスで間違いないだろう。

一瞬だけ、水面に顔が出る。近くで何かが赤々と燃えているのが見えた。

黒煙は薄くなったらしい。しかしまたすぐ、顔が水中に沈んでしまう。豚鼻から大量の水を吸ってしまい、ひどく噎せる。

何が何だか分からないまま水に揉まれていると、脚が固形物に当たるのが分かった。どうやら水辺の草らしい。がむしゃらに脚を動かして身体をそちらへ寄せていく。しばらくもがき続けて、俺はジェスと一緒に水から脱出した。

すぐそばで、ジェスの咳き込む声がした。

俺もゲホゲホと水を吐きながら、目を開く。河原のヨシ原――一メートルを超える枯れ草の藪の中だ。折れた枯れヨシが身体中に当たって痛い。

地面はドロドロだが、少なくとも水中ではない。近くにジェスとヨシュの姿を認めて、安心した。二人とも泥塗れだが、生きて、動いている。

――ジェス、ヨシュ、無事か？

――ええ
――無事ではないけど、なんとかね
頭がフラフラするが、立ち上がろうともがく。しかし、泥に足を取られてしまい、上手く体勢を安定させられない。ゴロンと横に転がると、枯れヨシを巻き込みながらジェスの股の間に入ることに成功した。

そのまま仰向けになり、上下逆さまになったジェスの顔を視界に入れる。泥水と枯れ草に塗れているが、いつも通りの美少女だ。

――美少女ではありませんが……

黒煙が覆う範囲は抜けたようだ。川を振り返る。一ヶ所に黒い煙が滞留していて、そこから、木端微塵になった木片が、燃えながら下流方向へと流されていくのが見えた。

ヨシュは藪に背中を預ける姿勢で大股を開いて座り、クロスボウを構えたまま周囲を警戒していた。金色の瞳。泥に濡れた髪の間からは、黒く尖った耳の先端がはみ出している。

「気配は消えたね。何だったんだ、あの手」

「手……？」

俺の問いに、黒目に戻ったヨシュが答える。

「うん。少しだけ見えたんだ。ゲス豚君の頭の上に、金の指輪をした手が乗ってた。誰かが、確実に、すぐ近くまで来てたんだ。音からして、一人だったと思う」

思い出す。俺の頭の上に、誰かの手が置かれたのだった。五本の指が食い込むように押さえつけてきた感覚があったので、まず手で間違いないと思う。しかしゲス豚とは心外な……。

「えええ！　豚さん……頭大丈夫ですか？」

ジェスがこちらに身体を傾けてきた。こちらもちょっと心外な言い回しだったが、相当慌てていることが分かったので、細かいことは後回しにする。

「問題はなさそうだが……一瞬、意識が飛んだ気がする……目の前が真っ白になって……」

クロスボウをあらゆる方向に向けて警戒を続けながら、ヨシュが言う。

「何がしたかったんだろうね。もし魔法使いだったなら、俺たちを殺す余裕ならいくらでもあったと思うけど。わざわざ豚の頭を触りに来るなんて……撃てなくてごめん。ジェスに当てない自信がなかった」

「視界が悪かったから仕方ない。しかし、何者だったんだ？」

言ってから、考える。

「……待て、金の指輪が見えたって言ったか？」

「うん。中指に、大きな目立つやつ。右手だったと思う」

疑惑が、一気に膨れ上がる。

同一のものとは断定できないが、その指輪には心当たりがある。昨日の即位式で見た特権階級の五長老――彼らはみな、右手の中指に金の指輪をしていたのだ。

泥まみれのジェスが、不安げにこちらを見てくる。

彼ら五人は、王都民でありながら、魔力を制限する血の輪を特別に外されている。

つまり、自由な魔法使いとほぼ同格というわけだ。

十字の処刑人とは、すなわち、正体不明の魔法使い。

五長老のうちの誰かがもし、王であるシュラヴィスを裏切っていたとすれば――メステリアの各地で殺人を犯し、胸に血の十字を刻んでいたとすれば――辻褄が合ってしまう。

即位の日の晩に殺人が始まったというのにも、五人のうちの誰かが犯人だとすれば納得がいく。彼らは即位式に参列していたのだから、即位のことも、最初の首輪のことも、くさりのうたのことも、すべて知っているのだ。

ただ、即位式のときにくさりのうたのことを初めて知ったとすると、そこから手掛かりを探して晩には死体を用意する、というのは時間的に無理があるだろう。

怪しいのは、即位式より前に最初の首輪のことを知ることができた人物だ。

これなら、十字の処刑人の正体は、かなり絞られてくるのではないか。

「ジェス、シュラヴィスに連絡はできるか？」

股の間から訊くと、ジェスは申し訳なさそうに泥まみれの眉を寄せる。

「あの……本当にごめんなさい……貝殻を船の上で落として、そのままおそらく川に流されてしまって……ただ、通話の状態で手を離れたので、シュラヴィスさんはこちらの異常に気付いていらっしゃると思います」

船の上で黒煙に包まれたとき、ジェスが何か囁いていたのを思い出す。おそらく貝殻を取り出して、シュラヴィスの名前を呼んでいたのだろう。だがその後で落としてしまった。

「謝るな。落としたのは、俺が急に動いたからだ。ゴタゴタの状況の中、機転を利かせてくれて助かった」

「……ありがとうございます」

ヨシュがチラリとこちらに視線を送ってくる。

「じゃあ、助けが来るまであんまり動かない方がいいね。周りに注意しながら、この辺りでシュラヴィスを待とう」

　とはいえ、泥の中で待つのは気が引けた。ヒルがいるかもしれない。

　俺はせっかくつけてもらったアンクレットを使って、周囲の泥を凍らせた。これで歩ける。密林のようなヨシをかき分け、俺たちは川から離れるように移動していく。

　河原のヨシ原はかなり広く、近くに街がある様子もない。行く手を遮る枯れた茎がチクチクと刺してくる。ヨシを揺らすと、積もった雪が落ちてきて冷たい。川の水で冷やされた身体(からだ)には果てしのない行進に思えた。

　早く快適な場所に移動したい、そんな思いが意識の大部分を占めてきたころ、先頭を歩くヨシュがふと足を止めた。片手を横に伸ばし、俺たちに止まるよう合図する。

――また何か来てる

　素早くクロスボウを構え、斜め前に向かって迷いなく放つ。矢は枯れヨシを切り裂きながら進み――そして、音もなく消えた。

　枯れ草色の藪(やぶ)に遮られ、何があるかは見通せない。しかしあちらは風上。俺の耳にも、何か大きなものが――それも相当な巨体が――藪(やぶ)をかき分けるように接近してくるのが分かった。

　ぷんと漂ってくる腐臭。ヘドロのようなきついにおいだ。

「人間じゃなさそうだ。ジェス、あの辺り一帯を焼き払えるか」

俺が言うと、ジェスは素早く頷いて両手を前に出した。

「炎術・焼夷」

直後、間違いに気付いて俺が訂正する前に、音のした方向で激しい火の手が上がった。密生する枯れ草が、ジェスブレンドの燃料を纏って躍るように燃焼する。魔法の技術は洗練され、炎の威力はそのままに、爆発が起こらないよう、燃料の揮発性が調節されていた。いくつかのパターンを決めて技のように名付けることで、発動までの時間も見事に短縮されている。

問題は、あちらが風上だということだ。

竹のように茎が中空で頑丈なヨシは、秋に枯れてなお立っているうえに、空気を含んでいるため燃えやすい。こちらに向かって吹く風が、湿原を焦土に変える炎を駆り立てる。

このままでは、数分もしないうちに、一帯が炎の海になってしまう。

この泥と藪では、走って逃げても間に合わない。豚藁焼きの完成である。

「すまない、風向きが……」

俺が言うと、ヨシュは短くため息をついてクロスボウを構える。

「ちょっと下がってて」

俺たちを後ろ手に庇いながら、矢をつがえていないクロスボウを足元に向けて空撃ちした。

ヒュッ、と音がして、向こう五メートルほどのヨシが一気に根元から切り倒される。

一八〇度回転して後ろを向いたヨシュが同じ動作を繰り返すと、俺たちを中心とした半径五メートルのヨシがきれいに刈り取られた。

「リスタの力を使えば、空気の刃で草くらいなら斬れるんだ」

ヨシュはそう言ってクロスボウを持ち上げた。

なるほど、俺たちに炎が及ばないよう、防火帯を作ろうということか。

俺はアンクレットで泥水を操り、切り倒された枯れ草を泥の中に埋めていく。

目論見通り、炎は俺たちの五メートル先で止まった。

しばらくすると炎が収まり、防火帯の向こうに、泥と灰と煙に覆われた荒野を見渡すことができるようになった。

そこには——見たことのない化け物がいた。

最初は恐竜か何かだと思った。高さは人の身長より高く、全長はその七、八倍ある。

だが、シルエットは扁平で、横向きに突き出た四足は、爬虫類というよりむしろ両生類に近かった。そう、両生類——どうやら巨大なサンショウウオのようだ。

全身に泥を纏っており、粘土で作られた造形物のようにも見える。

そいつは煙の中で、炎をものともせずに立っていた。

——ごぼぼぽぽ
化け物が、泥でうがいをするような不気味な音を立ててこちらに顔を向けてきた。

「気持ち悪っ」

ヨシュは迷わず矢をつがえて、素早くその顔面に一発撃ちこんだ。

泥を被った化け物の、眉間に当たる場所に突き刺さった瞬間、矢は爆発し、大きな泥の花を咲かせた。

化け物は動じずにこちらを向いている。大きく抉れた頭部は、中まで泥でできているのか、グチュグチュと再び泥に覆われて再生してしまった。

——ごごぼぼぽ
泥の化け物は再び不気味な音を漏らしながらこちらへ一歩を踏み出した。その動きは、まさにオオサンショウウオのものだった。

それならば動きは緩慢だろう、という楽観的見通しは、続く数秒で見事に打ちのめされた。

化け物は身体を左右にくねらせながら、四足を器用に動かしてこちらに突進してくる。一秒に一歩ほどの歩みではあるが、一歩が数メートルあるので自転車並みの速さである。

「逃げるぞ！」

三人で、泥の化け物から走って逃げる。足下は軟らかい泥と焼けたヨシ。まだ燃えている場所もある。俺が道を選び、凍らせて固めながら先導する。こういうとき獣の四足は役に立つ。

「このままじゃ追いつかれるよ。どうする？」

ヨシュは振り向きざまに化け物の脚へ一発命中させ、脚を付け根から爆発させてその歩みを止めた。しかし身体から滴る泥によって脚は再生し、一〇秒も経たず化け物は歩き始める。

「ジェス、あいつの脚を凍らせられるか？　泥でできているなら、地面ごと凍らせれば足止めになるかもしれない」

「やってみます！」

ジェスが一瞬足を止め、化け物のいる方へ向かって地面に手をつく。

化け物まであと五〇メートルほど。地面を白い霜が走り、化け物の右前脚に直撃した。

上手くいったか、と思ったが、化け物は歩みを止めなかった。凍りついた足先を地面に置き去りにし、その脚を再生しながら前進を続けたのだ。一時的に勢いは鈍ったが、それでも、俺たちに追いつくのは時間の問題だった。

俺は熱伝導と断面積を考えながら分析する。

「ダメだ、脚が身体に対して細すぎる。全身を凍らせるなら、胴体を直接触らないと」

俺たちは再び逃げの一手を選んだ。あちらの追うスピードの方が速いが、ヨシュが爆発する矢や凍結させる矢を脚の付け根に命中させてくれたので、そのたびに化け物の脚が千切れ、勢いが弱まり、俺たちはリードを稼ぐことができた。

俺たちの向かう先には小川があった。両岸に木が並んでおり、おそらく化け物はその先へ進むことができない。小川を渡れば、俺たちは逃げ切れる。

問題は、その小川がまだまだ先にあることだった。広大なヨシ原で、俺たちはこの泥サンショウウオの化け物から逃げおおせなくてはならない。ちょっとした絶望感があった。

「まずいな」

追い打ちのように、ヨシュの声が聞こえてきた。

ヨシュの手が、矢筒を探ったまま止まっている。

「あいつに有効な矢が切れる。凍結の矢があと一本だけ」

ヨシュが攻撃の手を止めたため、せっかく稼いだリードがどんどん奪われていく。あれだけ攻撃をしたものの、泥の化け物はすぐに再生してノーダメージのようだ。

「ねえジェス、シュラヴィスみたいに、矢に魔法をかけることはできる？」

ヨシュに訊かれて、ジェスは申し訳なさそうに目を伏せる。

「ごめんなさい、私……あの、もしかすると火矢のようなものなら――」

「分かった。もういいよ、逃げよう」

冷静なヨシュの声は、少し冷徹にも聞こえた。

「炎術・爆破」

ジェスは走りながら、後方に手を向けて大爆発を起こした。

しかし、化け物は爆炎をものともせずに進んでくる。ジェスの使う爆発の魔法は、空中で揮発性の燃料に引火させるという方法をとる。かなりの風圧を生むことはできるものの、爆弾とは違うから、泥のように衝撃に強いものが相手だと破壊力に欠けてしまうのだろう。

「っ…………！」

ジェスが小さく声を漏らす。その目には、悔し涙が浮かんでいた。

「仕方がない。対処できないなら、逃げに徹しよう。あの小川まで行けば逃げ切れる」

俺の言葉がジェスの耳に入っていたかは分からない。

「近づけば、凍らせられます」

「なんだって？」

突然足を止めるジェス。ヨシュが驚いた顔でその腕を摑んだ。

「無茶だよ。逃げよう」

「私……」

そうしているうちにも化け物は迫ってくる。逃げ切れる可能性が秒読みで減少していく。

ジェスの細い腕が、ぱっとヨシュの手を振りほどいた。

「ジェスやめろ！　もしあいつに呑まれたら――」

俺の声も届かず、ジェスは化け物に向かって不器用に走っていく。全身が泥でできた巨大なサンショウウオの前で、ジェスは妖精のように小さく見えた。

どうすればいい。ジェスを助けるには……

隣でヨシュのため息が聞こえる。

「負けず嫌いで無鉄砲なところ、姉さんにそっくりだ」

構えたクロスボウには、最後の矢がつがえられている。ヨシュはそれをジェスの方に向かって放った。

俺はヨシュの意図を察して、化け物の方へと突進を始める。

猪突猛進!!

泥に沈みそうになる豚足。アンクレットの凍結魔法で地面を固めながら、四足を全力で動かした。ここでは人間よりも豚の方が走りやすい。俺はすぐにジェスを追い抜く。

ヨシュの最後の矢はジェスの頭上スレスレを通過して、化け物の右前脚に命中した。付け根に近い部分。一番細くて脆そうな部位だ。俺はその反対側、左前脚に向かって突撃する。

矢が刺さった場所は瞬く間に凍結した。化け物の巨体に対してはわずかな部位だったが、精密な狙撃によって右前脚の脆い部分が硬化し、柔軟さを失って千切れた。折れた大木のような脚が胴体から外れて地面に取り残される。

脚は芽が出るようにすぐ再生を始めたが、片方の前脚を失ったサンショウウオはバランスをわずかに崩す。

ここだ。

俺は跳びかかるようにして化け物の左前脚に突っ込む。そしてそのまま、アンクレットの凍結魔法を行使した。全神経を集中させて、泥の柱のような脚を凍結させる。

下敷きになってはいけない。豚の丸い身体を捻って、泥の中を転がるようにして離脱した。

少し離れて、サンショウウオとジェスを振り返る。ちょうど、化け物の左前脚が凍って外れる

ところだった。

右前脚に続いて左前脚も失った化け物。重い頭部を支えるものはもうない。小山のような上半身が土砂崩れみたいな音を立てて地面に突っ込んだ。

ジェスの目の前に、化け物ののっぺりとした顔面が置かれる。チャンスを逃さず、ジェスはパンチを叩き込んだ。

細い腕の、慣れない、弱々しいパンチだった。しかし、魔法は確かに効いたらしい。泥が瞬時に凍っていき、化け物が頭から尾へと霜に覆われていく。

ヨシュの矢や俺のアンクレットの比ではない、恐ろしい量の魔力だった。

化け物の動きは完全に止まった。頭の先から尾の先まで、全身を白い霜に覆われている。

「ジェス、よくやった！」

俺の声は届いたはずだが、ジェスの返事がない。

そこでジェスの姿勢がおかしいことに気付く。右腕に寄り掛かるように身体が傾いている。パンチによって、腕が肘まで、泥の中にめり込んでしまったのだ。

さらに悪いことに、ジェスは気を失っていた。

――ごぽ

不気味な音が聞こえてくる。

霜に覆われた化け物の体表がひび割れ、そこから黒い泥がぬるりと流れ始めていた。

まずい！

ジェスに向かって走る。豚の身体で何ができるか分からないが、とにかくジェスを助けなければならない。気を失ったのは、おそらく脱魔法によるもの。戦闘中、一度に魔法を使いすぎてしまったのだ。

俺が走っているうちにも、化け物のひび割れはどんどん広がり、大量の泥が流れ出てくる。黒い泥は霜で白くなった体表を覆い、同時にねっとりとジェスの身体を流れ始める。

——ごぼごぽぽ
不気味な音が再び響き、サンショウウオの巨体が再びゆっくりと動き始めた。

「ジェス！」

まずいと思った。化け物に埋め込まれてしまったジェスの右腕が、とんでもない方向へと曲がろうとしている。ジェスの身体は今や、ブリッジでもしているかのようにのけ反っている。分厚い泥がぬるぬると流れ、ジェスの腕から胸、首、そして顔を覆っていく。

このままでは窒息してしまう。

ジェスのもとに駆け寄ったころには、その顔はすでに泥に覆われ、のっぺりとした仮面を被ったようになっていた。まずい。これでは呼吸ができていない。

どうすればいい。

頭上を覆う巨大な泥の化け物。俺は頭が真っ白になり、とにかく今できることをしようと思った。原始的だが、今はこれしか方法がない。

のけ反ってこちらを向いたジェスの顔から、俺は、異臭を放つ泥を舐め取った。

死にたくなるような味がした。野菜についた多少の泥なら気にならない豚の味覚でも、相当に厳しい苦み、臭み。

だがおかげで、ジェスの鼻と口は泥から解放された。身体が小さく痙攣し、咳き込むような音が聞こえる。呼吸はできるようになったようだ。

俺はジェスの後頭部に潜り込んで背中で頭を持ち上げ、顔に泥が流れないように支えた。

しかし今度は俺の方に泥が流れてくる。緩慢な動作だが、泥の化け物は着実に前進し、俺たちを圧し潰そうとしている。

死ぬ――そう思ったとき、赤い流星が降ってきた。

そうとしか見えなかった。鉛色の曇天を切り裂くように流れてきた星は、そのまま明るい炎の筋となって、化け物を頭から尻尾まで一刀両断にした。

巨大なサンショウウオは縦に真っ二つ。アジの開きのように、左右へ倒れ始めた。下敷きにならないよう、ジェスを連れてなんとか逃げようと思ったが、気付けばジェスはいなくなっていた。

倒壊する化け物を避けると、空がやたらと暗いことに気が付く。頭上には、翼をもった巨大な輪郭がある。腹を発光させて曇り空に溶け込んでいるが、近くから見ればその正体が分かった。王朝の龍だ。

助けに来てくれたのだ。

真っ二つになったサンショウウオの化け物は、見事に動かない。半熟卵のように、凍った体表の中から、凍っていない泥がだらだらと流れ出していた。

「凍らせてくれて助かったぜ。おかげできれいに斬れた」

聞き覚えのある声に、振り返る。

そこには、泥まみれのジェスを抱えたノットが立っていた。

助かった。

船を襲われてから絶え間なく続いていた緊張感が、ようやく収まった気がした。

化け物の、通常なら脳があるはずの場所に、死蠟化した人間の頭部が隠れていた。ノットの一撃によって、泥ごと真っ二つになった状態で発見された。

おそらく、殺された誰かの首が、この河原の湿原に遺棄されたのだろう。深世界の影響で、それが泥の化け物を産んでしまったらしい。

ノットが龍の背から飛び降りて、その化け物を一撃で仕留めたというわけだ。

こうした化け物の出現は、メステリアの各地で増え続けているという。船を襲った人間との関係は不明だったが、俺たちはおそらくヨシ原にいた化け物と偶然鉢合わせしてしまっただけだろう、とノットは推測していた。

龍にはノットについてきたセレス、飼い豚のサノン、そしてノットと行動を共にする少年バットが乗っていた。召喚に応じてシュラヴィスのところへ参上したが、俺たちの不穏を感じ取ったシュラヴィスによって、そのままこちらへ派遣されたのだという。ノットはシュラヴィスから託された新たな貝殻で、シュラヴィスに現状を報告してくれた。

安全な草地に辿り着くと、ジェスは目を覚ました。そして、手から魔法で温水を出し、泥まみれになっていた俺やヨシュや自分自身を洗い流す。

「また豚さんが、私を助けてくださったんですね」

顔を洗ってもらいながら、俺は首を振る。

「ジェスが俺たちを助けてくれたんだ。そしてノットがジェスを助けた」

俺はジェスの顔を舐めただけだ。

「顔を舐めたんですか……？　なぜ……」

美少女の顔を舐めるのに理由が必要だろうか。

目の前のものから視線を逸らしながら、俺はノットに現状を確認する。

「それで、シュラヴィスはどこにいたって？」

ノットとヨシュとバットは、こちらに背を向けて立っている。服の上からお湯を浴びて、ジエスがとんでもない状態になっているからだ。こちらを見ようと奮闘する黒豚の両目を、セレスが小さな手で覆っている。

「テンダルっていう田舎の村だ。あんまり詳しく知らねえが、そこに錨（いかり）の手掛かりとやらと、死体があったそうだ」

そっぽを向いたまま答えるノット。

「死体は相当な数だったらしい。直接見たわけじゃねえんだが、森の中で、カラスの大群が蚊柱みてえに飛び交ってた」

「……つまり、シュラヴィスの説が正しかったってことか。最初の首輪の次の手掛かりは下流方向にあった。それで、十字の処刑人にはまたしても先を越されてたってことになる」

ジェスが上半身を曲げて、再び俺の目の前に顔をもってくる。その向こうには、肌に貼り付いて透けた服。重力によって二つの――

「準備ができたら、すぐにシュラヴィスさんと合流するのがいいでしょうか」

「そうだな。狭いだろうが、全員で龍に乗って向かおう」

四人乗りの座席に人間五人と豚二匹、というすし詰め状態の空の旅。テンダル近郊の草地に着くころには、すっかり暗くなっていた。

テンダルは、ベレル川の畔にある小さな村だった。川沿いに土っぽい鄙びた集落があり、それを山が囲んでいる。整備された針葉樹林が広がっていて、港に丸太がたくさん積まれているので、林業で生計を立てている人が多いんでしょう、とジェスは推測していた。

月も星も雲に隠れた暗い夜空の下、俺たちはたくさんのカラスが鳴く声を手掛かりにして現場へ向かった。木々を運ぶのに使われているらしい林道を歩いて山深くに入っていく。

目的地は高台にあるらしい。結構な急坂を歩いて登った。

カラスの声が頭上に聞こえてきたころ、魔法の明かりが見えてきた。暗い森の中、いくつもの光球がふわふわと漂っている。俺たちは小走りに駆け寄った。

そこには、ハールビルで別れた残りのメンバーが揃っていた。

「よかった……襲われたと聞いていたが、無事だったか」

シュラヴィスは俺たちを見ると、神経質な表情のまま口元をほころばせた。

「……こちらは大変なことになっている」

覚悟はしていた。待ち受けていたのは、またしてもおぞましい光景だった。

石造りの、三角屋根の小屋。それを取り囲むように、長い丸太が円形の列をなしてずらりと地面に突き刺さっている。

そのすべてに、裸の死体が縛り付けられていた。どれもカラスに食われて傷だらけ。

遺体の胸にはもれなく血の十字が光っている。その赤色で、中央にある建物がぼんやりと不気味に照らされていた。

抗いきれない絶望感が脳を侵食していくのを感じる。

もう遅いのか……。

パンと鋭く手を叩いてカラスを追い払いながら、シュラヴィスが説明する。

「発見したときからほとんど触っていない。装飾品や刺青からして、おそらく犠牲者はまた北部勢力の残党たちだろう。全員、強い電流によって命を奪われていた」

鑑識のように的確な説明。俺は訊き返す。

「カラスのせいではっきりした損傷が見えないが……どうして電流だって分かったんだ？」

シュラヴィスは俺たちから目を逸らす。

「俺自身、電流で敵兵を殺したことがあるからだ」

「なるほど……」

――みっつめの　わっかがわれて　ひぐまがにげた

――にげたひぐまは　きにのぼり　そらにうたれて　しんだのさ

落雷による死を暗示させる歌詞。

ここでも殺害方法は、くさりのうたに類似している。

シュラヴィスにそれ以上訊くことはせず、俺は冷静に自分の推測を述べる。

「……死体はどれも、かなりカラスに食われてるな。ひどい状態だ。殺されてから一日は経っているように見える。少なくとも、ハールビルの丸焼き事件で火の手が上がるよりも、ずっと前に殺されていたはずだ」

石橋の街ハールビルで、古城の四階が燃えているのに俺たちが気付いたのは、今日の昼ごろのこと。あれからまだ半日しか経っていない。あの火事の後にここで殺したのだとすれば、時間的に、カラスによってこれほどひどく食われてしまうとは考えにくい。

つまり、二番目の殺人と三番目の殺人では、実際の殺害時刻が前後している可能性がある。

ジェスが俺を見てくる。

「犯行時刻は、ブラーヘンの殺人と、あまり変わらないのかもしれませんね……」

「そうだな。あの丸茹で殺人――少なくとも丸茹で死体陳列は、昨晩から今日未明にかけて起こったと考えられる。高速な移動手段が必要になるだろうが、犯行は同じころかもしれない。逆に、こっちの殺人の方がもっと前の可能性もあるな」

シュラヴィスの向こうから、イツネが不可解そうに俺たちを見てくる。

「そんなこと考えてどうするんだ？　知りたいのは誰がこんなことをしたか、だ。いつ死んだかなんて、別にどうでもいいじゃんか」

俺は首を振る。

「これまで俺たちは、三つの殺人を、くさりのうたの順番に沿って見てきただろ。そして楽観的に、殺人もその順番に起こっていて、俺たちは急げば犯人を追い越せるかもしれない、などと考えてすらいた」

シュラヴィスは深刻な表情で相槌を打ちつつ聞いていた。俺は続ける。

「だが、実際の犯行がその順番に起こっていない可能性が浮上した。火の手が上がったのはさっきの昼の話だが、あのハールビルの古城の死体だって、ずっと前に用意されていたものかもしれない。焼けてしまって分からなかったがな」

「……順番が分かると何が嬉しいの？」

イツネに訊かれて、答える。

「十字の処刑人の行動様式が分かるようになる。そして……」

暗い気分になって言葉を切ると、ジェスが横から言葉を継いでくれる。

「私たちが慌てて手掛かりを追っても、第四の殺人はもう完了している可能性が高いんです」

その意味することをやっと理解したようだ。イツネの表情に衝撃の色が混じる。

第四の殺人がくさりのうた通りに用意されているとすれば、犯人である十字の処刑人は、すでに最終目的地――つまり最初の首輪の在処に辿り着いている可能性が濃厚だ。

最初の首輪は、すでに奪われている可能性が高い。それがこの場所で分かったことだ。

シュラヴィスが困惑したように頭を抱える。

「十字の処刑人は、いったい何がしたいのだ」

「最初の首輪を人質に取って、俺たちを翻弄しているように思える」

分析しながら、俺は考えを言葉にしていく。

「俺たちはくさりのうたの手掛かりを追うしかなくて、常に奴の後追いをしている状態——言ってしまえば後手後手だ。一方奴は、昼間、俺たちの目の前で死体を焼いてみせたりもした。明らかに俺たちの動きを把握していて、そして俺たちのことを意識している」

言いながら、負け戦に挑んでいるような、嫌な気分になる。

「手掛かりを追って最初の首輪の在処に行くときは、細心の注意を払った方がいい。十字の処刑人は、そこで絶対に何かを企んでいるはずだ」

十字の処刑人の最終目的は、自己顕示か、嫌がらせか、それとも王の暗殺か……。

ただ、こちらには十分な戦力がある。そして新たな手掛かりも——そうだ、化け物との戦いですっかり気を逸らされていたが、重要な手掛かりがあったではないか。俺は思い出すままに、船の上で襲撃してきた何者かが右手に金の指輪をしていたことをシュラヴィスに伝えた。

今朝からずっと落ち着いた表情を仮面のように被っていたシュラヴィスだったが、ここでようやく、明らかな動揺が顔に出た。

「なんだって……？」

眉間に深い皺を寄せ、濃い眉同士がくっつきそうになっている。

脱魔法（エクディツサ）で記憶が混濁していたのだろうか、ジェスもハッとした様子で、小さな声に熱を込めて話す。

「その方は、周囲に濃い煙幕を張って、ベレル川の中心を進む私たちの船に乗り込んできました。身体（からだ）に矢を受けながらも、豚さんの頭を摑（つか）んで、何かしてきたんです。普通の方のしわざとは、とても思えません。きっと魔法使いさんだと思います」

シュラヴィスはジェスの話を信じられない様子だ。

「金の指輪は、五長老に対して、俺が直々に、信頼の証（あかし）として与えたものだ。まさか、あの五人の誰かが裏切っているというのか？　しかしあの者たちのことは、俺と母上が――いや、そうか……とすると……」

ゴニョゴニョと口籠ったあと、シュラヴィスは口をつぐんでしまった。

気になった様子のジェスが、その顔を覗（のぞ）き込む。

「シュラヴィスさんかヴィースさんが、どうされたんですか……？」

「……いや、五長老は、血の輪を外したとはいえ、脱魔法（エクディツサ）の回数はみな三回で止まっているのだ。あれだけの殺人を実行する魔力があるかは疑問が残る。それに俺は、五人を心の底から信頼して――いや、すまない。推測で語っても仕方がないな。母上に連絡して、五人に怪しい動きがないか早急に確認させよう。少し待ってくれ」

シュラヴィスは俺たちから離れて、ポケットから水晶玉のようなものを取り出した。ジェスによれば、王都との通信に使っている魔法の道具らしい。

暗闇の中、三角屋根の小屋の前で、俺とジェスは龍族姉弟（ラチエルテ）とともに残された。ふと気づいたように、イツネが言う。

「あれ、ノットはどこ行った？　一緒に来てたはずだよな」

ヨシュが小屋の裏手を指差す。

「あっちから声がする。何か探してるみたいだ」

耳を澄ますが、カラスの鳴き声しか聞こえない。向かってみると、ノットがカラスを追い払いながら、バットとともに死体を検分しているところだった。

セレスはノットを見ていたいが死体は見たくないという葛藤のさなかにあるようで、下を向きながらチラチラとノットの方を見やっている。

「嫌な予感が、するんですよねえ」

暗闇に溶け込んでいた黒豚がすぐ近くから突然話しかけてきて、俺はレバーを冷やした。

俺が言うのもなんだが、しゃべる豚というのはやはり気持ちが悪い。

「どうしたんすかサノンさん――ジェスの脚は嗅がないでくださいね」

「これは失礼……ロリポさんは、我々解放軍が潜入捜査を行（おこな）っていたのはご存じですか？」

「ええ。確か、北部勢力（ノザン）の残党を掃討するためですよね」

「そうです。私がノッくんと一緒に作戦を指揮していましてね、最近はちょうどベレル川のこの辺りでやっていたのですが……そこで監視対象になっていた男の死体が、なんとここに交じっていたんですよ」

黒豚の鼻先が遺体の一つを指す。前腕部に、薔薇（ばら）と頭蓋骨の特徴的な刺青（いれずみ）があった。

ジェスがスカートを警戒しながら、サノンに問う。

「他にも監視対象の方が交じっていないか、調べているということですか？」

黒豚が首を振る。

「別に、監視対象が殺されるくらい、一向に構わないのです。泳がせていただけで、どうせ殺すつもりだったわけですからねえ。問題は、潜入させていた仲間の方にあります」

サノンの声色に不吉なものが混じる。

「……実は、奴（やつ）らの中に潜らせていた解放軍の有志が一人、数日前に消息を絶っていまして。昨晩からずっと、捜していたんですよ」

ちょうどそのタイミングで、暗闇の向こうから少年の声がした。

「おい師匠！　こっち！」

短髪の少年がノットを呼んでいる。師匠をおいと呼ぶこの不遜な少年はバット。北部勢力（ノザン）の支配下にある闘技場からノットとともに脱出し、それ以降ノットの自称弟子としていつも近くにいる。印象として子犬のようなところがあり、俺はひそかに、愛犬ロスになったノットがロッシの代わりにこの子を近くに置いているのではないかと考えている。

バットは短剣の柄についた鉱石を光らせ、死体の一つを照らしていた。

服を脱がされ、いたるところをカラスに食われた無残な遺体。中年の男だろうか。目立った特徴はなかったが、それを見るなり、ノットはギリッと歯を食いしばった。

暗闇の中で眩い炎が一閃。気付けば遺体はノットの手によって地面に寝かされていた。

「ヨシュ、至急、全国に文を飛ばせ」

ノットが低い声で言った。

「どうして？」

「このふざけた殺人のことを伝えて、殺した奴の捜索に全力を注ぐよう命じるんだ」

その声には、燃え上がるような怒りと、ひりつくような殺気が込められていた。

「この男、エバンは、北部勢力殲滅のために危険を冒してくれる、勇敢な同志だった。命が危険に晒されないよう監視すると、潜入のときに約束したはずなのに……」

ノットが顔を上げる。ジェスが隣で息を呑んだ。恐ろしい形相だったからだ。

「十字の処刑人だか知らねえが……見つけたら、俺がこの手で斬り殺してやる」

「来てくれないか」

連絡を終えたシュラヴィスが、ざわめく解放軍の間からジェスと俺を呼んだ。

三人で小屋の正面まで歩く。シュラヴィスの歩みには、どこか迷いがあるような気がした。

「母上にはすべてを伝えた。新たな情報はなかったが、母上もすぐ合流してくださるそうだ。首輪の隠された最後の場所には、全員で、万全の態勢で向かおう。俺がついている。お前たちが襲われることは二度とないようにする。怖い思いをさせてすまなかったな」

心配そうに、胸に手を当てるジェス。

「一番怖い思いをされているのは、シュラヴィスさんではありませんか」

足を止めて、シュラヴィスは振り返る。

「なぜそう思う」

「だって……十字の処刑人さんに狙われているとすれば、それは私でも、豚さんでもなく、きっと王であるシュラヴィスさんです」

シュラヴィスは妹でもあやすかのように、ジェスの頭をくしゃくしゃと撫でる。

「案ずるな。俺は怖くない。俺は落ち着いている。神の血を引く、メステリアの王だからな」

落ち着いている人間は、自分が落ち着いているなんて言わないんだよな……。

「困ったことがあれば、何でも相談してくれよ」

「分かった。では早速なんだが……」

筋肉質の腕が、小屋の入口を示す。

「まだ時間がなくて、調査が進んでいないのだ。手掛かりの続きを一緒に探してくれないか」

小屋は狭かったが、どうやら礼拝堂として使われているらしかった。シュラヴィスが魔法の光で全体を照らすと、驚いたクモがカサカサと壁や床から逃げていった。

正面奥には土埃を被ったヴァティス像がある。掲げられた右手には、錆びた鎖。

「三つ目の手掛かりというわけか」

近づいて観察する。鎖はいったん地面に降りた後、壁に沿って奥へと続いていた。

礼拝堂全体を見返してみて、ふと思う。

「なんかちょっと、全体的にしょぼくないか」

ジェスとシュラヴィスが、揃って俺を見てくる。

「それはどういう意味だ？」

「いや……さして重要なことではないと思うんだが」

完全な私見なので、念のため断っておく。

「これまでは、大聖堂の地下にある灼熱の牢獄とか、火あぶり広間のある拷問博物館みたいな古城とか、立派な場所が多かったじゃないか。それに比べると、この場所はなんというか……なんでもなさすぎる気がして」

ジェスが首を傾げる。

「でもこの礼拝堂は、十分に古そうですよ。ヴァティス様が造ったとしても、何も不自然ではありません」

「古いのは確かだが、なんだろう、ここはセクシーな感じがしないじゃないか」

頭の上に疑問符が浮かんだような、二つのそっくりな表情が並ぶ。

「ええっと……ブラーヘンの地下牢も、ハールビルの古城も、別にセクシーではありませんでしたが……」

「俺はセクシーだと思ったけどな。なんというか、細部までこだわり抜かれていて、機能的な美しさと生々しさが共存していて……造られた当時の空気が肉感として感じられた」

「割と特殊なんだな、豚の性癖は……」

シュラヴィスの気遣うような視線がジェスに向けられた。そこでジェスの心配をするな。

「いやすまん。分かってほしいわけじゃないんだ。ただ感想を述べただけで……」

しばらくの気まずい沈黙を経て、ジェスが口を開く。

「ヴァティス様にも、何かお考えがあったんじゃありませんか？　先の二ヶ所を選んだのに何か意味があるとすれば、ここを選んだのにも、また別の意味があるんだと思います」

シュラヴィスは納得のいかない様子で、顎に指を当てる。

「そういうものだろうか……場所にあまり意味があるとは思えないが……」

「何も理由がなくて、こんなお遊びみたいな謎解きをさせるか？」

俺の発言は、さらにシュラヴィスを困惑させてしまった。

「……謎解きに、理由が必要なのか？」

その不思議そうな顔を見て、思う。そういえばシュラヴィスは、ホーティスの王都おっぱい巡りツアーも、ヴァティスの理不尽な牙城(ラビラ)ツアーも、やったことがなかったのだ。

人が謎を解くとき、そこに動機があるのと同じように。

人に謎を解かせるとき、そこには必ず動機があるのだ。

楽しませたいだけかもしれない。おちょくりたいだけかもしれない。

もしくは、ある秘密の隠された場所を迂回(うかい)させるためかもしれない。

あるいは、恋人との思い出に触れられないよう、挑戦者を煙(けむ)に巻(ま)きたいのかもしれない。

何か動機があったから、出題者はわざわざ謎を用意してきたのだ。

「ヴァティスが最初の首輪を隠したいだけなら、まず王都の、王族しか入れないところに隠しておくだろう。そうすれば盗まれる危険も少ないしな。だがヴァティスは実際に、手掛かりをメステリアの各地に隠し、俺たちを巡らせている。そのせいで、首輪の盗まれるリスクが発生し、俺たちは実際にそのことで困っている。お遊びにしては度が過ぎてないか？」

ジェスがふむふむと顎に手を当てる。

「確かに、こうした状況を招く危険性を、ヴァティス様が見落としていたとは思えません……不思議ですね、どうしてヴァティス様は、童謡を使った謎解きなど企画されたのでしょう」

話について来られていない様子のシュラヴィス。

「それが分かると、何が嬉(うれ)しいのだ？」

さっきも同じようなことを訊かれた気がするな……。

ジェスが自信満々の様子で答える。

「たった一つの真実に、いくらか近づくことができます。糸くずのように小さな違和感が、隠された大きな真実の糸口だったりもするんです」

まるで本物の名探偵のような発言。ですよね豚さん、という顔で見られて俺は相槌を打つ。

「ジェスの言う通り。謎を謎のまま放置しておくのは気持ちが悪いだろう。どんな謎であれ、真実という根っことどこかしら繋がってるんだ。目の前に現れた謎は、真実の方から俺たちに差し出されたヒントとも言える。それを無視するのは損失だ」

「……なるほど。言い分は、まあ分からなくもない。だがその問題は、後回しにしても大丈夫だな？」

シュラヴィスの視線は鎖の先を気にしていた。

「もちろんだ。今は素直に、鎖の手掛かりを追うことにしよう」

俺たちは鎖の延びる方向へ進む。鎖は祭壇の裏に回ると、壁に小さく開いた穴から、這い出るように外へ続いていた。

シュラヴィスの手が鎖を触ると、鎖がじんわりと光を発する。

「外に出よう」

鎖は土になかば埋まりかけていたが、シュラヴィスが魔力を強めて強烈に光らせることで辿ることができた。行き着いたのは、岩の露出した崖だった。

「次の場所はどこだ」

珍しく激しい口調で、ノットが横から訊いてきた。シュラヴィスが振り返り、地面を指す。

「じきに分かる。この鎖の指す先だ」

全員が集まり、みなの視線が光る鎖の行く先を辿った。鎖は錆びた鉄釘によって、岩の一つに打ち込まれていた。八等分に切られたチーズケーキのような、不自然な形をした岩だ。おそらく何者かの手によって加工されたのだろう。

鎖の先端には、不吉な予感を生じさせる、頭蓋骨を模した金属の彫刻がぶら下がっていた。

ヨシュが崖の先に目を凝らす。

「この尖った先端が向いている方を言ってるなら……あれかな、光る塔がある」

イツネが弟の肩に手を置いて、同じ方を見る。

「なんだ、灯台か？　方角はどっちだ」

一度下を見てベレル川の位置を確認してから、シュラヴィスが言う。

「川のさらに下流の方だ。南東くらいじゃないか。海は見えないはずだが……」

「いや、灯台じゃない感じがする。高い塔だ。山の向こうに——街が見えればいいんだけど」

悩むヨシュの脇から、バットが口を挟む。

「それならきっと、リュボリの慰霊塔の火だ」

　リュボリ。その地名に俺のアンテナが反応する。深世界(しんせかい)で墓地に迷い込み、アヘンの霧で危うく死にかけたところだ。そして胸の大きな少女に助け出された場所……。

　頭蓋骨の彫刻を見ていたジェスが、思わずといった様子でバットの発言を反復する。

「慰霊塔……？」

　バットは自慢げに鼻の下を擦(こす)る。

「ああ。リュボリはおいらの故郷だ。でっけえ墓地があってさ、そこを見下ろすようにでっけえ塔が建ってるんだぜ。油が少しずつ補充されて、夜でもずっと燃えてんだ」

　俺とジェスは、顔を見合わせた。


——ろうやをでたら　はかばまで　くさりのみちは　おわらない

　鎖の手掛かり。童謡の歌詞。どちらもぴったり合致している。

　最初の首輪の在処(ありか)は、リュボリだ。

第四章

見立て殺人では動機を見抜け

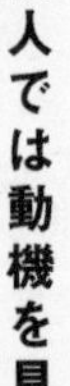

the story of
a man turned into
a pig.

王族サイドとイツネは龍で、残りは船でリュボリを目指した。

十字の処刑人や何らかの罠が待ち構えているかもしれない。俺たちは細心の注意を払って、船着き場で合流した。そして最後に、深刻な顔をしたヴィースが加わる。いつもの優雅なドレス姿ではなく、おそらく外出用の、地味なローブ姿だった。しまい込まれていたのか、防虫剤のきついにおいがする。そういえば、ヴィースを王都の外で見たのは初めてかもしれない。

スンスン嗅いでいるのをジェスに見咎められ、俺はそそくさとヴィースから離れた。

「事情は概ね、シュラヴィスから聞いています。戦に挑むつもりでまいりましょう」

その声はいつにも増して冷静で、感情を殺しているのが伝わってくる。

すでに夜も更けて、雲に切れ目ができていた。隙間から覗く星空は、相変わらず塩を撒いたかのように高密度で、眩い。

ヴィースが迷いのない足取りで先頭を歩き、俺とジェスは、シュラヴィスと並んでその後ろについた。静まり返った街の中心部。石畳の目抜き通りが整備された、立派な街だった。

解放軍のメンバーは、すぐにでも戦えるよう武器に手を添えている。目立たない黒豚とイノシシ——ケントはさすがにフリフリのドレスを脱いでいた——が、暗闇に溶け込みながら周囲を嗅ぎ回る。セレスとヌリスは手を繋いで、戦士たちに護衛されながら歩く。

ヴィースがジェスの方を振り返る。

「危険な状況です。あなたたちは、別に来なくてもいいのですよ」

「いえ、私もシュラヴィスさんと一緒にいます」

「……そうですか。くれぐれも、気を付けて」

淡々とした会話の中に、俺は昨晩のことを思い出していた。

あの夜がまだ昨晩か。二の月の九日は、あまりにも長い一日だった。

しかし、おそらくそれも、この夜に、この街で終わりになるだろう。

俺たちの向かう先は、慰霊塔だ。深世界でリュボリを訪れたときは霧がかかっていて見えなかったが、街外れの墓地の奥に、石造りの巨大な塔が建っている。シュラヴィスによれば、これは王朝創始以前から存在する建築らしい。つまり、ヴァティスが最初の首輪の隠し場所として選んだとしてもおかしくはない。目印としても申し分のないランドマークである。

しかし慰霊塔と言うにはものものしい。灰色の石を積んだ無骨な四角柱で、屋上の壁は鋸のように凹凸し、壁には矢狭間のような穴さえ設けられていた。塔の最上階の一つ下には、くり抜かれたように四方から見通せる大きな空間があって、そこで大きな炎が明るく燃えている。

炎は血のように赤黒かった。

街を抜けると、暗い草原が広がっている。大きな墓地だ。見渡す限りに墓石が並んでいる。ところどころに赤いケシの花が咲き、本来しないはずの甘い芳香を風の中に漂わせていた。

ノットが顔をしかめながら、仲間に忠告する。

「この風……あんまり吸うんじゃねえぞ。麻薬と同じで、頭がいかれちまうからな」

深世界では、この麻薬成分を含んだ霧によって危うく死にかけた。同様の現象が、こちらにも現れているのだ。

墓地を抜けて慰霊塔に辿り着く。すぐに気付いた。塔の壁のところどころに、頭蓋骨を模した浮き彫りが施されている。テンダルの鎖の先にあった頭蓋骨の彫刻と、この慰霊塔は、くさりのみちによって繋がっている。

塔の入口は開け放たれていた。四角い塔の壁の内側に沿って、狭い螺旋階段が延びている。

上へ、上へ――赤黒い炎の燃える場所まで。

ヴィースが一度足を止めて、こちらを振り返ってくる。

「私が先頭を行きます。もし私が攻撃を受けたら、シュラヴィスは私に構わず反撃しなさい」

有無を言わせぬ口調だった。そして、王の母は返事を待たずに階段を登り始める。

狭い空間だったこともあり、一行は塔を登るグループと下に残って監視するグループとに分かれた。塔を登るのはシュラヴィス、ヴィース、ノット、そして索敵能力の高いヨシュ。ジェスも行くと言って譲らなかったので、ジェスと俺がそれに同行する。残りのメンバーはひと固まりになって、塔の下で周囲を警戒した。

塔の高さは、目測で三〇メートルほどだろうか。暗くて狭くて急な石段を、俺たちは一列になって進んだ。ところどころが踊り場のようになっている。しかし、矢狭間があったり、武器を置くのに使われたらしい石の台座が据え置かれていたりするだけで、特に首輪が隠されていそうな目ぼしい構造はなかった。

張り詰めた空気の中、息を潜めて進んだが、何も起こらないまま炎に辿り着いてしまう。

四隅の太い柱だけが残され、四方の壁が取り払われた空間。地表から三〇メートルという高さで、夜の冷たい風が右から左へと吹き抜けていく。転落防止にもならないような低い塀が、平らな石材の敷かれた四角い床を囲んでいた。

そしてその床の中央に、見たこともない色の炎が燃えている。天井を舐めるように燃え上がる赤い輪郭。対照的に光を吸い込む炎心。墓地に咲く赤いケシの花を思わせた。

「行き止まりか？」

ノットが双剣に手を添えたまま言った。

慎重に散らばりながら、俺たちはこの階を探索する。

どこにも人の気配はなく、最初の首輪も見当たらなかった。

俺たちは再び赤黒い炎を囲むように集まる。

「あとは、上だけですね」

ジェスがそう言って、天井を見上げた。外から見た様子だと、この塔には屋上があり、その下にもう一フロアくらいはありそうな様子だった。しかし炎を焚くこの空間から上へ行く階段はない。四方を覆うはずの壁は存在せず、四つの太い柱が上層を支えているだけだ。

ノットが心許ない塀に片足をかけて、壁面の外から上を覗く。

「壁のデコボコしてる様子からして、少なくとも屋上はありそうだ。ヨシュ、探れるか？」

「やってみる。みんな、できるだけ動かないで」

ヨシュは俺たちに目を配りながら、柱の一つに耳を当てた。どうやら音で上階を探っているらしい。俺はしばらく音を立てないように、置物のように動かなかった。

「生き物はいないみたいだね」

「そうか」

ヨシュの報告を聞いたノットは、塀にかけていた片足を踏ん張って、塔の外へと跳躍した。

「ノットさん……！」

近くで見ていたジェスが思わず声をあげた。しかし心配は無用だった。

ノットは空中で双剣を振るい、下に向かって巨大な三日月形の炎を放つ。その反動で身体は上方へ舞い上がり、見えなくなった。

タッ、と着地の音が聞こえた。

「屋上には何もねえ……いや、下へ続く扉があるな」

夜風に乗って、上から声がした。

「待て！」

シュラヴィスが塀から身を乗り出して、声を張り上げた。

「罠があるかもしれない。俺たちも上へ行く」

「上へ行く？　それってつまりどういうことだ……？」

俺の問いは無視された。シュラヴィスとヴィースが俺たち全員を魔法で浮遊させ、屋上へ運んだ。塀の外に身体が出た瞬間、垂直に切り立った壁と遥か下方にある地面が見えて、ガツがきゅっと縮まるような気分になった。魔法で飛ばされるのはやはり苦手だ。

屋上には、確かに何もなかった。石の台やら砲弾のようなものがいくつか放置されているのだが、雨に晒されて風化し、とても手掛かりと呼べるものではない。

一角に、下へと続いているらしい跳ね上げ扉がある。重々しい金属の扉だ。

においを嗅ぎに行こうと思ったが、先にノットとシュラヴィスとヴィースがその扉の周囲に立って、検分を始めてしまった。それでも周囲の床を嗅いでみる。

ん……？

一つだけ、ここにいるメンバーのものではないにおいがあった。おそらく一人だろう。扉の周辺で濃くなっている。とすると……

「何かご用でしょうか」

顔を上げると、そこにはちょうどヴィースのお尻があった。

「いえ、すみません、においが……」

横からジェスが「見境のない豚さんですね」と目つきで伝えてきた。

ノットが俺を見下ろしてくる。

「何のにおいだ？」

「ここにいる者ではない何者かのにおいだ。かなり強いから、最近ついたものだろう」

シュラヴィスが目を見張る。

「馬鹿な！　もしここが隠し場所だったとすれば……」

そこで口を噤んでしまったが、言いたいことは分かる。

誰か知らない人間が一人、この扉を出入りした。最初の首輪がここに隠されていた場合、それが無事残されている可能性は限りなく低いだろう。

シュラヴィスが跳ね上げ扉を睨むと、重々しい金属の扉が勢いよく上に跳ねた。

ガツン、と衝撃音がして、扉が一八〇度開かれる。高密度の星空に冷たく照らされる、下へと続く階段。その先は暗闇だった。何があるかは、上からは見えない。

いや……このにおいは……。

階下から、先ほど嗅いだ人間のにおいが、より濃密に漂ってくる。これは残り香ではない。

〈気を付けろ。下にまだ誰かいる〉

ジェスを通じて伝えると、全員が動きを止めた。ヨシュが忍び足で近づいてきて、俺にもたれかかりながら入口の中へと耳を向ける。

――いや、呼吸音も心音も聞こえない。誰もいないよ

聴覚で探っても存在しないが、嗅覚で探ると確かに存在する人間。

そんな状態があり得るとすれば――

「死体だ」

シュラヴィスが一気に中を照らして、臨戦態勢で階段を駆け下りる。

そこに用意されていたのは、期待を裏切らない空間と、死体だった。

天井も床も壁もすべて石で覆われた閉塞感のある部屋。その中央に、裸の男が一人、大の字になって横たわっている。白い胸には大きな十字の傷があり、血が流れ出ていた。

そしてその男は、五長老――諜報員の長、メミニスだった。

シュラヴィスは呆然とした様子で、メミニスの横に膝をついた。揺すろうとしたのか裸の肩に触れ、その瞬間に手を引っ込める。おそらく冷たかったのだろう。

俺は階段の上についていたにおいがこのメミニスのものだと確認した。そして、その右手の中指に金の指輪が嵌まっており、左手には血の付いたナイフが握られているのを見た。

一方でノットとヨシュは、別の方向を見つめていた。壁だ。何かを吊っていたのだろう錆びた鎖が、途中で切れて垂れ下がっている。その壁を横切って、文字が刻まれていた。

あまりにも簡潔に、その文字列は俺たちの敗北を示した。

――最初の首輪はすでに失われた

石の壁に刻まれた文字は魔法によるもので、そのとき出たらしい粉塵についた足跡はメミニスのものだけだった。ナイフを嗅いだが、そこにメミニス以外のにおいはついていない。

状況は、諜報員の長であるメミニスの犯行を明確に示していた。

さらにヴィースが遺体に残る魔法の痕跡を分析した結果、二つのことが判明したという。

まず、メミニスが魔法を使って大量の殺人を犯してきたということ。

そして、彼自身の命を絶ったのも、同様の魔法らしいということ。

塔から降りた俺たちはしばらく呆然としていた。ジェスが俺に、悔しそうに言う。

「メミニスさんは記憶の消去や暗殺を担う諜報員で、しかも血の輪による魔力の制限がありませんでした。深世界による侵食があるこの状況なら、その魔力が増強された可能性は十分にあります。多くの方のお命を奪うことができてもおかしくなかったんです」

俺は船の上で頭を押さえつけられたことを思い出す。

「煙幕で船が襲われたとき、俺は頭が真っ白になった――あれはメミニスに何らかの記憶を消去されたせいかもしれない。俺は何か、見てはいけないものを見てしまったのか」

あの時点ですぐに対策を打っていれば、と思わざるを得ない。あのときはまだ、メミニスも生きていたのだ。そうすれば、最初の首輪の在処を聞き出せる可能性もあった。

「悔しいです……私、真実を見抜くのが遅すぎました……」

涙を流すジェスに、俺はそっと寄り添うことしかできない。

――ろうやをでたら　はかばまで　くさりのみちは　おわらない
――とおくまで　さびたくさりは　つづいていくよ

ブラーヘンの地下牢から始まったくさりのみちは、墓場に囲まれたこの慰霊塔で終わっていた。ここが最初の首輪の隠し場所だったのだ。そして、最初の首輪は失われた。

悔しいのは他の面々も同じだろう。ケントは落ち着かない様子で歩き回り、ノットは悔しそうな様子で座り込んでいる。

シュラヴィスが動揺した様子で漏らす。

「メミニスは最も忠実な部下だった……父上が闇躍の術師に憑りつかれたとき、王都民を密かに指揮し、王都の被害を最小限に抑えてくれたのだ……それなのになぜ、こんなことに……」

息子の弱音に、ヴィースが淡々と推測する。

「命を捧げた抗議でしょう。メミニスは保守的な男でした。イェスマを解放するというあなたの方針が、彼には許せなかったのではありませんか」

ノットが地面を殴っていきりたつ。

「全部あんたら王朝の人間の仕業ってことかよ。なぜ配下の管理すらできねえ。あんなに人を殺させておいて、気付かなかったなんて言わねえよな」

解放軍は、唯一の希望だった最初の首輪を失ったうえに、潜入捜査をしていた同志を一人殺されてもいる。さらに怒りの対象はすでに死んでいる。ノットが憤るのはもっともだ。

シュラヴィスは困惑したように頭を振る。

「メミニスは、記憶の消去には長けていたが、これほどの殺人を起こせるような魔法使いではなかった。脱魔法も三回で止まっている……まさかこんな……」

「深世界の影響でしょう」

ヴィースの分析は、ジェスとほぼ同じだった。

「現実の世界と願望の世界が融け合い、魔法が不安定になっています。リスタから通常の一〇倍以上の魔力が取り出されたこともあると聞きました。殺人の欲求さえあれば、大勢を殺す術が実現してもおかしくはありませんよ」

重苦しい沈黙。

それを破って声をあげたのは、黒豚のサノンだった。

「もしですよ。もし最初の首輪が手に入っていたとして……それを使ってイェスマの少女たちを解放した場合、同じようなことが起こり得るんでしょうかねえ？」

「同じようなこと？」

訊き返すヴィースに、黒豚は淡々と続ける。

「あの死体の男と同じように、危険な魔法使いが生じてしまう可能性ですよ。この世界の混乱が収まらなかった場合……首輪を外された少女たちは――解き放たれた魔法使いは、ともすれば、大変危険な存在になってしまうのではありませんか？」

シュラヴィスが横から言う。

「そうだ。その危険は常にあった。イェスマたちは心優しいから、すぐにそのようなことが起こったりはしないだろうが……ふとした怒りや恐怖が大惨事に繋がってしまう可能性は常に存在する。この世界の状況ならばなおさらだ」

それを聞いて、セレスが気まずそうに肩を縮めた。

イツネが不快そうに黒豚を睨む。

「おいサノン、何が言いたい？　だからイェスマを解放しなくていいとでも？」

「いえいえ、違いますよ。私が気にしているのはですね、殺人の動機ですよ」

輪の中央に歩いてきて、サノンは滔々と述べる。

「単純に、最初の首輪を隠したいだけだったらですよ、別にあんなにたくさん人を殺さなくたってよかったじゃないですか。あの男はまるで、大量殺人ができるという腕前を披露したがっているように、私には見えましたよ。そこで思ったんです。これではあまりに、王朝にとって都合がよすぎると」

「どういう意味だ？」

シュラヴィスの口調が一層厳しくなった。

「いえ、あなた個人を責めるつもりではありませんからご安心を。あくまで客観的な事実としてですね、大量殺人は王朝にとって都合のよい結末をもたらすんですよ」

歩き回りながら語る黒豚。その威圧感は、まるで腕利きの刑事のようだった。

「たいしたことがないと思われていた魔法使いが、この世界の異常に乗じて、裏で大量殺人を行うほどの魔法を使っていた――そう判明すればですよ、じゃあ最初の首輪を使ってイェスマを解き放つことも危険じゃないかと、我々の見解は、当然そのように帰結するわけですねえ。解放軍としては、対策なしにイェスマを解き放てとは主張しづらくなってしまいます」

ぴたりと足を止めて、黒豚はシュラヴィスを見上げる。

「まさか王朝が、あの男に命じてやらせたわけではありませんねえ？」

「馬鹿を言うな！」

シュラヴィスが唾を飛ばして叫んだ。

「俺がメミニスに、殺人を犯し、命を捧げるよう命じたと言いたいのか？」

「まあまあ、そう怒らないでくださいよ。あくまで確認しているのです」

空気が張り詰めてきたのを感じる。俺は二人の間に割って入った。

「サノンさんも、不要な疑りはやめましょう。考えてみてくださいよ。配下の人間がやったことだと分かってしまえば、王朝側の立場もこのように悪くなってしまう。普通に考えるなら、犯人は不明のままの方がいいはずです」

慰霊塔の上で燃える炎に、俺は鼻先を向ける。

「王朝が解放軍にイェスマ解放の危険性を印象付けようとしていた――そう仮定するなら、最初の首輪が隠されていた場所でメミニスを死なせるのはおかしい。矛盾してます」

咄嗟に出た論理だったが、説得力があったのか、サノンはゆっくり頷く。

「なるほどですねえ。確かに変です。自然に考えれば、あのメミニスとかいう男が暴走して、王の管理下を離れ、北部勢力の残党を大量に殺して、最初の首輪をどこかに隠して、隠し場所を文字通り墓場まで持って行った――そう推論するのが妥当でしょうか」

シュラヴィスが歩いてきて、膝をついて黒豚と視線を合わせた。そのまま解放軍の幹部たちに向かって深々と頭を下げる。

「本当にすまない……俺の不手際だった。メミニスの遺体を調べて、最初の首輪の隠し場所を探ろう。確かにイェスマを今すぐ解放するのは危険だが、俺は——王朝は、彼女たちを永久に奴隷としておくことをよしとしない。最初の首輪は、命ある限り探し続けると誓おう」

王が顔を上げる。その目は涙こそ流していないものの、赤く充血していた。

「そして、テンダルの山中で、みなの同志のエバンという男が巻き添えになっていたこと——心より遺憾に思い、謝罪する。配下の暴走は王の責任だ。どうか許してくれ」

解放軍は、すぐには反応しなかった。しん、と静寂が下りる。

最初に口を開いたのはイツネだった。

「あんたが悪くないのは分かってる。殺人者が死んじまってるなら復讐のしようもない。イェスマ解放の手段を一緒に探し続けてくれるなら、あたしとしては、文句はないよ」

それを聞いて、ノットがゆっくりと立ち上がる。

「言い争ってても仕方ねえな。犯人が死んで殺人は終わった。この件はこれでおしまいだ。イェスマの首輪をどう外すか、あとはそのことだけ考えればいい」

フンゴ、と黒豚が鼻を鳴らす。

「ちょっと待ってください。それはいけませんよ」

話を終えるつもりだった一同の目が、一斉に黒豚へと向けられる。

「言い争いは終わりにしましょう。しかし、これで恨みっこなしにするのでは、エバンさんがあまりに浮かばれません。王に悪意がなくとも、王の監督不行き届きで我々の同志が一人死んでしまったというのは、動かしようのない事実。ここは何か、補償を要求すべきですよ」

虚を衝かれたかのように一瞬固まっていたシュラヴィスが、勢い込むように頷く。

「そうだ……もちろんだ。責任は取らねばなるまい」

サノンはくるんと丸まった尻尾を小さく振って、シュラヴィスを見上げる。

「リスタ一〇〇〇個でいかがでしょう。深世界侵食の影響で流通を止めていると聞きました。余っているはずです。それを我々に譲ってください」

「サノン！」

イツネが驚いた様子で咎めた。

魔力の源リスタは、王朝が生産流通を独占しており、超がつくほどの高級品だ。一般的な国民であれば、ひと月働いてようやく一つ買えるくらいだという。闇躍の術師が王朝を乗っ取ったときに出荷が止まり、今も暴発の危険があるとして流通が厳しく制限されているため、値段はそこからさらに上がっているだろう。

それを一〇〇〇個とは、さすがに強欲が過ぎるというものだ。俺はサノンに目を向ける。

「サノンさん、必要があれば王朝はリスタを無償で提供してきたはずです。一度にそれほど要求することはないんじゃありませんか」

「いえロリポさん、これはけじめですよ。リスタ一〇〇〇個で、きっぱり恨みっこなしです。我々は不運なできごととしてエバンの死を受け入れます。リスタは現状、王都に余っているんです。我々にとっても、王にとっても、むしろ気持ちのいい解決法だと思いますがねぇ」

黒く光るサノンの目。ヴィースが見たこともないような冷たいまなざしを向けていた。

立場の弱いシュラヴィスは言いなりだ。

「承知した。一〇〇〇ならすぐにでも用意できるだろう。通常色から特殊色まで、種類を揃えて届けさせよう。ただ分かっていると思うが――」

「ええもちろん。売ったりしませんよ。我々は別に、お金には困っていませんからねぇ」

サノンの言葉に、シュラヴィスはホッとした様子だ。

「よかった。念のためだが、一般の国民には譲渡しないでくれ。我々はみなを困らせたくて流通を止めているわけではないのだ。リスタの威力は確実に高まっている。よからぬ勢力の手に渡るのは避けたい」

「約束しましょう。では明日の朝、我々のところに届けてください」

「相分かった。すぐに準備させよう」

このとき俺はまだ、サノンがリスタを要求したことの本当の意味に、気付いていなかった。

「十字の処刑人事件」はまだ、本当の意味では終わっていなかったのだ――

慌ただしい一日がひとまず終息し、何にも急かされないひとときが訪れた。

シュラヴィスとヴィースはメミニスの遺体を調べに慰霊塔を再度登ることにし、ケントやサノンを含む解放軍の面々もそれに同行した。

ただ、ノットはあまり気が乗らなかったらしく、俺やジェスと一緒に地上に残った。

「俺があのとき、マーキスを殺さなければ」

あてもなく墓地の方に歩きながら、ノットは俺たちにこぼした。

「最初の首輪なんてもんに頼らなくたって、イェスマを解放できたんだろうか」

夜の空気には、深世界ほどではないにしろ、麻薬成分が溶け込んでいる。ノットはむしろ、それを吸いに行っているようにも見えた。

ジェスがノットの隣に走り、思い切り首を振る。

「ノットさんがあのとき剣を振るわなければ、シュラヴィスさんたちは闇躍の術師さんに殺されていました。マーキス様を助け出す術はありませんでした。ああするしかなかったんです」

「そうだ。俺たちに、マーキスを殺す度胸はなかった。ノットがいなかったら、きっとこの世界はもっとひどいことになっていたはずだ」

ノットは俺たちを振り返ることもせずに、墓石の間を歩き続ける。

「俺たちが破滅の槍でマーキスを殺そうとしなければ、ホーティスが命を落とすこともなかった。だったらセレスのときみてえに、ホーティスがイェスマの首輪を外せたよな」

ノットの足取りに表れているのは、無力感だった。ジェスに倣ってノットを励ます。

「あのとき反撃していなければ、きっとノットたちはマーキスに処刑されていた。ホーティスが命懸けで訴えたからこそ、あの暴君は改心したんだぞ」

しかし俺の声は、ノットに届いていないようだった。

「イェスマの解放だなんて叫びながらよ、俺は今まで、まったく何をしてきたってんだ」

ジェスが心配そうにノットのことを見つめる。

「あの！　私は……ノットさんのおかげで、首輪を外してもらえたんですよ」

ノットはようやくこちらを振り向いた。その瞳はうっすらと濁っているようにすら見えた。

それは、最初の首輪を失い、目的を見失ってしまった英雄の目だった。

「そうだったな」

ノットがすっと手を伸ばし、ジェスの首筋に触れようとして……触れなかった。

「お前は今、幸せか」

突然の問いだったが、ジェスは真剣な表情で頷く。

「もちろんです」

無感情に、ノットは話を進めていく。

「……セレスもな、幸せだと言ってくれたんだ。俺は嬉しかった。だが一方であまりにも悔しい。俺の手の届く範囲が、こんなにも小せえんだと思うと」

ノットは両手を広げるが、その手は何にも届かない。

「今この瞬間にも、奴隷みてえに扱われてるイェスマたちが大勢いる。一〇〇〇人以上だ。本当はいっぱしの男より力があるのに、自分が魔法を使えるとも知らず、命や身体を狙われる危険に怯えながら暮らしてんだ」

「いつか必ず、全員の首輪を外しましょう」

ジェスの意気込みを、ノットは小さく鼻で笑う。

「その『いつか』を、俺はとうに逃しちまった気がする」

ノットの言いたいことは分かる。ホーティスの死。マーキスの死。俺たちは戦いの中で、皮肉にも、自分たちの手でイェスマ解放の手段を葬ってきたのだ。そして今夜、最後の望みだった最初の首輪も入手し損ねた。破壊されたのか、隠されたのか。最初の首輪の行方は分からない。あのメミニスという男が抜かりなければ、最初の首輪はきっともう手に入らない。

「だがノット、気を抜くなよ。最初の首輪の捜索は、まだ終わってないんだぞ」

「宝探しは苦手だ。もうあとは、お前らに任せるぜ」

いつの間にか、慰霊塔から離れて、芝に覆われた小さな丘の上に来ていた。雲間から眩しい星空が覗いている。北の空だろうか。赤い星々が塊になって輝いているのに気付いた。

ケシの花は、この丘には咲いていない。新鮮な空気が空から吹き下ろしてくる。ノットは丘に腰を下ろして、脚を大きく投げ出した。

少し離れて、ジェスがその隣にちょこんと座る。俺は二人の間に割って入るように座った。

「おっ師匠、デートか？」

眠気にウトウトしかけていたころ、後方から聞き捨てならない声が聞こえて目を覚ました。

豚もいますが？？？

振り返れば、いつもノットにひっついているバットがこちらへ駆けてくるところだった。赤色に近いさらさらとした茶髪を風になびかせ、犬のような身軽さで走ってくる。

「塔の上からジェスと一緒にいる師匠が見えてさ、セレスが目をウルウルさせてたぜ」

「ええぇ！　あの、私は別に、そういうのでは……」

豚もいますが……。

「こいつらが勝手についてきただけだ。俺が誘ったわけじゃねぇ」

ノットは俺をカウントしてくれている。さすがイケメンは違うな。

「なあんだ。でも師匠、なんでこんなとこに？」

「なんとなくだ。歩いてたら、ここに来た」

バットはノットの向こう側に座ると、夜空を見て伸びをする。

「いやあ、懐かしいなあ、この丘。リュボリにいたころ、イェスマの姉ちゃんとよく一緒に来た場所なんだぜ。ここからだと、願い星がきれいに見えるんだ」

バットの小さな手が正面の空をぴんと指差す。赤い星団。これは願い星が増殖したものらしい。俺たちは北の空を見ていることになる。超越臨界によって深世界が現実の世界に侵食し始め、一つしかなかった願い星すら、安っぽい星団に仕立て上げられてしまった。

ノットの横顔を見て、バットは何か察したようだった。尻をずらしてノットに近寄ると、ノットに「近え」と一喝されていた。

「あのさ師匠。そのイェスマの姉ちゃんがさ、一六になってリュボリを出ていくとき、おいらに一つ教えてくれたことがあるんだ」

咳払いを一つして、バットは静かに口を開く。

「どうしていいか分からないときは、道しるべになる星を探しなさい――って」

ノットは黙って聞いていた。その青い瞳は北の空を見つめている。

「おいらはさ、北部勢力の連中に拉致されて、闘技場で働かされてさ、何のために生きてんのか分かんなくなってたとき、師匠に出会ったんだ。泥だらけで、血塗れになって、それでも戦い続ける師匠は、星みてえに光って見えたんだぜ」

「光って見えた？　俺が？」

ノットは隣の少年を見た。その口調は、疑いというよりは驚きに近かった。

「ああ。本当に光って見えたんだぜ。姉ちゃんの言ってた星っていうのは、この人なんだって思って。だからおいらは、ずっと師匠についていくって決めたんだ」

「それでお前は、ここまでしつこく……あれほど来るなと言ったのに」

嬉しそうに頷く少年を見て、俺は納得した。

バットは一〇代前半の、ごく普通の少年だ。解放軍の幹部ではない。武芸に秀でているわけでもなく、治癒の魔法が使えるわけでもない。それなのになぜ、ずっとノットのそばにいるのか。俺は少し不思議に思っていたのだ。ノットと一緒に闘技場を抜け出したというだけでは、ここまで来る理由にならないはずだ。解放軍のリーダーであるノットのそばにいれば、きっとたくさんの試練があっただろう。危険もあっただろう。

バットは、それを上回るくらいの熱量で、ノットを追いかけていたのだ。イェスマの少女の言っていた「道しるべになる星」が、ノットに違いないと信じて。

「おいらはここまで師匠と一緒に来て、本当によかったと思ってる。後悔してねえ。だから師匠も、見つけろよ、星」

そう言って、弟子は師匠の肩を気安くポンと叩いた。

ノットはぼんやり空を見ている。深世界で別れを告げるまで、ノットの〝星〟はかつての想い人、イースだった。その星に触れ、未練を断ち切ってこちらへ戻ってきたノットは、いったい何を道しるべにすればよいのだろうか。

相変わらず陰気臭いノットを見ると、バットは洟をすすって陽気に続ける。

「いやあ懐かしいなあ。もの知りな姉ちゃんだったんだぜ。噂話が大好きでさ。ここにお祈りに来るたび、おいらにいろんなこと教えてくれたんだ」

ふと気づいたように、ノットがバットを見る。

「お前の家は、イェスマを買えるほど裕福だったのか……？」

「いんや、違うぜ。おいらの家は貧乏だった。ここの墓場を仕切ってるお偉いさんが、姉ちゃんを買ったんだ。おいらの家は、その下で働いてただけさ」

何を思い出したのか、悪戯っぽい笑みでバットは俺たちを見てくる。

「その姉ちゃんがさ、びっくりするくらいおっぱいのでっけえ姉ちゃんでさ。穴掘るときなんか、どうしてもそっちに目が行っちゃって……元気にしてるかなあ」

ノットの表情が固まった。びっくりするくらいでっけえおっぱいを想像していやらしい気持ちになってしまったわけではないはずだ。俺も同じだった。ジェスも同様だろう。

墓守。星。祈り。爆乳。

すべてがきれいに、線で繋がった。まさか……そんなことが……。

おそるおそる、ジェスがバットに問う。

「もしかすると……お名前はブレースさん、でしたか」

きょとんとした顔が、こちらを見返してくる。

「え、なんでジェスが名前を知ってんだ……？」

ハツが高鳴る。そんな偶然があってたまるものか、と思ったが、これはもしかすると、偶然ではないのかもしれない。

俺たちが向都の旅の途中に救い出した少女、ブレース。彼女は俺たちの盾となり、針の森で命を落とした。ノットは俺たちと別れてから、その遺体を回収して、荼毘に付し、セレスのいた村へと持ち帰った。

俺は二度目の転移のとき、その骨壺をセレスやサノンと一緒に見つけた。骨壺には銀の首輪がかかっていた。俺が触れると、その黒ずみが嘘のように消え、首輪は輝きを取り戻した。

ブレースは最期の瞬間まで、ジェスや俺やノットの幸せを祈っていた。そして当の肉体が死んでなお、彼女の首輪は確かに、俺たちのことを憶えていた。

俺たちのために命を捧げた少女の祈りは、いつまで続いていたのだろう。ノットが闘技場に囚われているときもなお続いていたのかもしれない。もしかすると、今も……。

輝く星を見つけなさいとバットに教えたのは、ブレースだった。

バットの目に、ノットが光って見えた――これが誇張ではなく、彼女の影響だとしたら。

ブレースの言葉とブレースの祈りが二人を引き合わせたとしたら、それは偶然ではない。

ノットは不器用に唾を飲み込むと、バットを突然がっしり抱きしめた。

「お前は……そうか、それで俺のところに……」

「え、どうしたんだよ師匠、いきなりこんな……」

戸惑ったように目をぱちくりさせるバットを見ながら、俺は運命的なものを感じていた。

もともと運命などというものは信じない性質だったが、この世界に来て、一つ学んだことがある。人の祈りに世界を変えるほどの力はない。しかし、世界が変わるとき、そこには人の祈りがあるのだ。様々な祈りが人を動かして、世界を少しずつ、祈りの先へと方向づけている。

俺はそれを、運命と呼んでもいいのではないかと思っている。

「バット、ブレースは俺たちの知り合いなんだ。実は、ブレースがくれたアドバイスのおかげで、俺とジェスは王都に入ることができた」

「えっ、そうなのか？　姉ちゃん、元気にしてるのか？」

無邪気に訊いてくる少年に、真実を伝えるのは心苦しかった。

俺たちの沈黙から、バットは敏く察したようだった。

「そっか……おっぱいばっか見てないで、もっとちゃんと、話聞いとけばよかったな……」

人と話すときは、胸じゃなくて目を見て話そうな。

あまりにしんみりしてしまった空気を何とかしようとしているのか、ジェスが妙に明るい声でバットに話しかける。

「ブレースさん、ここではどんなお話をされていたんですか？」

バットは思い出すように空を仰ぐ。

「そうだな……おっぱいを見てくる視線に女は必ず気付くとか、ヘックリポンの腐った死体は誰も見たことがねえとか……なんていうか、面白いけど役に立つ感じではなかったぜ」

「……気付くのか？」

俺が訊くと、ジェスは迷わず即答する。

「気付きますよ」

そうなんや……。役に立つじゃないか。

ジェスは少し前のめりになって、ノットの向こうに座るバットに笑顔を向ける。

「もっと聞かせてください。私たち、あまり言葉を交わせなかったものですから」

促されて、バットは考えるように顎を撫でる。

「そうだな、他には……ああ、おいらの兄貴が隣村のなんとかって女の子と藪ん中でちょめちょめしてた、とか。誰々さんのご主人は病死じゃなくて毒殺なんだ、とか。ここが由緒ある墓地だってのは大嘘なんだ、とか。まあそういうご近所の噂話は多かったぜ」

少し引っかかる情報があった。

「……ん？　ここは由緒ある墓地じゃないのか？」

俺の質問に、バットは肩をすくめる。

「ああ。まあ姉ちゃんの言ってた話で、本当か分かんねえけどな。この場所、元々は対立してる隣村との境目でさ、ゴミ捨てる場所だったらしいぜ」

ジェスも俺の意図に気付いたようで、追加で訊く。

「元々お墓ではなかった、ということですか……？」

「ほら、王暦何年だかに一度、ベレル川のこの辺で、痩せて死んじまうおかしな病気が流行ったことがあったんだろ。一気に大勢の人が死んで、死体を埋める場所が足りなくなって、それでゴミなんか捨てるのに使ってた場所を墓地に変えたっていうのさ」

「王朝時代のベレル川の病気というと……九〇年前の痩死病でしょうね」

　ジェスの指摘に、ノットが首を傾げる。

「だがあの慰霊塔は、それよりずっと古いもんだろ？」

「そうなんだけどよ師匠、あれは元々、慰霊塔じゃなくて見張り台だったんだ。隣村を見張るためのな。矢狭間とかあっただろ。慰霊塔にそんなのいらねえもんな」

　確かに、慰霊塔にしては無骨すぎたし、余計な構造も多すぎた。

「だけどよ、ゴミ捨て場に死体埋めるって、みんな嫌だろ。だからあれを慰霊塔ってことにして、ここがゴミ捨て場だったって話も、王朝がなかったことにしちまったらしいぜ。全部姉ちゃんの話だけどな」

　噂の真偽はさておき、確認しておきたいことがある。

「なあジェス、疫病は九〇年前って言ったよな」

「ええ……」

「ヴァティスの没年はいつだっけか」

「四三歳で亡くなられたはずなので……二五歳でお子さんが生まれたとき王朝を創始されたとのことでしたから……王暦一九年、一一一年前のことですね」

「それはおかしくないか？」

「ええ、おかしいです」

ノットは理解が追いつかない様子で、こちらを振り返る。

「何がおかしい？」

「私たち、リュボリのこの場所が墓場なので、『ろうやをでたらはかばまで』という歌詞と合致していると考えたわけですよね」

「そうだが……」

「でも、最初の首輪を隠された肝心のヴァティス様が生きていらっしゃったとき、ここはまだ墓場ではありません。ベレル川の痩死病は、ヴァティス様の死後、二〇年ほど経ってから流行ったものですから」

「するとどうなる」

ノットの問いへの答えは、明確だった。

俺たちのすべきことは、まだ終わっていない。


先に帰るとノットに言い残し、俺はジェスを誘い出した。闇夜に紛れて、二人きりでベレル川の船着き場へと向かう。

「あの、豚さん、他のみなさんは……」

先を急ぐ俺に、後ろからジェスが呼びかけてきた。

「ジェスと二人きりがいい。探偵と助手だけで、抜け駆けするんだ」

「ぬけがけ……」

「久しぶりに謎解きデートをしないか。終わったらすぐ王都へ帰る」

船着き場に到着した。暗い川の上に、王朝軍の小型艇が一隻ぷかぷかと浮かんでいる。

振り返ると、ジェスが胸に手を当てて俺をじっと見ていた。

「デート、したいんですか」

「そうだ。いつかみたいに、またこの川を上るんだ。やってみたいだろ」

俺の言葉に、ジェスはこくりと頷く。

「……もちろんです」

王朝軍の船を失敬し、俺とジェスは闇の中へと漕ぎ出した。

穏やかな水面に異様な星空が反射して光る。幼稚なほどに多い星は眩しいくらいだ。夜の大河に他の船は見当たらない。ジェスの魔力を使って、船はすいすいと川を上っていく。

「謎解きとおっしゃっていましたが……何を探しに行くんですか？」

ジェスの問いに、いつか聞いたビビスの発言を思い出す。

――今、世界はとってもおかしなことになっているでしょう？　もしそこに、もっと悪いこと

が重なってしまったら……そんな予感がしてならないの
最悪の予想が当たらないことを祈りながら、俺は慎重に言葉を選んだ。

「毒蛇だ」

ジェスはそれ以上問わなかった。俺が詳細を口にしたくないと察したのだろう。

謎解きの旅に、旅人の秘密はつきものなのだ。

川を吹き抜ける夜風は冷たい。ソファーのようになった座席で、ジェスに寄り添って寒さをしのぐ。早朝から深夜まで続いた激動の宝探しに、脳も身体もヘトヘトだった。

「どこまで行きますか？　到着まで、豚さんはお休みしていいですよ」

俺の頭を撫でながら気遣ってくれるジェス。しかしかく言う本人も眠そうだった。

「とりあえずは、ハールビルまで。だが、ジェスは操舵のために起きてなきゃいけないだろ。俺も一緒に起きてるぞ」

「お気遣いなく」

ジェスはローブの懐から小瓶を取り出すと、俺に見せてきた。青い液体が入っている。栓を開けると、目をぎゅっとつぶって一気に飲み干した。

魔剤だ。魔法使いが服用すると、魔力を消費して劇的な覚醒作用を与える。先々代の王イーヴィスが死んでから、ヴィースは王朝の庶務に追われて魔剤漬けだったと聞く。

「私は魔法使いなので、魔剤で起きていられます。でも豚さんは飲めないでしょう？」

確かに。シュラヴィスは、魔法使いでない者が魔剤を飲むと、歯が溶け、喉が焼け、胃に穴が開くと言っていた。

「そうか……じゃあハールビルに着くまで、お言葉に甘えて仮眠させてもらおうかな」

ジェスは微笑んで、座っている自分の膝を叩いた。

「膝枕して差し上げます」

「いいのか」

「ええ。きっと疲れもとれますよ」

なんだかそんな気がする。

「本当にいいのか」

「いいって言ってるじゃないですか」

ジェスは半ば強引に俺の頭を引き寄せて、自分の膝の上に置いた。

視界が横倒しになり、思考が遮られる。ふとももの筋肉と脂肪がほどよい柔らかさだ。そしてその感触以上に、何か不思議な感覚が俺の疲れを癒してくる。

「魔法使いの膝枕には、疲労回復効果があるらしいですよ。しっかり寝てくださいね」

なんだそのエロ漫画みたいな設定は……。

「えろまんが……？」

「気にしないでくれ。島の名前だ」

言ってから、ふと思う。

「そういえばジェス、魔剤ってあんまり身体によくないものじゃなかったっけか」

俺のミミガーを撫でながら、ジェスはふふふと笑う。

「お酒と同じで、少量なら大丈夫ですよ。とっても便利な飲み物です」

「なんだか以前、身体がムズムズするって言ってた気もするが……」

しばしの沈黙。

「ええ……実は少し……ムズムズしてきました」

俺の頭の下で、左右の膝が擦れ合うように動く。

「えっと、それは膝枕をしていて大丈夫なやつなのか」

「大丈夫です………多分？」

これなんてエロゲ？？？

「えろげ？」

「気にするな、さっきの島の兄弟みたいなものだ。しかし本当にこのままでいいのか？　脚が痺れたりしないか？　このままだとムズムズにも対処できないぞ」

ジェスは頬を赤くして、両手で俺の頭をふとももに押し付けてくる。

「対処しません！　早く寝ないと魔法で気絶させちゃいますよっ！」

そうして俺は、なかば強制的に入眠させられた。

——こちらへ……

暗闇の中、俺を呼ぶ声がする。靄のかかったような女の声が、こだまのように反響する。

いつしかの記憶とともに、俺ははっきりと思い出した。

これはブレースの声だ。

俺に何か、教えてくれるのだろうか。声の方へ向かって歩くと、光が見えてくる。

——どうかこちらへ……早く戻って……急がなければ……

ブレースの声に急かされて、光の方へと歩調を速める。

出口を教えてほしい。俺は毒蛇を起こしてしまうかもしれない。

突然、喉が絞められる。冷たい金属の首輪。手で摑んで抵抗すると、鎖で後ろから引っ張られているのが分かった。

「ダメです」

はっきりと聞こえてきた声は、ジェスのものだった。ジェスは鎖を握って、俺を引き留めている。なぜこんなことをするのだろう。

「ジェス……苦しい」

「行くのをやめればいいんです」

立ち止まると、鎖が緩み、喉が苦しくなくなる。

そうしているうちにも、光は遠ざかっていってしまう。

――早く、こちらへ……

ブレースの声も遠ざかっていく。どうして……。

「行かないでください」

ジェスの声が後ろ髪を引く。俺はどちらに行けばいいのか――

「豚さん！」

目を開くと、暗い空と、船の揺れと、ジェスのふとももの感触が一気に戻ってきた。

「もう朝か」

「朝ではありませんが……豚さん、ひどくうなされていて……お具合はいかがですか？」

目をぱちくりとする。一晩ぐっすり寝たかのように頭がすっきりしている。どうやらジェスの膝枕には、本当に疲労回復効果があるらしい。

「いや、全然問題ない。むしろこれ以上ないくらい元気だ」

心配そうな顔が覗き込んでくる。

「悪い夢でも見ていたんですか？」

「そうだな……変な夢だ」

ジェスの瞳が探るように俺を見る。

「変って、どんな夢だったんですか」

心を読めるジェスも、どうやら俺の夢の内容までは読み取れないらしい。

「えっちな夢だから言えない」

動揺したように「えっ」と声を漏らして、ジェスが言う。

「でも豚さん、私の名前を呼んでいましたよ……？」

口に出ていたのか……。

言い訳を探している間に、ジェスの眉が不審そうに動く。

「もしかすると……私とえっちなことをする夢を見ていたんですか」

「そうじゃない」

「では他の方とえっちなことをする夢だったんですね」

ジェスの頬がぷんすこと膨らみ始める。話がこじれる前に、俺は正直に話すことを決めた。

「実は……夢の中で、ブレースの声がしたんだ。同じ夢を繰り返し見てる。昨晩もそうだったし、船の上で気を失いかけたときも……」

「ブレースさんの大きなお胸でえっちなことをする夢を見ていたんですね……」

誤解だ。

「早まるな。えっちな夢っていうのは嘘だ。咄嗟にでまかせを言ってしまった。すまない」

宥めてから、夢の内容をかいつまんで説明した。ブレースの呼び続ける声が聞こえたこと。何やら急かしている様子だったこと。そちらに向かおうとしても、進めなかったこと。

「ブレースさんが、そんなことを……何か私たちに告げようとしているのでしょうか」

「分からない」

すでに一つの可能性が頭に浮かんでいたが、それを確かめるのは今ではない気がしていた。確認のために、ケントやサノンにも同じ声が聞こえているか訊かなければならない。

しかし今、解放軍の連中と接触するのはまずい……。

考えていると、ジェスが「あっ」と前方を指差す。

「豚さん、着きましたよ！」

ジェスのふとももに別れを告げて、俺は身体を起こした。隙間から星々が覗く暗い曇り空の下、立派な石橋が近づいてくる。中州の左右に一つずつ。俺には確認したいことがあった。

「ジェス、右側の橋に向かおう」

「分かりました」

そう言って、ジェスは大きな水晶玉に置いていた手を少し右へ動かす。これが魔力の注入口であり、同時に船の舵でもある。船は進行方向を少しずつ右へと変えていった。

石橋が近づいてくる。彫られた古風な飾り文字が目に入った。

――ハールビル

なるほど、やはり。

「豚さん……何かお気付きになられたんですか？」

「ああ。俺たちがこの街で見逃していた手掛かりだ」

「えええ！　そうなんですか？　それは、ここから見えるものですか？」

何かと訊かないあたり、自分で探してみたいのだろう。名探偵はジェスなのだ。

「そうだ。ジェスは橋を見て、何か気付かないか」

「橋……二つあります」

「ああ、その通りだな。中州を挟んで両側に、南の橋と、北の橋がある」

「それが手掛かりなんですか？」

「正確に言えば、二つの橋の違いが手掛かりだ」

「違い、ですか……そっくり同じ形のようですが……あっ！」

ジェスは、川を西に遡上する俺たちから見て右側――つまり北側の石橋を指差す。

「こちらには『ハールビル』と街の名前が彫られていますが、南側の橋にはありません！」

「正解だ。そして、それがどういうことか分かるか？」

「えっと……街の名前……片方だけ…………うぅん、まだ分かりません」

「船を降りて、確認してみよう」

あえて答えを言わずに、俺は船が止まるのを待った。ジェスの丁寧な操舵で、鎖の手掛かりが延びていた中州側の船着き場に停泊する。

待ちきれないように、ジェスは船を降りた。俺も続く。

「考えることは一つだ――くさりのみちを辿ってきた俺たちの過程に、誤りはなかったか」

石畳を歩きながら、ジェスは顎に手を当てて考える。

「豚さんは、誤りがあったとお考えなんですね」

「ああそうだ。そして俺たちは、ここで間違えた」

船着き場の一角に馴染むように隠された、錆びた鎖。

「ヴァティスの持っていた鎖が、ここで川の中に落ちている。先には錨があるだけ。だから行く先は川の上流か下流のどちらかだと、俺たちはそう推測したわけだ」

「え、それが間違いということは……ええ、どういうことなんでしょう。行く先は、川の方向ではなかったということですか？」

混乱するジェス。解決までそれほど時間はかからないだろう。ヒントを与える。

「いや、川というのは正しかった。問題は向きだ」

「上流か下流かという二つの選択肢があって、結局下流の方で手掛かりが見つかって……」

「いったんこの先の手掛かりのことは忘れよう。俺たちは火あぶり古城の鎖を辿ってこの船着き場まで来た。さて、行くべき方向は、上流と下流のどちらだ？」

真剣に考えるジェス。細やかな金髪の下から、脳の回転する音が聞こえてくるようだ。

「……鎖は、川というより、船着き場で終わっていました」

「そうだな」

「船は、上流か下流のどちらかに向かいます。もしこの船着き場が、上流行きか下流行き、どちらか一方のみに使われていたとすれば……それで進むべき方向が推定できるはずです！」

「俺もそう思った。そして、いくつかの手掛かりが、一方を明確に示しているんだ」

ジェスがうんうん唸りながら考える。

そして遂に答えを導いたらしく、その表情に驚愕の色が浮かんだ。

「答えは上流方向です」

指差すのは、感電死体のあったテンダルの方向ではなく、俺たちが選んだ西の方角。

「どうしてそう思った」

「貨物の積み下ろしです。船は左舷から物を積み下ろしします。この船着き場に左舷をつければ、船が向くのは上流方向です」

これは俺も、ハールビルに着いたときに確認していた。川は西から東に流れている。南側の石橋の下では、中州側に下流行きの船が、その対岸に上流行きの船が接岸していた。通常は右側通行だが、荷物を左舷で積み下ろしするため、ここだけ逆になっているのだ。

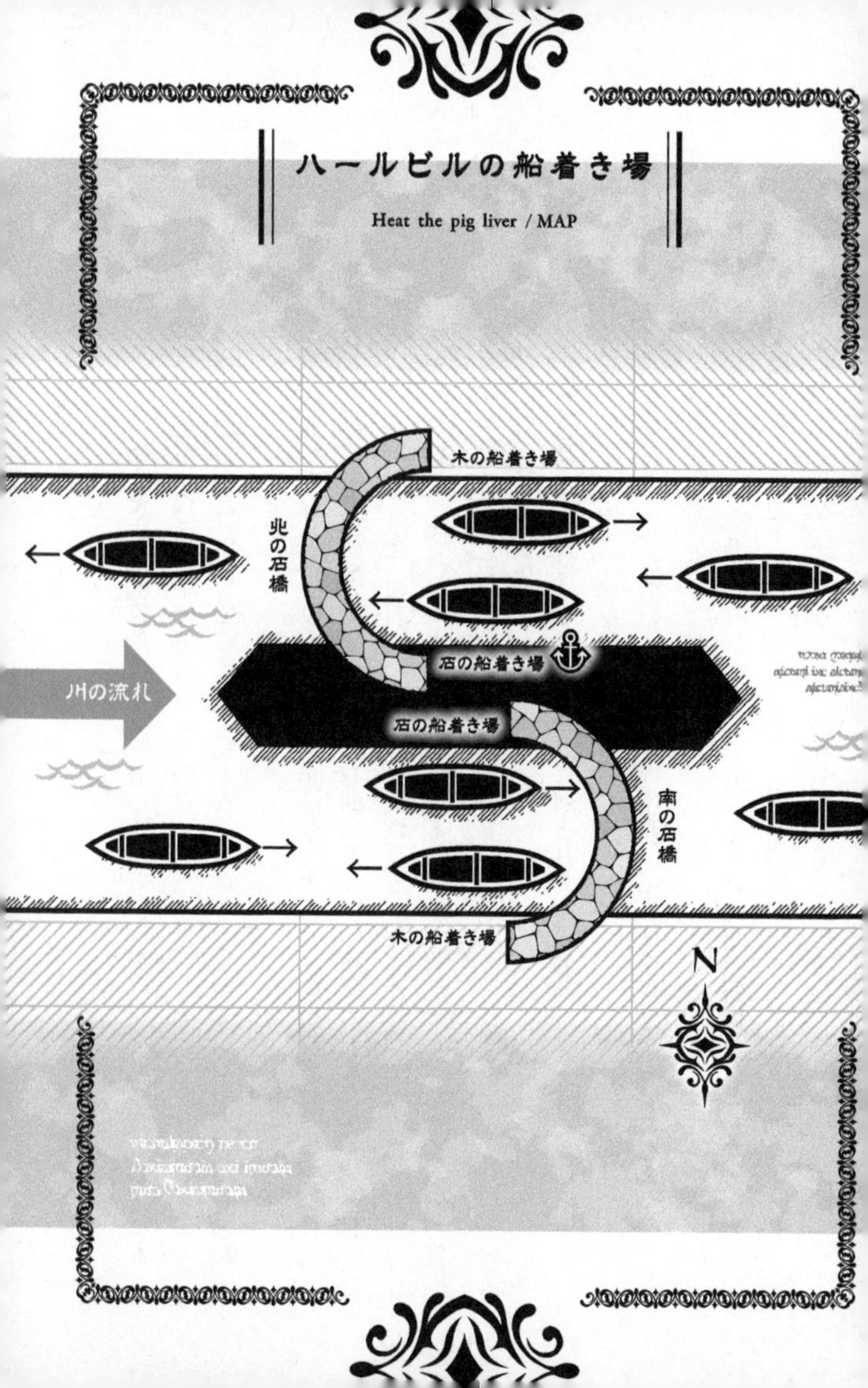
ハールビルの船着き場
Heat the pig liver / MAP
木の船着き場
北の石橋
石の船着き場
川の流れ
石の船着き場
南の石橋
木の船着き場
N

「その通りだ。そして、今は木造の船着き場が建て増しされているが、ヴァティスの時代にもあったと思われる古い船着き場は、中州側にしかないな」

対岸を見れば、建て増しされた木の船着き場が見える。俺たちが立っているのは古い石の船着き場。

「かつては、船は右側通行を保ったままハールビルを訪れ、上流行きの船は進行方向右側にある中州北側の船着き場を、下流行きの船は進行方向右側にある中州南側の船着き場を、それぞれ使っていたんだ。だから、この北の石橋の方には、上流行きの船しか来なかったはずだ」

「……なるほど。そうすると、積み荷がすべて中州に集まります。関税をとったりするのに都合がよかったのかもしれませんね」

ジェスは納得している様子だった。

「そして、今の俺たちの推論を裏付ける証拠が、橋に刻まれた街の名前だ」

俺の発言に、ジェスは少し困った顔を見せる。

「あの……こちらの北の石橋にしか街の名前がない理由が、私にはまだ分からなくて……」

「行って確かめてみよう」

俺はジェスと一緒に中州へと上がり、さっきまで上に見ていた北の石橋を半分まで渡った。

下流側から橋の側面を見下ろすと、「ハールビル」の文字がある。

「これが、俺たちがさっき見た文字だな。じゃあ反対側はどうだろう」

俺たちは橋を横断して、今度は上流側を確認した。

「文字はありませんね……」

「だろ。次は南の石橋を確認しよう」

橋を下り、中州を横切って南側の石橋を渡る。まず下流側を確認するも、先ほど見た通り、そこに文字は刻まれていない。橋を横断して、上流側を確認する。

「あ、ありました！　北の石橋の下流側と同じですね！」

そこには古風な「ハールビル」の飾り文字が見える。

「実は、俺はヨシュと一緒に上流側に向かうとき、これを見ていたんだ。片側にしか街の名前がないな、と少し不思議に思った記憶がある。ジェスは上流側からどう見えるかを確認していなかったから、理由が分からなかったんだろう」

「はい！　今これを見て、ようやく意味が理解できました！」

ジェスは両腕をワクワクと構えて、早口に言う。

「この文字は、北の石橋では下流側にだけ、南の石橋では上流側にだけあります。橋の側面に刻まれた文字は、船に見せるためだったんです！」

橋の左右を嬉しそうに指差しながら、ジェスが説明する。

「文字を刻むなら、船から進行方向を見たときに街の名前が見えるようにするはずです。このことから、北の石橋をくぐる船は上流向きに進んでいて、逆に南の石橋をくぐる船は下流向きに進んでいた、ということが分かります！」

「その通り。かつて、この石橋の下は一方通行だったんだな。鎖の謎解きに、川の流れは関係なかった。下流側だと示したかったのなら、ヴァティスは下流に行く船が通る南の石橋に鎖を延ばしたはずだ。中州の北側へ鎖を延ばしたというのは、上流を目指せというメッセージに他ならない」


俺たちはすぐ船に戻り、上流側、西の方へと航行を始めた。

次の手掛かりは、小さな彫刻などではなく、何か大きな建造物だろう。鎖は川でなく、上流へ向かう船着き場で終わっていたのだ。船で上流へ向かえば、何かが分かるに違いない。

「でも、本当のくさりのみちが、こちらに続いていたのだとしたら……」

ジェスは舵に手を置き、前方に目を向けたまま、不思議そうに考えていた。

「テンダルや、リュボリにあったものは、いったい何だったのでしょう」

「可能性としては、二つに絞られる」

「ええ、そうなんですか？　教えてください！」

驚いた様子でこちらを振り向くジェスに、少し申し訳なくなった。

「一つ目の可能性。あれはヴァティスが用意したものだった。二つ目の可能性。あれはヴァテイスではない何者かが用意したものだった」

　ジェスは口をぽかんと開ける。

「それはそうですね……」

「すまん、当然のことだったな。しかし重要なことだ。リュボリのあの慰霊塔は、くさりのみちが示す目的地ではなかった。そこへ至るテンダルの手掛かりもダミー。ヴァティスがあの袋小路を用意していたのだとすれば、なぜか。ヴァティス以外の何者かがあの袋小路を用意していたのだとすれば、なぜか。そしてその何者かとは誰なのか……考える必要がある」

「あの慰霊塔に最初の首輪が隠されていなかったのだとしたら……リュボリでメミニスさんが亡くなっていたのも、ちょっと不思議ですね」

「そうだな。分からないことだらけだ」

　前方を見る。川は少しずつ右――つまり北に向かって曲がっていた。ちょうど、思い出の場所を通過している。この辺りは、俺たちが願い星を目指す旅の途中でも通った場所だ。妖精の沢へ行った日の夜、ブランデーに酔ったジェスがキザな男にナンパされかけた場所……。

「行こう。すべての答えは、本当のくさりのみちの先にある」

　俺の脳内には、直感的ないくつかの推論があった。しかし、どの可能性も、正直あまり考えたくはないものだった。口に出すのはなおさらだ。

　真実はきっと、怪物の姿をしている。

「行きましょう。二人で。たった一つの真実を明らかにしてみせましょう！」

ジェスに言われて、頷く。

「ああ。そうだな。ここからが本番だ」

そして俺たちは、三つ目の手掛かりを発見した。

ハールビルから豪速でベレル川を遡上すること三時間。ベレル川から北へと延びる運河の分岐点にある街に、大きな石橋が架かっていた。その形には見覚えがあった。ハールビルにあった双子の石橋の片割れと、ほぼ同じ形状をしているのだ。

俺たちは船を降りて、石橋の調査に向かう。夜が明けようとして、空が明るみ始めていた。

「ここはプランスベートという街――最北端のムスキールへと向かう運河の、入口の街です」

俺が船を降りるのを手伝いながら、ジェスは教えてくれた。

少し歩いて、橋を側面から観察する。

「かなり蔦で覆われていますね……」

石橋の下流側の側面は、青々とした蔦の葉でびっしりと覆われていた。枯れたまま残った蔓などは見当たらず、古くから覆っているようには見えない。最近繁茂したもののようだ。

「手掛かりはこの下にあるかもしれない。取り除けるか」

「お任せください」

ジェスは意気込むと、周囲を見回した。早朝も早朝、まだ日の出ていない時間帯だ。人の姿はなかった。

「ちょっと派手にやっても大丈夫ですよね……炎術・焼夷」

　ジェスの手から、黄色い炎を上げる燃料の弾が五つほど発射された。焼夷弾は破裂すると、橋に纏わりつく蔦を広範に覆った。炎はじわじわと燃え……少しずつ弱まり、消えた。

「えっ……」

　ジェスが動揺して声をあげる。炎が消えた場所には、煤を纏いながらも、炎に包まれる前と何ら変わらない蔦が残っていたからだ。

「おかしいな、どういうことだ」

「おそらく……傷ついたりしないよう、魔法で守られているんだと思います」

「深世界の影響か？」

　ハールビルで植物に覆われていた噴水を思い出しながら言うと、ジェスは首を捻る。

「燃えるものを燃えないようにするには、それなりの魔力と技術が必要です。もしこの蔦をどうしても守りたい人の願いがあれば、別かもしれませんが……」

「そんな人がいるんだろうか……これ、どうしようもないのか？」

　ジェスは少し自慢げに微笑む。

「魔法の炎を使ってみましょうか。同程度の耐性魔法までなら、打ち消せると思います」

　ジェスは両手の指を組んで手首を回すと、手をかめはめ波のような形にして蔦へ向けた。

「炎術・劫火」

白熱した恐ろしい炎が、ジェスの手から火炎放射器のように噴出した。白色にところどころ赤色の混じる、異様な火。意思をもった蛇のようにうねりながら、蔦を包み始めた。

「なかなか、手強いですね」

ジェスが力を込めると、炎の量がぐんと増えた。チリチリと、ようやく蔦が焼け始める。

「触っちゃいけませんよ。この炎は、豚さんを肝臓の髄まで焼き尽くしてしまいます」

肝臓に髄質はないが……。

「そんなに怖い魔法が使えたんだな」

俺の驚きに、ジェスは控えめな胸を誇らしげに反らす。

「そうですよ。だから豚さん、私を怒らせたらいけませんからね」

白い炎に照らされたジェスの横顔に、対照的な暗い陰影が刻まれる。

「冗談ですが……」

そんなやりとりをしているうちに、ジェスの炎は蔦を焼き尽くした。石橋を覆っていた葉はすべて細かな灰となり、本来の表面が見えてくる。

まず橋側面のど真ん中にあったのは、錨のレリーフだった。ハールビルで川の中から引き揚げたものと、まるっきり同じ形をしている。

「これは……間違いない」

錨の上端からは、右方向へと太い鎖のレリーフが施されていた。

俺たちは興奮気味にレリーフを辿った。鎖の端は袂まで延びている。そしてレリーフが終わるところに、本物の錆びた鎖が打ち込まれていた。

鎖は石畳の溝に隠れるようにして、街の中へと続いている。

「行きましょう」

ジェスが言い終える前に、俺たち二人は歩き始めていた。

プランスベートは栄えた街ではなかったが、工場のような大きな平屋がいくつも立ち並んでいた。運河の入口として、そして工業地域として、静かに発達してきた場所のようだ。

川沿いの道を歩いて鎖を辿っていくと、街外れの巨大な廃墟に辿り着く。

奇妙な建物だった。広げた手の平のように、五つの細長い平屋が放射状に配置されている。どれも赤いレンガ造りで、窓はない。その周囲に、巨大な塀がぐるりと巡らされている。

鎖は塀の手前で終わっていた。俺たちはジェスの魔法で身体を飛ばして塀を乗り越え、敷地内に転がり込んだ。

赤いレンガの建物は、黒ずんですっかり汚れている。しかし、計画的で左右対称なつくりのおかげか、全体として整然とした雰囲気を保っていた。

まず、手でいえば手の平にあたるところ、五つの平屋の集まる中心部分に入る。

錆びついた青銅の扉はすんなりと開き、俺たちを奇妙な空間へと誘い込んだ。ジェスが魔法の明かりを灯す。

そこは円形の広間だった。入口を背にすると、暗闇へ続く開口部が等間隔で五つ並んでいるのが見える。おそらくそれぞれが、指にあたる平屋へと繋がっているのだろう。

「何のための場所なのでしょうか……」

ジェスはそっと右手を前に出した。光の球がさらに五つ現れ、五つの暗闇へとそれぞれ同じ速度で飛んでいく。白い光が、五つの長い廊下を照らし出した。どの廊下も、両側の壁に等間隔で金色の檻が並んでいる。

「金の檻……確か、魔法使いを閉じ込めておくために使うんだったよな」

「ええ。見てみましょう！」

ジェスはまず、一番右の廊下を選んだ。俺もついていく。金の檻の中は簡素で、窓のない空間に、金色の首輪と、それを壁に繋ぐ金色の鎖だけがあった。首輪はイェスマの首輪と違って、蝶番で開閉できるようになっているようだ。これがどの独房にも設置されていた。

「首輪と鎖……ここに最初の首輪があるのでしょうか」

「分からないな。もっと見てみよう」

廊下を端から端まで歩いたが、同様の独房が延々と続いているだけで、何か特別な首輪があるわけではなかった。どの個室にも目ぼしいものはなく、たまに干からびた動物の死骸や人骨らしき小さな骨が落ちているだけだった。

「魔法使いをこれだけ収容して、どうする場所なんだろう。首輪は何に使うんだ？」

俺の言葉に、ジェスは考える。

「それが気になりますね……普通の牢獄であればこんな首輪はありませんし……仮に身体を拘束するものだとしても、檻を破れる魔法使いであれば首輪も破れてしまうでしょうから……檻を破れない魔法使いにさらに首輪をつけるのは、効率的ではない気がします」

「つまり、首輪は拘束のためじゃないってことか？」

「そうかもしれません。他に用途があるとすれば……」

ジェスは何かに気付いた様子で、開いている牢の一つに入る。おそるおそる首輪を持ち上げると、ハッとして手を離した。

カランカラン、と喧しい音を立てて、首輪が床に転がった。

「どうした、大丈夫か？」

「ええ……この首輪は、なんというか」

嫌なことを思い出すように、ジェスの眉間に小さな皺が寄る。

「なんというか……？」

「あの、イェスマの首輪と、同じ感じがしたんです」

なるほど、嫌悪感を示すのも当然のことだ。

「同じ感じっていうのは、魔力や自己中心性が抑えられるような感覚……ってことか？」

「正確に言えば、魔力を吸い取られる感じです。イェスマの首輪は、イェスマの魔力を常に吸い上げて、魔法発動の阻害、自己中心性の抑制、位置情報の発信などを行うものですから」

「なるほど……するとこの首輪は、イェスマと同じ仕組みで魔力を封じるものなのか？」

予想外にも、ジェスは首を振る。

「魔法を扱うようになってから、魔力の流れがある程度感じられるようになってきたんです。この首輪は、魔力を吸い上げますが、その吸い上げた魔力を蓄えたりしません。そのまま鎖の方へと流しています」

ジェスの目が、壁に埋め込まれている鎖をじっと見つめる。鎖はどうやら、壁に打ち込まれているだけでなく、壁の向こう側に延びているらしい。

「この金色の鎖の先には、何があるんでしょう」

考える。それぞれの独房に一つずつ用意された首輪。その独房が並ぶ長い廊下。そしてその廊下が放射状に延びる建物。

「素直に考えるなら、この鎖はどんどん合流していって、一つに集まってるんじゃないか」

俺の考えに、ジェスは少し驚いたように目を見開く。

「えっ、どうしてそんなことが分かるんですか？」

「建物の形状だ。首輪がたくさん並んだ廊下。そしてその廊下が一ヶ所で集まった構造。一本の木に喩えれば、独房の首輪が葉っぱで、この廊下が枝、そして建物全体が木——幹に向かってどんどん集まっていくような構造になっている。首輪から吸い上げた魔力をどこかで一つに集約する仕組みがあると考えると、合理的な形状じゃないか？」

「なるほど……それでは、魔力の行き先は……」

ジェスの視線が前方へ向けられた。

「ああ。きっとさっきの中央の建物の方だ。そこに何かがあるかもしれない」

俺たちは中央部の広間に戻って、周囲を探索した。そこでジェスが着目する。

「床のタイル……真ん中のこの四角い石材だけ、とても大きいですね」

ジェスは言いながら、両手を上に向かって動かした。ギシッと床の軋む音がする。

ジェスが着目した四角い石材は、跳ね上げ扉になっていた。ジェスの魔法で持ち上げられ、軋みながら大口を開けるように開いた。

奥に、地下へと続く通路がある。

トンネル状の階段は広く造られていて、俺とジェスが横並びで余裕をもって歩けるくらいだった。床やジェスの脚を嗅いでみるが、美少女の肌の香り以外に特筆すべきにおいはない。

階段の先にあったのは、スカッシュコートくらいの広さの、湿っぽい地下室だった。

床、壁、天井はどれも黴臭いレンガで覆われていて、天井に一つだけ、ぽっかりと大きな穴が開いている。背もたれのある立派な木製の椅子が間隔をおいて並べられ、どれも、天井の穴から垂れ下がる金色の鎖に繋がっていた。

天井の穴からは、一本だけ見た目の違う鎖——錆びた鎖がぶら下がっていた。錆びた鎖は部屋の最奥部——ヴァティス像の右手へと続いている。

「ここですね。間違いありません」

誰かがいるわけではないが、ジェスが低い声で囁いた。その小さな声さえ、地下室の中で幾度も反響する。

「何に使う椅子でしょうか」

ジェスと一緒に、椅子を観察する。どの椅子の背もたれにも、上部にボウルをひっくり返したような金属の半球がついており、また前側の脚に金属の枷がついていた。天井から延びる金の鎖は、半球と足枷を繋ぐ複雑な金具に接続されている。

「触るな」

金属部分に手を伸ばそうとしていたジェスに警告した。

「似たようなものを見たことがある……これは、電撃で人を処刑する道具だ」

「処刑……」

「頭の金属から脚の枷まで、雷みたいに電気を流すんだ」

まるでタイミングを合わせたかのように、湿った木の表面を青白い稲妻が走った。バチッと放電の音が鳴り、壁や天井にこだまする。

続いて隣の椅子もバチバチと放電した。ジェスは気味悪がって後ずさる。

「あの天井に開いた穴の先には、何があるんだろう」

俺の言葉を聞いて、ジェスが魔法の光を天井に飛ばした。穴の中が照らされる。

そこには大型船を係留するような太い鎖があった。これも表面に金が塗られている。

「もしかすると……魔力を吸い上げる首輪の先に、あの大きな鎖が続いているのかもしれません。この部屋では、そこから魔力を取り出して、雷に変換しているんでしょう」

「なるほど。つまりさっきの鎖付きの首輪で集めた魔力は、大きな鎖で、さらにどこかに運ばれているということだな」

「おそらくそうでしょうね。大きな鎖の先には、工場がたくさんあります。もしかすると、かつてはその魔力を使って、工場で何か生産していたのかもしれません」

納得する。要するに五本指の建物は、魔法使いから魔力を搾り取る発電所のようなものだったのだ。そしてこの地下室では、そこから魔力の一部を引き込み、処刑に使っていた。

「逃げたヒグマは木に登り、空に撃たれて死んだのさ——くさりのうたの歌詞にも合致している。第三の場所は、まずここで間違いないだろう」

「……テンダルで豚さんがおっしゃっていたこと、なんだか分かる気がしてきました」

ジェスはショックを受けた様子で、処刑のための椅子をじっと見ている。

「ヴァティス様が選ぶ場所は、どれもなんというか、残酷で、でも機能的で……」

「セクシーだろ」

「はい。すごく……セクシーです」

分かればよろしい。

「大聖堂の地下牢、古城の拷問部屋、そしてこの処刑場。どれも昔の命の軽さや人間の残酷さを表すのにもってこいの遺産だ。どうしてこういった場所を選んだかを考えると、ヴァティスがどうしてわざわざ俺たちにこんな謎解きをさせるのか、分かる気がしないか」

俺の説明に、ジェスは深く頷いて理解を示す。

「ええ……この謎を私たちが解くのは、最初の首輪を見つけたいからです。そんな私たちに、ヴァティス様は……最初の首輪を使ってほしくないのではないでしょうか」

「俺もそう思う。最初の首輪を使うということは、すなわち、多くの魔法使いを世に解き放つということ。下手をすれば、魔法使いが争って殺し合いが続き、こんなにセクシーな施設まで造られてしまうような、そんな暗黒時代に逆戻りするかもしれない。これは多分、『最初の首輪は手に入れても使うな』という、ヴァティスの警告なんだ」

「すると、最後に墓場が待っているとしたら……」

「その場所も、相当セクシーなはずだな」

「ですよね……」

言ってから、ジェスはふと思い付いたように俺を見る。

「でも、もしこの謎解きが最初の首輪を使わせないようにする警告のためだとすると、ヴァティス様にはテンダルとリュボリの脇道をつくる理由がありませんね……偽の脇道は、何の抑止力にもなりませんから」

いい指摘だ。

「そうだな。すると、誰が何のためにあの脇道をつくったのか、という話になる」

「……どなたでしょう？　何のためなんでしょう？」

気になる様子のジェスの前で、しゃべりながら考えを進める。

「脇道がヴァティスの意図したものでないなら、おそらくミスリードするためだ。犯人は、俺たちを最初の首輪に辿り着かせたくない奴。橋の模様を蔦で隠蔽したのと同一人物だろう」

「蔦は魔法で守られていましたから、その方は魔法使い……蔦は新しいようでしたから、きっとまだご存命の方……」

「ああ。そいつはくさりのうたの謎をすっかり解いた後、第三の手掛かりに繋がるあの橋を蔦で隠して、俺たちを間違った方向に行くよう仕向けたんだ」

ジェスを見る。

「これだけ分かれば、そいつがどんな奴かも分かってくるな」

「えっ」

「気付かないか。俺たちは、どうしてあっちの脇道が正しいと思い込んだ？」

「えっと……鎖を持ったヴァティス様の像がありましたし……あっ」

ジェスがポンと手を打つ。

「ご遺体がたくさん、用意されていたからです」

「そうだ。俺たちは、胸に血の十字が刻まれた死体を追う形でテンダルに行ってしまった。くさりのうたに見立てた連続殺人に気を取られて、その殺害現場の正当性を疑うことをしなかったんだ」

悔しいが、俺たちを騙した手際は鮮やかで見事だった。

「あの奇妙な連続殺人は、俺たちが死体を追って間違った場所へ行くように仕向けるためのミスリードだったんだよ」

俺は頷く。

「つまり、偽の手掛かりを用意したのも、この街の橋を隠そうとしたのも……」

「俺たちの前に死体を用意した魔法使い――十字の処刑人だ」

問題は、それが本当にメミニスなのかということだ。


最後の隠し場所がある街はあっさりと判明した。

ヴァティス像の右手から延びる錆びた鎖をジェスの魔法で光らせて辿ると、五本指の建物の屋上へ出ているのを発見。その鎖をさらに辿っていくと、右から二番目の平屋の屋上に続き、屋根伝いに建物の端までまっすぐ延びていた。

屋根に上って、気付いた。建物全体が、四爪の錨を押しつぶしたような形をしている。鎖が延びる平屋の廊下はちょうど南北に長く、鎖の向いている方角は北だった。東の空に朝日が昇り、運河の水面がそれを反射してキラキラと輝いている。運河の延びている方向は、鎖が置かれていた平屋の向きとぴったり同じ北方。今は見えない願い星の方角だ。

それを示すかのように、錆(さ)びた鎖の先端には小さな鉄の板が付けられていた。概(おおむ)ね菱形(ひしがた)で、それぞれの辺が内側に少し湾曲している。ジェスのイヤリングと同じ形――これはメステリアで、星を象徴する記号なのだという。

ジェスによると、ちょうど北方にある街で、めぼしいものは一つだけとのことだった。メステリア最北端の街、ムスキール。願い星の伝説が残る場所。

運河では小さな船の航行が許されていないということで、俺たちは朝の船に乗ってムスキールを目指した。時間はかかったが、日が沈む前にはムスキールの港に到着する。

北の海に面した入り江の街は、無残に破壊されていた。レンガ造りの倉庫も、白壁の住宅も、ほとんどが崩れ、焦げ、そして溶けている。焼け跡にネズミでも探しているのか、オオタカが頭上をひっきりなしに旋回していた。

逃亡していた王子シュラヴィスを捕らえようとする闇躍(あんやく)の術師の手によって、この街は火の海と化した。そのシュラヴィスはジェスを追ってここまで来ていたので、俺たちもこの不幸には関係がある。壊れた街並みを見るのは心が重かった。

ただ、港にはいくつか白い帆がはためいている。木や布などで補修されて使われている建物もあり、夕闇に生活の光が漏れ出している。北風の吹く静かな港町だったが、たまに人の気配を感じられるのは嬉しかった。

なんとなく、俺たちには目的地が分かっていた。ムスキールにある古い建物で、星に関係があり、ヴァティスの選びそうなものというのに、心当たりがあったからだ。

夕暮れの光で薄紫に染まった白い街並みの坂を、ジェスと二人で上る。家々がなくなると、白亜質の切り立った崖の上に出た。ムスの断崖だ。その崖から少し離れた岩地に、崖と同じ驚くような白さで塗られた小さな聖堂がぽつんと建っている。

乙女の聖堂。アニーラとマルタという昔話の少女を讃えて、ヴァティスが建てた聖堂。

あの戦火を経ても、俺たちが以前訪れたときと変わらない姿で佇んでいた。

中に入ると、静かな空間に遠くの波音が低く響いている。礼拝用の長椅子を囲むのは色鮮やかな壁画。願い星にまつわるアニーラとマルタの悲劇を描いたものだ。

「誰もいませんね」

ジェスは壁画を眺めながら、正面の祭壇に向かって歩いた。そこにはヴァティス像が置かれている。左手を胸に当て、右手をまっすぐ上に掲げる女性の彫像。

「やっぱり、ここのヴァティス像は鎖を持っていないよな」

祭壇の前で立ち止まる。ヴァティス像の真っ白な右手は、天を触ろうとしているかのように指を伸ばし、これまでの像のように錆びた鎖を握っているわけではなかった。記憶通りだ。

「もしかすると、壁画に何か手掛かりがあるかもしれませんね」

「そうだな、墓場か、鎖か……探してみよう」

パステルカラーの壁画は、二人の少女の悲劇を順に追う形で並んでいる。

仲良しの幼少期。血の花が咲く病に倒れ伏すマルタ。彼女の快復を星に祈るアニーラ。

それでもマルタの病は重くなる一方で、危篤のマルタを見舞うアニーラ。夜、輝く星を拾うアニーラ——それは魔法の星だった。しかし、魔法が間に合わず死んでしまうマルタ。

赤い布を買って星を隠すアニーラ。アニーラが持ち込んだ星を見て驚愕する魔法使い——星には永遠の命を手に入れられる魔法が込められていたのだ。しかしそんな星を、布に包んだまま空に投げてしまうアニーラ。崖から身を投げるアニーラ。

特に印象的なのは、やはり祭壇に最も近い最後の壁画だろう。

崖の上の草地に、横並びで座る少女二人。笑顔でもなく泣き顔でもなく、美しい絵画でも見るかのような表情で、夜空の星を眺めている。北の空に赤く輝く星、願い星だ。

ここでも星は、ジェスの耳飾りと同じ形で描かれている。星は願いをかけるもの。だからこの記号も、きっと願うことの象徴なのだろう。ジェスと最初に出会ったときから見ていたもの——その意味にこうしてようやく気付かされるとは、なかなか感慨深かった。

俺の視線に気付いて、ジェスもその絵の前で立ち止まる。

「最後にはまた、お二人は一緒になれたんですね」

「星が赤いということは、時系列的に、アニーラが星を投げた後の場面ということだ。二人は死後の世界で、また会えたんだろうな」

「ええ……」

アニーラとマルタは、お互いが視界に入る距離でありながら、寄り添うには遠いくらいの間隔を空けて座っている。身体を支えるように草地に置かれた二人の手は、触れ合うようで触れ合わない。

……ん？

そのとき俺は、目を疑うようなものを見つけた。

豚の視点から見えるのは、飼い主の下着だけではない。人間であれば這いつくばらないと気付かないような、壁の低い位置にあるものだって見えるのだ。

「何か見つけたんですか？」

スカートを押さえて防御しながら、ジェスが俺の隣にしゃがんできた。

「ここ……二人の手の間に」

緑で描かれた草の中にそれとなく置かれた錆色。よく見ると、アニーラとマルタ、二人の小指にも同じ色がついている。赤茶けたその着色には規則的なパターンがあり、汚れではなさそうに見えた。

どうやらそれは、細い鎖らしかった。錆びた鎖が、二人の小指を繋いでいるのだ。

「これは……！」

ジェスは床に手をついて、俺と視線の高さを同じにする。茶色の瞳が夢中になって二人の手の間を観察する。

「間違いありません、豚さん、これ、鎖です！」

興奮に輝く顔がこちらを向いた。その胸元には重力によって隙間が生まれ――

「あの、胸なら後でいくらでも見ていいですので、今は絵に集中してください」

いくらでも見ていいのか……。

「すまない。これはどういうことだろうな。鎖が二人を結んでいる……」

「二人が切っても切れない関係にあったという意味でしょうか」

日本語の「腐れ縁」という言葉にも、元々は「鎖縁」――鎖のように切れず繋がっている縁という意味があった、なんて話を聞いたことがある。

アニーラが奇跡の星を捨ててマルタの後を追ったのは、この鎖のためなのだろうか。

ジェスが絵の鎖の部分を指でなぞってみるも、何かが起こるような気配はない。

「何か手掛かりのような気もするのですが……どう思われますか？」

絵を前にして、考える。

「もしアニーラとマルタの間に鎖があるとヴァティスが考えていたなら――ヴァティスが他の絵にも鎖を描かせていたとしても、おかしくはなさそうだな」

立ち上がって、さっそく絵画を見て回る。

しかし俺の推測は外れ、他の壁画に鎖のようなものは見当たらない。

「もしかすると、死後の世界の絵にだけ、鎖を描かせたのかもしれませんね」

ジェスはそう推測しながら、小さな聖堂をぐるりと見回す。

祭壇のところで、ジェスの目が留まった。

「どうした」

「いえ、そういえばと思いまして」

ジェスは祭壇の前まで歩いていき、魔法の光で奥を照らした。

「ヴァティス様の像で目立たなくなっていますが、奥にはアニーラさんとマルタさんの彫像もあるんです」

白い光に照らされて、埃（ほこり）を被（かぶ）った木製の像が目に入る。奥の壁に身を寄せるようにして、少女の像が、左右に一体ずつ――天井近くに描かれた星を、二人して見上げている。アニーラとマルタだ。半身が壁と一体化している。そして二人の間の壁に、U字を描く細い鎖が描かれていた。鎖の両端はそれぞれの少女の小指へと繋（つな）がっている。

「やっぱり、ここにも鎖が！」

ジェスはそっと壁画に触った。二人を繋ぐ鎖をなぞるように。

最初、何が起こったのか分からなかった。壁の中央に縦一直線の筋が現れ、それが広がって闇に変わる。

二つに割れた壁が、奥に向かって音もなく開いたのだ。

「隠し扉か」

冷気が、俺たちの顔に吹き付ける。どうやら下へと向かっていく通路があるらしい。

暗闇から流れてくる風には、温度以上に不吉な冷たさがあった。

トンネルの先には、洞窟のような地下空間が広がっていた。光源は俺たちの周囲に浮かぶ魔法の光だけだが、それでは照らしきれないほど広い。天井も地下空間にしては高く、何本もの太い柱によって支えられている。壁や柱は、丸っこい白い石を整然と積んで造られていた。原始的なつくりではあるが、全体として規則正しい構造で、建築として美しい印象があった。

そして、四方八方から、人の囁くような声がする。言葉にならないその声は、崖に叩きつける波音のようで、しかし確かに、人の声のようだった。

「こんな場所が地下に……」

ジェスの漏らす声に安心感を覚えながら、俺はどこからか視線を感じて振り返る。

誰もいない。気のせいだろうか。いや、しかし、豚の広い視界が、確実に何か視線のようなものを捉えていた気がするのだ。

その視線の正体に気付いて、俺は驚愕した。

「ジェス、見てみろ……この壁や柱の材料」

手頃な柱に歩いて近づく。そこから俺たちを見返していたのは、人間の頭蓋骨だった。

頭蓋骨だけではない。大小様々な骨が積み上げられて、柱を装飾している。白く丸い石に見えたのは、すべて人骨だった。見回せば、どの壁も、どの柱も、同じように装飾されていた。

すべて合わせれば、何千人分、何万人分という数になるだろう。

囁き声は、その骨の隙間から聞こえてくるらしかった。

ジェスは案外冷静に、人骨の積み上がった柱をじっと観察する。

「地下墓所ですね……暗黒時代以前、まだ人口の多かった時代には、効率を重視して、よくこのような埋葬方法がとられたと読んだことがあります。こうして美しく並べることも多かったそうです。実物は初めて見ました」

「牢屋を出たら、墓場まで……遂に墓場に来たわけだ」

「壁画に描かれた小指の鎖が、死後の世界に現れるものだとしたら――」

「ここがその、死後の世界ということになるかもな」

俺たちが今度こそ間違えていないとすれば、ここが最初の首輪の、本当の隠し場所だ。

奥へと歩いていくうちに、ここにあるのがただの人骨ではないことが分かってきた。脳天から見事なほど真っ二つに割れた頭蓋骨。恐ろしく肥大化し曲がった大腿骨。歪んで棘だらけになった背骨。ダンゴムシのように丸まった形のまま、全身が融(と)けて癒着した骨もあった。

　これらは魔法によって殺された人たちの骨なのだ。それが統一感を考慮してきれいに積み上げられており、一つの建材として美しい装飾の一部となっている。

　生々しくて、グロテスクで、合理的で、美しい。

「セクシー……だな」

「セクシー……ですね」

　言葉少なに歩いていると、一番奥に突き当たる。

　遂(つい)に俺たちは、それを発見した。

　壁際(かべぎわ)に置かれた、人骨でできた大きな椅子。まるで玉座のように飾り立てられたその背もたれの、ちょうど首が当たる場所に、一つの首輪が固定されていた。銀の首輪だ。口を開くように左右に割れていて、そこに首がやってくるのを待っている様子にも見える。

　玉座の背後には石板があり、警句が刻まれていた。

　我が血を宿したる者よ
　命を捧(ささ)ぐ覚悟はあるか
　最初の首輪が閉じるとき
　すべての首輪が割れ開く

閉じた首輪は永久に開かず
割れた首輪は永久に戻らぬ
己が身はここで朽ち忘れられ
我が国はここに荒れ滅ぼさる

「これは……命を捧ぐ、というのは……」

ジェスが言葉を選んでいる間に、俺がその先を言う。

「ヴァティスの血を宿す人間がこの首輪をつけて犠牲になると、イェスマを解放できる——そんなふうに読めるな」

「まさか、そんな、どうして……」

ジェスは言葉をまだ見つけられていないようだった。

「ヴァティスはよっぽど最初の首輪を使ってほしくないんだろう。暗黒時代の凄惨さを見せつけるような、あんな謎解きラリーもさせるくらいだ」

「でも、ヴァティス様の血を宿す人って……」

動揺するジェスを見ていられず、下を向く。

ヴァティスの血が流れているのは、王であるシュラヴィスと、そして傍系のジェスだけだ。

つまり、イェスマを解放するためには、シュラヴィスかジェスが死ななければならない。

「いやいや、ダメに決まってる。そんなのは選択肢にならない」

人骨だらけの空間で、俺たち二人は立ち尽くすしかなかった。

せっかく最初の首輪に辿り着いたはいいが、それを使うための犠牲が大きすぎる。

あまりに残酷な結末に、俺たちは言葉がなかった。

しばらくの沈黙ののち、先に口を開いたのはジェスだった。

「私たちには、もうどうすることもできません。王都に戻って、このこと、みなさんにお伝えしましょう」

「ううん……それも、少し考えさせてくれ」

「えっ？」

ジェスの意外そうな目がこちらを見た。

俺には一つ、あえて触れてこなかった懸念事項があった。

「ジェス、ちょっと考えてみたいんだが……」

「ええ。何でしょう」

「俺たちが追っていた、十字の処刑人の正体についてだ」

「えっと……メミニスさんではないんですか？」

そこが一番の問題なのだ。

「ちょっと条件を整理してみたいんだ。十字の処刑人は、くさりのうたになぞらえて北部勢力の残党たちを殺し、暗黒時代以前に使われていた血の十字という魔法を死体の胸に刻んだ奴だったな。このことから、そいつがくさりのうたと最初の首輪のことを知っている魔法使いで、歴史にも明るいということが分かっていた」

「メミニスさんは、くさりのうたのことを知っていました。血の輪を外されていますから、魔法だって自由に使えたはずです。暗黒時代のことも、特権階級の王都民であれば調べることはできたのではないでしょうか」

ジェスの言っていることは正しい。しかしそれは必要条件でしかないのだ。

「そうだな。だが、そこに俺たちが二人で解き明かした真実も加わる。十字の処刑人が選んだ三つ目、四つ目の街は偽のものだった。十字の処刑人は魔法の蔦で正しい手掛かりを隠し、連続殺人を使って俺たちを嘘の方向へとミスリードしたんだ。何のために？」

「最初の首輪を、見つけさせないためです」

「もちろんだ。そこで少し考えてみたい。なんでわざわざそんなことをした？」

首を傾げるジェス。

「俺たちはメミニスの遺体を見つけたときこう考えた――メミニスは、最初の首輪をシュラヴィスが使ってしまわないよう、それをどこかに隠した。そして自ら命を絶つことで、その隠し場所を墓場まで持って行ったんだ、と。つまり一連の殺人は、メミニスからシュラヴィスへのメッセージだと思っていた」

「そうですね」

「でも、ここに書かれた文章を読むと、その線はだいぶ怪しくなってくる」

俺は椅子の上に掲げられた警句を見る。

「最初の首輪は簡単に使えてしまうものではなかった。王家の人間が犠牲にならなきゃいけないわけだから、見つかったところで『じゃあ早速イェスマを解放しよう』とはならない。そして、解放軍など他の人間が勝手に使うこともできない」

目と鼻の先で、最初の首輪は無関心に光っている。

「そんなものの在処（ありか）を主君から隠すために、あんな大量殺人や隠蔽工作をして、命まで捧（ささ）げるか？　シュラヴィスには、お命を大事にと進言すれば、その通りだな、で済む話だったんだ」

「確かに……では、殺人や隠蔽は、何のために……」

「話せば通じる相手を説得するためにこんな大計画を練る必要はない。十字の処刑人の一連の計画は、話しても通じない相手を騙すためのものだったんだ。つまりメッセージは、シュラヴィスに向けられたものではなかった」

「とすると相手とは……解放軍の方々、ですか」

「そうだろう。解放軍というのは、王朝のことは二の次で、イェスマの解放を第一に叫んできた集団だ。解放軍にこの最初の首輪の在処（ありか）がバレてしまうのは避けたいよな」

「では、メミニスさんは、解放軍の方々を騙（だま）すためにこんなことを……？」

「そこなんだ。ちょっと引っかかるだろ」

俺は即位式のことを思い出す。メミニスの発言。

──最大の敵は、もうおりません。戦力としては、王朝軍で十分でしょう。無理難題を突き付けてくる下民の集まりと、対等な同盟を維持する意味……私には、分かりかねます……

「メミニスにしてみれば、解放軍なんてどうでもよかったんだ。もし仮にこの場所のことを知っていたとして、わざわざ工作をして隠すという発想になっただろうか？　単に解放軍の要求なんて無視すればいいと、そう思うはずじゃないのか？　殺人がメミニスから解放軍へのメッセージだとしても、やはり動機に納得がいかない」

現段階でメミニスが十字の処刑人だったとすると、筋書きはこうなるだろうか──
①最初の首輪を独自に発見したメミニスは、首輪を隠蔽しようと考えた。
②真の手掛かりを蔦で隠し、見立て殺人を行って、偽の目的地へ俺たちを誘導した。
③川で上流に向かう俺たちを襲って真の手掛かりが見つかるのを防いだ。
④自ら命を絶って追及を免れた。
……しかし、これは正しいだろうか？

なんでわざわざ、こんなことをする必要があったのか。

シュラヴィス相手には、王族の命を犠牲にしてまで首輪を使ったりしないよう説得すればよかった。解放軍の要求など、そもそも重視していなかった。それなのにこれほど大掛かりな殺人をして、自ら命を絶つことまでするだろうか？

十字の処刑人のしたことと、メミニスのプロファイリングとが、噛み合っていない。

ジェスはしばらく考えてから、慎重に口を開く。

「それでは……十字の処刑人さんはメミニスさんではなく、解放軍を軽視していない方……」

「ただ、リュボリで死んでいたのは間違いなくメミニスだ。俺たちを襲ったのも多分メミニスだろう。とすると、そのメミニスを思い通りに動かして、死なせることさえできる人物が、真の十字の処刑人だと考えられる」

可能性はノドブエまで出かかっているが、口に出せば現実になってしまいそうで、どうにもタンが動かない。

名探偵を目指してきたジェスも、今回ばかりは可能性の指摘をためらっているようだ。

しかし、俺が言う必要はなかった。

後ろからカツカツと、誰かの歩いてくる音がする。俺とジェスは同時に振り返った。

「辿り着いてしまったか」

人骨に覆われた暗闇の中から、一人の男が姿を現した。えっ、とジェスが声を漏らす。

「……この世には、解かない方がよい謎もあるのだ」

イーヴィスのローブを羽織った、ガタイのいい人影。
強くカールした金髪の下から、翡翠(ひすい)色の瞳がこちらを見つめていた。

第五章

真実に救いがあるとは限らない

the story of a man turned into a pig.

「捜したんだぞ。何も言わずに消えてしまって。母上がとても心配していた」

シュラヴィスは俺たちのすぐ近くまで来て、頬を緩ませて微笑んだ。

「帰ろう。ここはあまり、居心地のいい場所ではない」

ジェスは言葉を失ってしまったようだ。目を潤ませてシュラヴィスを見つめている。

「……居心地がよくないのには同意する。だが帰るのは、事実関係をすべて明らかにしてからにしないか」

俺の言葉に、シュラヴィスは頷く。

「いいだろう」

シュラヴィスが両手を広げると、赤い火の玉が空中に何十と現れ、周囲に散らばった。火の玉は、頭蓋骨の眼窩や、骨の隙間などに入り込んで、間接照明のように空間を照らし始める。人骨によって築かれた地下墓所の不気味な全貌が、炎によって浮かび上がった。

「さあ。訊きたいことがあれば言ってくれ」

言われて、頭が真っ白になるような感覚がする。

訊きたいことがあれば？　むしろ訊きたいことしかないのに。

できるだけ冷静に、最初の質問を選ぶ。

「どうして、この場所が分かったんだ」

「ノットから『先に帰る』という言伝を預かったが、王都に姿が見当たらなかった。まさかと思って確認しに行ったところ、プランスベートの石橋にかけていた蔦が、きれいに焼かれている。俺の耐性魔法を凌ぐ魔力をもつ可能性があるのは、このメステリアにはもうジェスしかいない。だから、お前たちがここに辿り着いてしまったと考えた」

ジェスが手で口を覆う。あの蔦を創ったのはシュラヴィスだった。

紛れもなく、これは完全な自白。

「……お前がやったんだな」

口をついて出た俺の言葉に、シュラヴィスがゆっくり瞬きをする。

「あの蔦のことか。そうだ」

「蔦だけじゃない。連続殺人。血の十字。くさりのみちの偽装工作。全部お前がやったのか。お前が……十字の処刑人なのか」

しばらくの沈黙。否定してくれという俺のわずかな願いは、見事に打ち砕かれた。

「どうしてそう思うに至ったのか、お前の考えに興味がある。聞かせてくれないか」

ジェスはすっかりやる気を喪失している様子だった。助手として、探偵に重要なことを教え

るのを忘れていた。

依頼人は嘘をつく。

ここは俺が、決着をつけなければならないだろう。

頭は真っ白のままだが、俺の口は流暢にしゃべった。

「まず動機だ。十字の処刑人の行為がどんな結末をもたらしたか。それを冷静に分析すれば、犯人は絞られてくる」

「動機か。面白い、教えてくれ」

「もし十字の処刑人の計画がすべて上手くいっていたなら、俺たちはみなこう考えたはずだ。正体不明の魔法使いが大量殺人を起こしたから、イェスマを解放するのは危険かもしれない。しかも最初の首輪は失われてしまった。もうこの件は諦めよう――と」

「そうだな」

「こうなって都合がいいのは誰だ？　他でもない、王朝の人間だ。そして、解放軍を納得させるためにここまでの手間を厭わない人間でもある。下民の要求なんて無視してしまえばいいとは考えられない人物だ。シュラヴィスの他に誰がいる？」

「……しかし、おかしいな。最初の首輪探しを命じたのは他ならぬこの俺だ。俺がそんな結末を望むのは、不自然ではないか」

いつもと変わらない様子が、かえって恐ろしかった。

「初めはそうだったんだろう。初めはな。解放軍の要求にも一理あると考えていた。でもお前には、当初から懸念があった。ヴァティスが封印し支配下に置いた魔法使いたちを、本当に解き放っていいのか。メステリアを暗黒時代に逆戻りさせてしまうのではないか。しかもメステリアでは、深世界との融合が進み、魔法が不安定になっているときた」

シュラヴィスは頷きながら聞いていた。俺は続ける。

「だが、ひとまず首輪を探しておくに越したことはないと、解放軍にも呼び掛けて首輪探しを開始した。そんなさなか、お前は自力でここに辿り着いてしまった。しばらく俺たちとも顔を合わさなかったよな。お前は真面目な奴だ。メステリアを駆け回って、自力でも首輪を探していたんだろう」

闇躍の術師を打倒してから、即位まで一ヶ月以上あった。時間は十分にあった。

見ない間に雰囲気も変わってしまった。修行のせいだと言われて納得していたが、どうやらそれだけではなさそうだ。

「そして発見したのが、これだ。見れば、イェスマを解放するには王家の人間が犠牲になる必要があると書いてある。こんなものは当然使うわけにはいかないと、考えが変わったんだ」

シュラヴィスが俺のしゃべりを手で制する。

「概ねその通りだ。だが補足すると、俺が考えを変えた理由は、この警句だけではない。俺は謎を解く過程で、ヴァティス様の想いに気付いたのだ」

　その目は骨だらけの空間を眺める。

「人を生きたまま茹（ゆ）でるブラーヘンの地下牢（ちかろう）。拷問し火あぶりにするハールビルの古城。監禁した魔法使いから魔力を搾取（さくしゅ）し工業から処刑にまで使うプランスベートの監獄。そしてこの、大量の犠牲者が眠るムスキールの地下墓所。暗黒時代の負の遺産を見せつけられ、魔法使いという存在がどれだけ残酷になり得るかを、俺は身をもって体感させられた」

　シュラヴィスは、最初の首輪を探求する過程で、「最初の首輪は絶対に使うな」というヴァティスのメッセージを、俺たちと同様、しっかりと受け取ったのだ。

「なるほどな。だからお前は、万が一にでも使えと要求されないように、最初の首輪を隠蔽してしまおうと考えたわけだ。しかし問題があった。この首輪は、この場所に固定されていて、しかもヴァティスの強力な魔法で守られているから、動かせない」

　椅子に固定された首輪。絶対的な魔力をもったヴァティスがこれを創ったのであれば、首輪だけ外して隠すようなことはできないはずだ。ヴァティスならきっと、この場所自体も破壊できないようにしただろう。

「その通りだ。残念ながら、これは壊せない」

　シュラヴィスの右手に、ミニチュアの太陽のような眩（まぶ）しい高エネルギー弾が出現する。激しい勢いで射出され、椅子に直撃して――轟音（ごうおん）と衝撃波が炸裂（さくれつ）しても、煙が晴れた後に見えたのは、何一つ変わっていない人骨の椅子だった。

怯(ひる)まずに、考えを話し続ける。

「しかし、解放軍にはくさりのうたのことをすでに伝えてしまっていた。首輪探しはすでに始動していたし、向こうにも最初の首輪に辿(たど)り着(つ)くための情報がすべて揃(そろ)ってしまっていた。見つかるのは時間の問題だった。では完全に隠すにはどうすればいいか。手掛かりを偽装して、間違った場所に誘導するんだ。そこですでに首輪が失われたことにすればいい」

「そうだな」

「だからお前は、ハールビルの石橋で、川の上流ではなく下流に誘導することを思い立った。テンダルとリュボリに偽(にせ)の手掛かりを置いて、連続殺人にその場所を使うことで、くさりのみちがリュボリに続いていると、俺たち全員に思い込ませたんだ」

鮮やかな手際(てぎわ)だった。バットが憶(おぼ)えていたブレースの噂話(うわさばなし)がなければ、誰一人として、永久に気付かなかったかもしれない。

「しかもその殺人は、解放軍に対するメッセージにもなっていたな。謎の魔法使いによる大量殺人。サノンも指摘していたが、イエスマの解放はこれだけ危険なことなんだぞ、と解放軍を納得させる役にも立っていた。一石二鳥というわけだ」

「……でも」

ジェスがようやく、口を開いた。

「でもあの大量殺人……まさか殺人も、シュラヴィスさんがされたことなんですか……?」

信じたくない、という響きがあったが、非情にもシュラヴィスは首肯する。

「そうだ」

ジェスが俺の方へ後ずさり、俺の背中に手を置いた。シュラヴィスの視線が、一瞬だけその手に向けられる。

「しかし、それほど驚くことだろうか。愛に溢れたあの叔父上だって、戦で数え切れぬほどの人間を殺していたではないか」

このマジレスは、確かに、間違っていなかった。俺は反論できずに口を閉ざす。

「闇躍の術師を殺してから、俺や王朝軍は、解放軍と手を組んで、北部勢力残党の殲滅に取り組んできた。奴らはイエスマを殺し、北部の住民を好き放題にしてきた無法者。俺が血の十字を刻んで晒し上げたのは、ほとんどが、殲滅戦で死ぬはずの者だった」

ブラーヘンの丸茹で死体を思い出す。あれは茹で殺されたのではなく、殺されてから茹でられていた。殲滅戦で得た捕虜を地下牢に監禁しておき、苦しまないように魔法で殺してから茹でたのだとすれば、いかにもシュラヴィスらしく、納得ができる。

「でも……私、そんなの嫌です……」

怖がる様子のジェスに、俺は極力優しく声を掛ける。

「俺だって、シュラヴィスがこんなことをしたなんて、信じたくはなかったさ……嘘だと思いたかった。だが動機の他にも、シュラヴィスが十字の処刑人だと示す手掛かりはあった」

「ほう。そうか、ぜひ教えてくれ」

「においだよ」

俺の指摘に、シュラヴィスは首を少し傾げる。

「におい……おかしいな、お前やサノンやケントがいると思って、かなり気を付けていたはずだったんだが」

「それだ。あるはずのにおいがどこにもなかった。行く先々で嗅ぎ回っていたが、どこにもにおいがついていない。地面に足をつけないよう魔法で浮遊するとか、相当気を付けなければそんなことはあり得ないんだ。それは、犯人が——十字の処刑人が、俺たち豚の嗅覚のことをよく知っている人物だということの証左になる」

シュラヴィスは頷くと、突然歩き始めた。足音がしない。猫型ロボットのように、地面から少しだけ浮いているのだ。

「気を付けていたことが、かえって仇になったな」

「それだけじゃない。香水のこともある」

「香水……なるほど、そうか、あれも悪手だったか」

ジェスのために、一から説明する。

「即位の日、夕食会のときに、シュラヴィスは香水をつけてただろ」

「ええ、そういえば……」

会社役員のようであまり好ましくないにおいだったのを憶えている。

「現場ににおいを残さないのも大事だが、現場のにおいを自分に残さないことも大切だ。ブラーヘンは火山ガスや鉄のにおいが強かった。即位式の後、ブラーヘンに行って、十字の処刑人として準備をしていたんだろうが、そのせいで、俺たちと会う前に、においが身体に染みついてしまった。それを誤魔化すための香水だったんだろう」

「そこまで見抜かれてしまっては、もう言い逃れのしようがないな」

肩をすくめるシュラヴィスに、あくまで信じたくない様子のジェスが首を振る。

「でも……おかしいことがあります！」

シュラヴィスと俺が、同時にジェスを見る。

「ハールビルの火事のとき、私たちは二手に分かれていましたよね。シュラヴィスさんは、私たちが聖堂を出て、古城の火事を目撃し、シュラヴィスさんを呼び出した後に、ヌリスさんたちと別れて応援に来てくださったんです。シュラヴィスさんには、私たちが聖堂を出たタイミングを見計らって火をつけることはできません」

「確かにそうだ。豚、どうやって説明する」

答えはすでに、頭の中にあった。

「簡単なトリックだ。通話用の貝殻に施された位置魔法で、シュラヴィスには俺たちの居場所が分かっていた。そして、火事を見た俺たちが、すぐにシュラヴィスを呼ぶことも予測できていた。するとこのようなトリックが成立する」

　シュラヴィスをまっすぐに見据えて、説明する。

「まずシュラヴィスは、俺たちに呼ばれたフリをしてヌリスたちを置き去りにし、古城の屋上へ行く。そして俺たちが聖堂を出たタイミングで煙突から放火。それを見た俺たちが、すでに古城にいるシュラヴィスに連絡する。シュラヴィスは急いで来たふうを装って俺たちの前に現れる。こうすれば、簡単にアリバイを偽装できるというわけだ」

「お前は何でもお見通しだな」

「何でもは見通せない。見通せることだけだ」

　シュラヴィスもジェスも発言の意味が分からなかったようで、ぽかんとする。まあいい。

　十字の処刑人の正体は、シュラヴィスだった――その残酷な事実が、ここに確認された。

「ただ、これまでの論理で行くと、一つだけ不可解な点がある」

　俺の発言に、ジェスがおそるおそる口を開く。

「……メミニスさんの件ですね」

「ああそうだ。メミニスが十字の処刑人でないのだとしたら、メミニスはなぜ俺たちを襲ったのか。なぜリュボリの慰霊塔で死んでいたのか。それが説明できない」

「メミニスは忠実な配下だった。お前たちがプランスベートへ辿り着くのを阻止するために俺が命じてお前たちを襲わせ、濡れ衣を着せるために俺が殺して死体を慰霊塔に置いた。それではいけないのか」

「いけない。なぜいけないのかというと、どちらもする必要がないからだ。俺たちがプランスベートに辿り着くのを防ぐには、テンダルで三つ目の手掛かりが見つかったと連絡すればよかった。それに、当初の計画通りなら、別に濡れ衣を着せる必要すらなかった。正体不明の魔法使いが犯人だということにしておけば済んだ話だからだ」

むしろ、王都民が犯人だと判明したことで、王朝の立場は弱くなってしまった。

「だからメミニスの一連の行為には、何か別の目的があったと考えるのが妥当だ」

ジェスが気付いたように、付け加える。

「それにシュラヴィスさんは、私たちが川で襲われてから、慰霊塔でメミニスさんのご遺体を見つけるまで、ずっと解放軍の方か私たちと一緒にいました。シュ、シュ、シュラヴィスさんがメ、メ、メミニスさんに手を下すことは不可能です」

「慰霊塔で自殺するよう、密かに命じたのではないか」

はぐらかすシュラヴィスに、より苛立ってくる。

「あの男が、そんな理不尽な命令に、はい分かりましたと命を差し出すのか？　お前はそんな理不尽な命令をするほど、配下の命を軽く見る人間なのか？」

シュラヴィスは答えない。何かを隠そうとしている。

「何も筋が通らない。あの男の死は、シュラヴィス——十字の処刑人の当初の計画には含まれていなかった。筋の通らないことが起こったとき、そこには必ずイレギュラーが存在する。予想外のできごとか、お前以外の何者かの意図か、もしくはその両方があったはずだ」

「……お前はどう考える」

「両方だろう」

背中に置かれたジェスの手に、力が入る。

「シュラヴィスさんの他に、メミニスさんを死なせた方がいらっしゃると……？」

その顔を見るに、だいたいの予想はついているのだろう。

「そうだ。その人物は俺たちが死体を追っている途中、十字の処刑人の正体とその意図に気付いた。そして、シュラヴィスには絶対に不可能なタイミングで、メミニスに俺たちを襲わせた――そうすることで、シュラヴィスは疑われなくなるからだ。いざというときには濡れ衣を着せられるように、という意図もあったかもしれない。そしてそれが慧眼だった」

ひと息ついて、続ける。

「シュラヴィスは、北部勢力の残党を殺したつもりで、間違えて潜入捜査中の解放軍メンバーを殺してしまった。これが予想外のできごとだ。解放軍は、十字の処刑人を見つけ出して殺すと意気込んでしまった。まずいことになった。これ以上追及されたら、ボロが出てしまうかもしれない。万が一にでもシュラヴィスが犯人だと判明したら？　最悪だ」

「だからやむなく、メミニスさんを死なせて、真犯人ということにした……」

「そうだ。そしてこれができるのは誰だ？　シュラヴィスの立てた綿密な計画を見破れるのは？　メミニスを命じて動かせるのは？」

　シュラヴィスは俯いて、ぼそりと言う。

「……母上だ」

　こちらを見てくる。

「俺が至らなかったばかりに、母上には無茶をさせてしまった。母上は王都にいながら、ハールビルの火事のときにはすでに俺の計画に気付いていたらしい。やはり俺のことを誰よりもよく見ている。お前たちが襲撃を受けたと聞き、母上に連絡したところ、そのことを俺に説明してくださった」

　シュラヴィスの太い眉の間に力が入る。後悔しているのだろう。

　犯行をではなく、犯行が至らなかったことを。

「母上は、メミニスに豚の記憶を抹消させるよう命じたと言っていた。豚の脳細胞を破壊したところで、ジェスの治癒能力によってすぐ再生してしまう。無意味な指令だったが、これで俺が犯人だと疑われる可能性は低くなった」

　煙幕の中で頭が真っ白になった理由も、これで明確になった。

「だが俺は、解放軍の一人を間違えて殺してしまっていた。追及されれば俺の立場が危うくなる。俺は母上に相談した。母上は任せなさいと言った。そしてメミニスを呼び出して殺し、遺体を慰霊塔に置いて、証拠を偽造した。現場の解析も母上が引き受け、嘘をついた。こうしてすべての罪をメミニスが被った。……メミニスを死に追いやったのは、俺だ」

シュラヴィスの顔に浮かんでいるのは、諦めたような笑顔だった。

「情けない。失策によって最も忠実な部下を死なせてしまった。俺がもっとしっかりしていれば、このようなことにはならなかったのに」

耳を疑った。冗談だと言ってほしかった。

「お前は……計画が上手くいけば、それでよかったと思っているのか？」

何の躊躇もなく、シュラヴィスは頷く。

「ああ。計画自体は完璧だったと思う。無意味な殺しをせずに魔法使いの危険性を訴え、最初の首輪の在処を永久に隠蔽する――解放軍やお前たちも、それで納得してくれるはずだった」

目の前にいるのがシュラヴィスではないと信じたかった。

「お前は、友や仲間を騙して手に入れた安寧が、この先も続くと思うのか？」

「ああ、そうだな。母上の機転のおかげで、事態は収束した。解放軍にはリスタ一〇〇〇個を渡し、それで納得してもらった。後はお前たち二人が口裏を合わせてくれれば済む話だ」

呆れた物言いに、怒りすら湧いてこない。

「俺たちに、共犯になれと言うのか……？」

「友達だろう。従妹だろう。この首輪のことが公になって、困るのは俺だけではない。神の血は、ジェスの中にも流れているのだ。ノットたちは俺やジェスに死ねとは言わないだろうが、この首輪の存在がある限り、俺か、ジェスか、もしくは子孫の命が、イェスマ解放の志士によって、いつか必ず狙われることになる。それは絶対に避けたいのだ」

ここだけ聞けば、確かに正論ではある。呆然とする俺たちに、シュラヴィスは言う。

「もし秘密を守れる自信がないのであれば……この件に関する記憶だけ消去してもいい。母上には記憶消去を施す技術がある」

床の石灰岩に、ぽたりと雫が落ちる。ジェスが声を抑えて泣いていた。

「ジェス、大丈夫だ。しっかり考えて、正しい判断を下そう」

だが難しい判断だった。シュラヴィスのしてきたことには、到底納得ができない。一方で、真実を明るみに出すことによってジェスが困ることも事実なのだ。

イェスマ解放の鍵、最初の首輪——その存在を、俺たちは見逃すべきなのか。

「豚さん……私たち、どうすれば……」

泣き声のジェスに、大丈夫だと頷く。大丈夫だ。考えれば、きっと解決策はある。

俺が正しい判断を下すことは、しかし遂に敵わなかった。

「やはり、怪しいと思っていたんですよねえ」

暗闇の向こうから、黒豚がぬっと姿を現す。

俺たちは驚きのあまり硬直した。黒豚の後ろから、続々と解放軍の面々がやってくる。

黒豚は、最初の首輪の備わった人骨椅子の前まで歩き、掲げられた警句をじっと眺める。

「なるほど、そういうことでしたか。王家の人間が犠牲になってしまうということなら、それは隠蔽もしたくなりますねえ。これには同情します」

地下墓所を照らすのはシュラヴィスの撒いた火の玉のみ。薄暗い空間に、黒豚の双眸がギラリと光る。

シュラヴィスは無表情だったが、瞳が動揺を隠せていない。

「サノン……なぜここに」

「いいえ、そんなことはいいじゃありませんか。私たちに、説明する筋合いはありません。あなたが説明するんですよ、王シュラヴィス」

ノットが肩を怒らせて近づいてくる。

「お前が俺たちを騙してこの首輪を隠そうとしたってのは……これは本当の話か？」

シュラヴィスは答えない。

「答えろ。潜入していたエバンを殺したのも、お前か」

無言。

ノットの後ろから、イツネが叫ぶ。

「おい、本当なのかよ！」

シュラヴィスと少し間合いを取って、ノットは双剣に手をかける。

「もし……もしこれが事実なら……俺はこの場で、お前を斬らなくちゃなんねえ」

俺は慌てて叫ぶ。

「ノット、待て！　少し落ち着け！」

「真実を知ってて庇うなら、豚、お前も同罪になるぞ」

ノットは俺のことを見すらしなかった。その目は怒りに爛々と輝き、まっすぐシュラヴィスを睨みつけていた。

これ以上考えられないくらいの、緊張。

俺とジェスは互いに身を寄せ合ったまま、身動きが取れなかった。

プライドが後退を許さないのか、シュラヴィスはノットの間合いに立ったまま口を開く。

「豚とジェスは無関係だ。俺がすべて説明する。そして剣から手を離せ。真正面から戦って、お前が俺に敵わないのは分かっているだろう」

「黙れ。やってみなきゃ分かんねえだろうが」

それを聞き、シュラヴィスの視線が奥に立つセレスを捉えた。意図を察して、豚足が竦む。セレスはノットを瞬時に回復することができる。ノットを倒すには、まずセレスを排除しなければならないのだ。ダメだ。なんとかして、この場を収めなければならない。

「やめろ！　剣も魔法もなしだ。話し合いで解決しよう。……サノンさんも言ってください」

縋る俺の訴えに、黒豚は無情に首を振る。

「ロリポさんも、ジェスさんも、ここまで本当によくやってくれました。後は私が預かりますので、どうか、少し下がっていただけませんか。理不尽に苦しむイェスマの子たちを解放するための最後の一歩――これが大詰めなんです」

これまでにないほど丁寧な口調だったが、そこには有無を言わせぬ響きがあった。

サノンは、目的のためならば手段を選ばない男だ。

セレスの旅立ちを許可させるために、バップサスでマーサの旅籠に放火した。クーデターに怒り狂ったマーキスを殺すために、セレスを使って俺たちから破滅の槍を奪い取った。

さらには交渉してリスタ一〇〇〇個を分捕り、今朝には解放軍のものとしていたはずだ。それもこの状況――解放軍と王朝の決裂を、予期していたからだろうか。

そもそも二度目の転移だって、サノンが中心となって企画したものだ。サノンがネトストをして俺やケントやひろぽんを探し出し、パフェをだしにして集めたからこそ、今がある。

サノンは賢く、心根は優しい男だ。優しいが、理不尽に対しては誰よりも厳しい。そして理不尽を排除するためには、ときには心を鬼にすべきだと知っている。

誰よりも本気なのだ。俺なんかより、ずっと本気でここまでやってきたのだろう。

イェスマ解放のためなら、サノンはシュラヴィスを殺しかねない。

今までの手腕から察するに、まさか手ぶらで来ているわけではないだろう。何か、シュラヴィスに対抗できる奥の手があるはずだ。

確かに、シュラヴィスの行いは間違っていたかもしれない。だがそれはまた別の話だ。シュラヴィスが死ななければいけないほど道を外れているとは思えない。俺はシュラヴィスを助けなくてはならない。

……でも、どうやって？

逃げ道はあるのか？　解放軍が出口の側にいるが、シュラヴィスならば強引に切り抜けて脱出することも可能かもしれない。だがこのまま逃げれば、解決するだろうか？

最悪、ジェスが人質になる可能性もある。もし逃げるなら、ジェスも一緒に逃げなければならないだろう。でもどうやって？

サノンにはどんな奥の手がある？　出口に罠があったらどうする？

分からない。手詰まりだ。とにかくこの場を穏便に収めるしかない。

俺が横から口を挟みかけた、そのとき。

地下墓所の暗闇から、一つの足音がゆっくりと近づいてきた。サノンの意外そうな反応からして、解放軍の仲間ではないようだ。やがて、白いドレスを身に纏った女性が姿を現す。

ヴィースだった。そして、どうも様子がおかしい。

「すべて私のやったことです。シュラヴィス、母を庇うのはやめなさい」

近づいてきたヴィースの姿を見て、目を疑った。右腕がない。肩を飾るドレスの袖が、まっすぐ胸の横に垂れ下がっている。バランスがとりづらいのか、歩き方がぎこちなかった。

サノンがヴィースを振り返る。

「あなたがやったこと……そうですか。殺人も、首輪の隠蔽も、認めるわけですね」

「ええ。私が〝十字の処刑人〟です」

場が静まり返る。いや、そんなはずはない。この人は息子を庇っているのだ。

当のシュラヴィスは母の腕を見て、戸惑い、固まっていた。

俺も戸惑う。なぜ腕がない？

全員の注目を集めたヴィースは、あくまで落ち着いた声で語りかける。

「あなた方に耳寄りな情報があります。それを言う時間だけ、私に与えてくださいませんか」

サノンは挑戦的に言う。

「腕一本の償いでは、我々は納得しませんがね」

「いえ、この腕はあなたたちのためではありません。私の償いは――」

一呼吸おいて、言う。

「この命です」

「母上……？　何を――」

シュラヴィスのことは無視して、ヴィースは声を張る。

「あの警句を読みなさい。我が血を宿したる者よ――我が血の流れる者よ、ではありません。ヴァティス様の書き残した文献をいくつか読んできましたが、あのような表現は王家の血が流れる者だけに限定されるものではありません。シュラヴィスは私が産んだ子です。ヴァティス様の血を宿したる者とは、私のことも指すのです」

本当のことなのか、詭弁なのか、俺には分からなかった。しかしこの発言が、場の空気を確実に変えた。

ノットが不可解そうな顔でヴィースに問う。

「それは……あんたが最初の首輪をつけるってことか？」

「左様です。自分の犯した罪を償い、イェスマ解放のため、この命を捧げます。それなら誰も文句はありませんでしょう」

「母上、なりません！」

シュラヴィスが動揺した声で叫ぶが、ヴィースは聞く耳をもたずに息子を見る。

「産の代償を知っているでしょう。私はもう、そこまで長くないのです。それはあなたも分かっていますね。これで全部、終わりにしましょう」

産の代償とは何だろうか。ジェスを見ると、唇を噛んで俯いている。ヴィースがもう長くないというのは、ジェスも知っている事実のようだった。

ノットが黒豚を見る。黒豚はヴィースを探るように見て、言う。

「……そういうことであれば、我々が拒否する理由はありません。十字の処刑人の正体が誰であれ、イエスマと呼ばれ、差別され、搾取されてきた少女たちが解放されるのであれば、我々はそれを歓迎しますよ」

しかしそれは、ヴィースがここで死ぬということだ。

「ちょっと待ってください、冷静になりましょう。ここですぐに首輪をつける必要は――」

「豚は黙っていなさい」

ぴしゃりと言って、ヴィースは俺とジェスの前を素通りする。そして、依然間合いを保っているノットとシュラヴィスの間に入る。

それはまるで、幼い子たちの兄弟げんかを仲裁する母親のようにも見えた。

ヴィースはノットを一瞥すると、シュラヴィスとまっすぐに向き合う。

「一昨日の指輪の、お返しです。これを母と思って、大切にしなさい」

そう言って左手を差し出す。中指には、シュラヴィスの贈った指輪が嵌まっている。そして指先に、もう一つの指輪を持っていた。シンプルな銀の輪に、透明に輝く小さな宝石が飾られている。ヴィースは不器用に息子の右手をとると、その中指に指輪を嵌めた。

シュラヴィスは事態をのみ込めない様子で、母の手を取ろうとした。

だが、その手は振り払われた。

素早く踵を返して、ヴィースは一直線に首輪の備えられた椅子へ向かう。脇目も振らずに歩く王の母の威厳は、場を圧倒していた。動く者はなかった。シュラヴィスでさえ、後を数歩追ったただけで足を止めてしまった。その膝はガクガクと震えていた。

制止した方がいいのは分かっているのに、俺の口も動かなかった。

「母上！　なりません！　どうか！」

呼びかけるシュラヴィスの声に、ヴィースは椅子の直前でようやく振り向いた。

首輪はそのすぐ背後にある。もう後は、腰掛けるだけという距離だ。

大量の人骨が白い指を伸ばし、ヴィースを仲間に迎え入れようとしているかに見えた。

「シュラヴィス――」

そっくりな深緑の双眸が、少しだけ互いに見つめ合った。

「立派な王になりなさい」

毅然としてそれだけ言うと――

ヴィースは、何の躊躇もなく人骨の椅子に腰を下ろした。

冷徹な金属音が硬く響き、首輪がヴィースの首を迷いなく捉える。

最初の首輪は閉じてしまった。

「母上！」

シュラヴィスの叫びに応じたのは、救いのない無音。

骨の隙間から絶えず聞こえていた囁き声さえも、今は止まっている。

ヴィースは静かに目を瞑っているだけなのか、気を失っているのか、それとも――何が起こっているのかは、俺には分からなかった。

ふと、首輪がぼんやりと光るのが見えた。ヴィースの身体から白い光が湯気のように立ち上って、首輪へと吸い込まれていく。首輪はそうして輝きを増していく。

これ以上の光が集まったら首輪は焼き切れてしまうのではないか――そう思えるほど眩しくなってから、首輪は強烈な閃光を一瞬だけ放った。

首輪は光を失った。拘束されたヴィースは相変わらず、動かずに目を閉じている。

これで終わりなのか？　時間が止まったように感じられる。

一瞬ののちだっただろうか、数分は経っていただろうか。

いきなり金属音が響いて、最初の首輪がぱかりと開いた。

ヴィースの身体はバランスを崩し、椅子から前のめりに倒れ込む。

わずかな希望が膨らんでいく。

首輪は永久に開かないのではなかったのか――あれは嘘だったのか。

ならば、ヴァティスは助かったのではないか。

よく考えれば、ヴァティスが子孫やその家族の命を奪うわけがないのだ。命を捧げよというのは、うかつに首輪を使わないようにする脅しに過ぎなかった。そうに違いない。

シュラヴィスは他に何も見えていない様子で、母のもとへ駆け寄る。俺とジェスも続いた。

「母上！」

抱き起こすシュラヴィスの腕の中で、母の頭と腕は力なくだらりと下がっていた。

後ろから何かの落ちる鋭い音が聞こえてきて、振り返る。

それは割れたヌリスの首輪が地面に落ちる音――イェスマ解放の音だった。

ヌリスの顔から純朴な笑みは消え、母を抱く王の姿を、ただ悲しそうに見つめている。

若き王の腕の中で、ヴィースはすでに息絶えていた。

――四つ目の輪っかが割れて、イェスマが逃げた

――逃げたイェスマはすぐそばで、人に紛れて暮らしてる

空白部分にイェスマと入れれば、くさりのうたは実現したことになる。

泣いてヴィースに縋りつくジェスを見ながら、俺はそんなことしか考えられなかった。

予想もしていなかった形で、遂にイェスマは解放された。

シュラヴィスか、ジェスか、もしくはヴィース――誰か一人が、いつか犠牲を無理強いされる運命だった。それなら死ぬのは自分だと、ヴィースは判断したのだろう。

思考も感情も、現実に追いつかなかった。

だから、続く一連の惨劇は、俺の脳の処理能力をとうに超えていた。

おもむろに発せられたサノンの声には、痛切な響きがあり、しかしそれを上回るほどの強い信念が込められていた。

「……やりましょう」

何事かと振り向く前に、俺の視界は真っ赤な血で染まった。

一瞬で血塗れになったジェスを見て、呼吸が止まる。だがジェスは、全くの無傷だった。

血の主は、シュラヴィスだったからだ。

俺のすぐ目の前で、シュラヴィスは脳天から胸まで左右真っ二つになり、白いドレスを纏った母の遺骸を大量の血で濡らしていた。

ジェスが声にならない声を出して後ずさる。母を抱えたままの姿勢で頭を割られたシュラヴィス——その背後に、一人の男が立っていた。

黒髪を短く切り揃えた、体格のいい中年の男。その顔は血塗れで、陰になっていてよく見えなかったが、それでも確かに見覚えがあった。即位式に来ていた男だ。

王朝軍の司令官、そのなかでも最上位にある五長老のシト。

その右腕は黒い鱗に覆われ、そしてシュラヴィスの血でじっとりと濡れている。手には巨大な鉈のような刃物。金色に鍍金された刃が赤い血を滴らせている。

魔法使い殺しの種族、龍族。

シュラヴィスの防御魔法を上回る速度で奇襲し、金の刃で主君の命を奪ったのだ。

「親父！　何してんだよ！」

訳も分からぬまま、イツネの絶叫を聞く。

親父——イツネとヨシュの父。

——親父はそれなりの地位があってさ、……やろうと思えばリティスが裁かれないで済む方法もあったはずなんだ。なのに、お上の言うことに従ってリティスを渡しちまった。世間体だよ。出世出世、出世のことばっかり考えてる馬鹿野郎だった
——親父の方は、両親とも龍族で、やたら滅法強かったんだ。俺みたいな感覚と姉さんみたいな筋力を両方もってる、龍族の中でも稀な例だった。おかげでバンバン出世したらしい
龍族の力を使ってのし上がった父は、まだ王朝軍に残っていた。残っていたどころではない。出世は王都の外の司令官にとどまらなかった。王都への出入りを許されるまでになり、さらには養子にでもなったのか、特権階級に成り上がり、王朝軍最高の地位まで手に入れていた。

きっと娘や息子をないがしろにした負い目もあったのだろう。サノンがどんな方法でコンタ

クトをとったのか知らないが、解放軍への協力を仰げば、シトが実の子たちに味方する可能性は十分にある。サノンはそれを利用して、シトを王殺害の切り札とした。

その身体能力によって不意を討ち、魔法使いすら殺す種族。王の近くにいてもおかしくはない地位。そして解放軍との強い結びつき。

あまりにも適切なタイミングで、サノンはそのカードを切ってしまった。

シュラヴィスが殺されてしまった。

俺は足が竦んで動けなかった。シトは動きを止めて、金の鉈からポタポタと王の血を垂らしながら、血塗れの母子をじっと見つめている。

その目に宿るのは、憐れみか、同情か。主君を裏切った罪悪感か。暗闇の中ではっきり見ることは敵わなかったが、涙が浮いているかのようにも見えた。

黒豚がゆっくり歩いて近づいてくる。

「ようやく終わりました。諸悪の根源たる王族は、これで根絶やしになりました……シュラヴィスは心根の善い青年だったかもしれません。しかしやはり神の血というのは脅威です。力に溺れ、間違った道に進もうとしてもいたようです。我々はこうするしかありませんでした」

弁明するように、俺たちに話しかけてくる黒豚――サノン。

「少数が権力を握り、力と恐怖によって支配する国は、いつか必ず道を踏み外します。絶対王政を担保する絶対的な力は、心を鬼にしてでも葬り去る必要がありました」

最初から、それが狙いだったのか。ずっとシュラヴィスを殺そうと思っていたのか。

もっと平和的な解決の道があったはずなのに。

怒りに任せて口を開こうとしたとき、俺の耳が異音を捉えた。

ごぽ。ごぽごぽぽ。

すぐ近くから、泥の沸くようなおかしな音が聞こえる。

シトが急にどこかへ飛び退くのが見えた次の瞬間には、俺の顔に生温かい血が再度浴びせられ、視界が奪われた。

目を開くと――シュラヴィスがゆっくりと立ち上がるところだった。

その無残な顔。人体の形はしていたが、縦に割れ目が入り、砕かれた骨が覗き、眼球は半ば飛び出したままだった。立ち上がっている間に、骨が繋がり、組織がにゅるにゅると再生していく様子が、現在進行形ではっきりと見えた。

俺の顔にかかった血液は、シュラヴィスのものではなくて、シトのものらしかった。

本人はどこかに姿を消していたが、片脚が腿の辺りで切断され、地面に落ちている。

俺とジェス、それに解放軍の面々は、シュラヴィスが立ち上がるのを黙って見ていることしかできなかった。

血に塗れた頭のまま、シュラヴィスは首をゆっくりと回す。

ばき、じゅる、と、人体から聞こえてくるにはあまりにも不快な音が聞こえた。

首を回し終えると、シュラヴィスは一固まりの血痰を吐き捨てた。そこには歯や骨の破片もいくつか混じっているように見えた。

シュラヴィスはしんみりと悲しそうな表情で、血塗れの右手を血塗れの顔の前に掲げる。中指に光る、ヴィースの指輪。そこへ血に濡れた左手がそっと添えられた。

「母上が、俺を守ってくださっている……指輪のなんと温かいことか」

ヴィースが遺したあの指輪は、本人に代わってシュラヴィスを癒す役目を果たしているのだろう。頭を縦半分に割られた状態から完全に復活させるのだから、凄まじい力だ。

家族をことごとく失った最後の王は、母の愛によって不死性を手に入れてしまった。

嵐の日の毒蛇。

いつか聞いたその言葉が、俺の脳内でずっと反響し続ける。

注目がシュラヴィスに向けられているなか、突然冗談のような破裂音が地下墓所に響いた。音の方を振り向いて、サノンがいなくなっていることに気付く。ついさっきまで黒豚の立っていたところには大量の血が飛び散り、握り拳より大きい固形物は一切残っていなかった。

「お前たちには大きな借りがある。今回ばかりは見逃そう」

シュラヴィスは指輪を注視したまま、普段通りの口調で言った。

「だが、もし次に刃を向けてきた場合は……誰であろうと、その豚と同様に殺す」

言い終えて、シュラヴィスはようやくノットの方に顔を向ける。髪から自分の血を滴らせながら、ノットの目の前まで歩いた。

「イェスマは解放された。悲願が叶ったではないか。もっと嬉しそうな顔をしたらどうだ」

さすがのノットも唖然として、数秒の間、言葉を失っていた。

「……言いてえことは、それだけか」

喉から絞り出すような声に、シュラヴィスは淡々と答える。

「残念だが、同盟の話はなかったことにしてくれ。ともに戦った日々は忘れがたいが、やはり王朝と解放軍は相容れぬ存在。殺し合う日が来ないことを、切に願うばかりだ」

ノットは魂を抜かれたような顔をして、返事をすることはなかった。

それからシュラヴィスは、母の遺体を肩に担ぐと、堂々と歩いて地下墓所を退場した。


地下墓所を照らしていた火の玉は、シュラヴィスの退場とともに吹き消えた。

残された俺たちはジェスの明かりを頼りに外へ出る。

王暦一三〇年、二の月の一〇日、夜。

雲はなく、ムスキールには異様な密度の星空が広がっていた。すっかり変わってしまった世界。ここに、魔力を秘めた一〇〇〇人以上の少女が解き放たれた。

イェスマだった少女の周りでは、今ごろ何が起こっているのだろう。

これからこの世界は、どうやって変わっていくのだろう。

シュラヴィスはどう対処するのか。解放軍は何をするのか。

俺には全く分からなかった。

目の前には、絶望的な決裂と、破滅的な混沌が横たわっている。

シュラヴィスの謀略と、サノンの謀略が、どちらも最悪の方向へと働いてしまった。

「お前らは、これからどうするつもりだ」

ノットに訊かれて、俺とジェスは判断に困った。

熟慮の末、俺はノットに言う。

「落ち着いて聞いてほしいんだが……」

ノットの表情を見て、それがなかなか難しい注文であることに気付く。

「今一番、この国にとってよくないのは、あんな状態になってしまったシュラヴィスを、独りにしてしまうことだ……放置してしまうことだ」

ジェスを見る。少し考えるくらいの時間があり、ジェスは唇をきゅっと結んで頷いた。

「はっきり言え。つまりどういうことだ」

ノットに低い声で問われ、言う。

「俺とジェスは、いったん王都に帰ろうと思う」

「お前はそれでいいのか」

ノットの鋭い目がジェスに向けられた。ジェスは慎重に首肯する。

「この、現実と深世界とが融け合っている状態――超越臨界という現象のようですが……それをどうしたら戻せるのか、そういった情報は、すべて王都の中にあります。王都に戻らないことには、どうにも――」

「そうか」

ノットは諦めたようにため息をついた。

「まあ、お前らならそう言うとは思ってたがな。お前らがどんな道を行こうが、俺に止める筋合いはねえ……ただ、解放軍は王朝と決別することになっちまうだろう」

「そんな、ノットさん……」

ためらいがちに言うジェスを、ノットは首を振って遮る。

「あいつは俺たちを最悪の形で騙した。信頼関係は無に帰した。そして俺たちも、サノンの独断とはいえ、あいつやあいつの母親に取り返しのつかねえことをしちまった。俺たちと、王朝側に行くお前らとは、難しい関係になっちまうだろう」

それだけ言うと、ノットは俺たちに背を向けてしまう。

「……またいつか、会えるといいな」

最後に呟き、足早に去っていく。セレスがこちらを振り返りながら、心配そうに後を追う。

他の面子も、ノットに続いて港の方へと消えていった。

イノシシのケントだけが、俺たちの前に残ってくれた。

「……みんな感情的になっているだけでしょう。ロリポさん、ジェスさん、また日が経ってから来てください。解放軍はオレが説得しておきます」

サノンのいない今、解放軍にケントのような理解者がいてくれるのは心強かった。

「ああ。俺たちは仲間だ。きちんと連絡を取り合おう」

俺の言葉にイノシシは頷いて、駆け足で仲間の方へと戻っていく。

隣から、すすり泣く声が聞こえてきた。ジェスが放心したように、地面に座り込む。

あまりにも、多くのことが起こりすぎた。

北の果ての地で、血塗れで、俺たちはしばらく、言葉も交わさずに身を寄せ合っていた。


血を洗い流してから、ジェスと俺はかつて立ち寄った宿に入った。

鉄柵に囲まれた、巨大な豪邸。俺とジェスが歳祭りの晩に泊まろうとした高級宿だ。

街外れにあったためか戦火を免れ、磨き上げられた大理石の内装は記憶と変わらず上品な雰囲気を醸している。

深夜の訪問だったが、客はほとんど入っていなかったようで、金を払うとすんなり部屋に通してもらえた。

金回りのよさそうなこの宿は、イェスマを雇用しているだろうか。いたとしても、すでに眠っているだろうが……明日の朝、起きて首輪が外れているのを知ったら、何を思うだろう。

二日ぶりに入浴し、俺はジェスにしっかりとブラッシングしてもらう。毛の隙間に入り込んでいたシュラヴィスの血がお湯ですっかり流れた。疲れた俺たちはすぐベッドに入った。

天蓋付きの、キングサイズのベッドだ。床で寝るとの主張もむなしく、俺は布団の中に誘われる。ジェスの横に大人一人分の間を空けて豚が寝てもお釣りがくるくらいの広さだったが、ジェスは俺の脇腹にぴったりと身を寄せてきた。

魔法で自作したという寝間着は、ちょっと薄すぎるような気がした。

どっと疲れが襲ってきたが、すぐに寝付けるような気分でもない。

ジェスがなんとはなしに俺の肩ロースを揉んでくる。俺も揉んであげたかったが、生憎豚足でマッサージをすることはできなかった。

「……私、一つ気付いてしまったことがあるんです」

おもむろに、ジェスがそう言ってきた。

「何だ」

しばらく肩ロースを揉みしだいてから、ジェスは説明してくれる。

「豚さんは不思議に思われませんでしたか。最初の首輪が、一度閉じてから開いたこと」

言われて、確かにと思う。

「ああ。警句には、閉じた首輪は開かないと脅し文句が書かれてたもんな」

「そうなんです。豚さんも考えていらっしゃいましたが、やはりヴァティス様がご自分の子孫やそのご家族の命を犠牲にするなんて、とても考えられません」

「俺もそう思った。本当に命を取ることなんてないもんな。首輪を使わせたくなくて脅すんだったら、死ぬぞと書いておくだけで十分だったはずだ……でも、ヴィースは確かに死んだ」

俺たちはその死を確認した。シュラヴィスの謀(はかりごと)でもなかった。血の流れどころか魔法の流れもないと、ジェスがそう分析したのだ。

「ヴァティスも、せめて遺体はきれいな形で返してくれるつもりだったんじゃないか」

ジェスが首を振るのをネックに感じる。

「私、魔力の流れを感じたんです。最初の首輪がヴィースさんから魔力を吸い上げ、世界に拡散させるような流れを」

確かに、そのような光の動きは俺の目にも見えた。

「……つまり、どういうことだ？」

「つまり……あの魔力は、メステリアじゅうのイェスマの方々から首輪を外すために使われたんだと思います。ヴィースさんは、死の魔法によって命を奪われたのではなく……魔力の吸い上げに耐えられず、亡(な)くなったのではないでしょうか」

最初の首輪に、人を殺す力はなかった。

あれは魔力を吸い上げる装置だった。

「ヴァティスはやっぱり、命を本当に奪うつもりはなかったということか……?」

「ええ。首輪は永久に閉じたまま、というのが嘘だったのと同じように、命を奪うという警句も、やはり嘘だったんです」

ジェスの手は肩ロースを揉み続ける。

「ヴィースさんは、確かに死を覚悟してあの椅子に座られたんだと思います。でも、死んだらシュラヴィスさんを守ることができなくなってしまいます。だからご自身の腕を材料に、あの指輪を創られた――シュラヴィスさんに不死に近い治癒能力を与えた、あの指輪を」

「なるほど、右腕がなかったのは、そういう……」

指輪にはダイヤモンドのような玉石がついていた。ダイヤモンドは炭素からできている。腕を材料にすることも不可能ではないだろう。

「ヴィースさんの魔法なら、ご自身の腕を再生させることも難しくはなかったはずです。でもヴィースさんはそうしませんでした。きっと、腕を再生させてしまうと、切り落とした腕に宿り続けるはずだった右腕分の魔力が、自分に戻ってきてしまうのでしょう」

それを聞いて、俺はイェスマの亡骸に魔力が宿ることを思い出した。魔法使いの魔力は全身に宿る。骨は身体の一部であるからこそ、魔力を発揮するのだ。

「じゃあ、あの指輪は……ノットの双剣と似たようなものなんだな」

「そうですね。ノットさんの双剣と同じように、あの指輪にもまた、強い力が秘められているんだと思います――そしてそれだけの力が、ヴィースさんご本人からは失われていました」

ジェスが何を言いたいのか、理解した。

事件の最後に探偵が辿り着いてしまった真相。

それはシュラヴィスにとって、あまりにも残酷な真実。

「つまりヴィースが死んだのは……シュラヴィスを守ろうとして、無茶をしたから……」

堪えきれなかったのか、ジェスが小さく洟をすする。

「私やシュラヴィスさんがあの椅子に座っていれば……そうでなくても、ヴィースさんが弱らずにあの椅子に座っていれば……どなたの命も、失われずに済んだんです」

涙声だった。ジェスは額をぐりぐりと押し付けてくる。

「私がもっと賢明だったら……ちゃんと豚さんの言うようなめいたんていになれていたら……そうでなくても、シュラヴィスさんの異変に、もっと前から気付いていさえすれば……こんなことには、ならなかったのに……！」

俺は首を振って否定する。

「ジェスは十分賢明だ。ヴァティスの警句が嘘かどうかは、結局座ってみなければ分からなかった。結果論だ。それに、母でさえ気付かなかったシュラヴィスの異変に、ジェスがどうやって気付けたっていうんだ。もし気付けたとしても、その責任は友である俺にもあった」

泣きじゃくるジェスに、どんな言葉をかければよいだろう。

「ジェスは悪くない。真実の追究にこだわっていたのは俺だ。先を急ぎすぎてしまった。シュラヴィスときちんと話し合ってから、解決策を探るべきだった」

俺たちが最初の首輪を見つけていなければ、今夜の最悪の事態は起こらなかったのだ。破滅の槍のときだってそうだった。俺たちがあれを取り出すことがなければ、ホーティスは死ななかった。結果論でも、思わずにはいられない。俺たちは毎回真実に辿り着くが、しかしその扱い方に関しては……最悪なくらいに下手くそだ。

ジェスは嗚咽を漏らしながら大きく首を振る。

「豚さんは何も悪くないです……たった一つの真実は、誰のものでもありません……真実を追究するのは、いつだって正しいことのはずです」

どこかで聞いた言葉だと思えば、いつか自分で発したセリフだった。

例えばこれが――ヴィースは死ななくてよかったというのが真実だったとして――シュラヴィスはそれを知るべきなのだろうか？

真実といえば、マーキスの死に様もそうだ。父が家族の命乞いをして、息子のために自分を殺せと泣きながら訴えて死んでいったことを、当のシュラヴィスはまだ知らない。マーキスには口止めされているが、こちらの真実は、今のシュラヴィスに教えてやりたい気もする。

そこで気付いてしまった。

結局俺だって、誰のものでもないはずの真実を独占し、都合のいいように使おうとしているではないか。

そして、また一つ、シュラヴィスに伝えていない真実を思い出す。

即位の日の夜、晩餐会から退出したヴィースがジェスに向かって泣きながら吐いた弱音。

――私は、シュラヴィスに……幸せになってほしいのです。本人には絶対に言えません。王太后として、そんなことを言ってはいけないのです。でも母の身からすれば……立派な王になることなど、心底――心底、どうでもいいのです

しかしヴィースが最期に遺した言葉は――

――立派な王になりなさい

立派な王になれ――そんな重責を負わせた手前、最後の瞬間になっても、本音を伝えることはできなかったのだろう。幸せになれなどとは、口が裂けても言えなかったのだろう。

右腕を落とし、守護の指輪として渡すくらいしか、愛を伝える方法はなかったのだろう。

親の愛とは、つくづく、不器用で、伝わらないものだ。

「……大切なのは、真実の追究じゃないのかもしれないな」

俺が呟くと、ジェスはえっと声を漏らす。

しっかりと自分の心に刻みながら、言う。

「真実が隠されて、それを追究しなきゃいけなくなった時点で、もうだいぶ手遅れなんだ。だから大事なのは、真実を独り占めせずに共有することじゃないか」

ジェスは返事をしない。俺の言ったことを脳内で咀嚼しているようだ。

「今回シュラヴィスが犯した致命的なミスは、謀略がバレてしまったことではない。真実を独占して、解放軍や俺たちを騙し、全部独りで解決しようだなんて考えたことだ。サノンの計画も同じだ。王家を滅ぼし損ねたのがあの人の失敗じゃない。そもそも王朝を力尽くで終わらせようだなんて独りで考えていたのがいけなかった」

「……確かに、そうかもしれません」

ジェスはハンカチですーんと洟をかんだ。

名探偵の役割は、真実を見抜くこと。

だがそもそも、真実が隠されなければいい話なのだ。

少なくとも、信頼し合っている仲間同士では、正直でいるべきだった。

すべてを――父と母の真実を伝えれば、シュラヴィスも少しは考え直してくれるだろうか。

「なんとか……なるでしょうか」

地の文を読んでいたのか、ジェスが囁くように訊いてきた。

「私たちは、この国を幸せにできるでしょうか」

自分の幸せすら不確かななかで、国の幸せを心配する。ジェスらしいと思った。

「きっとできるさ」

今は難しい状況だが、道がないわけではないのだ。

「イエスマの首輪は外された。目下のところ、残された課題は大きく二つだ」

ジェスがこくりと頷くのを感じる。

「シュラヴィスさんと、解放軍のみなさんを、和解させること」

俺は後を継ぐ。

「そしてこの世界の歪み――超越臨界を解消すること」

その先がどうなってしまうかは、誰にも分からない。悪くすれば、暗黒時代に逆戻りしてしまうかもしれない。でもそれは、今の俺たちにはどうしようもないことだ。

どうしようもないなりに、俺たちは最善の道を探っていくしかない。

そしてその中で、自分たちの幸せも見つけていかなければならない。

「……なんとかなるでしょうか」

ジェスの問いに、強く首肯する。

「なんとかなるさ。王都に戻ったら、まずシュラヴィスに――」

「あの、そうではなくて」

「そうではないのか」

「そうではないです。私が言いたかったのは……私たちの、幸せのことです」

　このときようやく、俺はジェスに結婚を迫られていたことを思い出した。

　あれが二日前だとは、到底信じられない——あまりにも、色々なことがありすぎた。

「まあ……俺たちの未来も、なんとかなるだろ」

「本当に、そう思われますか？」

　耳元で放たれる声。それは国の行く先を案じているとき以上に、真剣なものだった。

「私たちは、本当に大丈夫でしょうか？　豚さんは、私に何か隠し事をしていませんよね。ちゃんと真実を共有していますよね」

　訊かれて考える。

「……まあちょっと、嘘をついていたかもしれない」

　ジェスの手が俺の背脂を強く摑む。ジェスは追及してこないが、真実の共有が大事だと言った手前、俺はここで白状すべきだろう。

「結婚というのがよく分からないと言ったが、あれは嘘だ。実際はめちゃくちゃ結婚したい。できることなら一生一緒にいてほしい。でも陰キャの悪い癖で、王家の血を引くジェスに豚の俺がそんなことを言うのはどうなのかなんて考えて、気が引けてしまったんだ。準備だなんだというのは詭弁だ。別に名探偵にならなくたって結婚ぐらいできる。安心してほしい」

ジェスを見る。涙目で、しかしぽかんと口を開けていた。

「あともう一つ、ジェスがシュラヴィスの妹になるなんて論外だ。俺以外に兄ができるなんて絶対に許せない。俺だけをお兄さんと呼べ」

ぽかんと開いた口がさらに開いた。

それからジェスは、堪えきれないように笑いだす。

「妻と妹とは、同時には務まりませんよ」

「じゃあ日替わりで頼む。偶数の日は妻で、奇数の日は妹だ」

「分かりました。もう日付が変わってしまったので、今は妹ですね。お兄さん」

まだ結婚はしていないが……。まあここは、素直にブヒと言うべきだろう。

俺たちはきっと大丈夫だ。未来はまだ来ていないから未来なのだ。

なんとかなる。なんとかしてみせる。どんなに世界がひどい状態でも。

「そろそろ寝よう。ひと眠りすれば、朝が来る。明日から、俺たちはまた何でもできるんだ」

ジェスは微笑み、俺をぎゅっと抱きしめてくる。

「何でも……そうですね」

「せっかくだ。おいしい朝ご飯でも食べてから出発しないか」

「そうしましょう！　豚さんには、おいしい果物を差し上げます」

「ありがたい」

そんな話をしながら、俺たちは一緒に眠りに就く。

メステリアの北の果て、ムスキールの夜は、まだ随分と静かだった。

西暦二〇一九年　八月一四日　未明

the story of a man turned into a pig.

機械音が鳴り響き、看護師がせわしなく行き来する。病室はすっかり混乱していた。

回復は望めないだろうと思われていた三人のうち、一人が突然、目を覚ましたのだ。

つい一ヶ月前、同じ病院で、同じような珍事が起こったばかりだった。

別の病室にいた少女は、知らせを聞いてすぐに駆けつけた。

目覚めた髭面の男は泣いていた。少女を見つけると何か言いたそうにしていたが、挿管のせいですぐに会話することは敵わなかった。

少女はもといた病室に急いで戻る。個室だ。ベッドの背を起こし、少女の妹が座って待っていた。正確に言えば、それは少女の妹の身体を借りた、また別の少女だった。

「ねえ、ブレース、聞いて！」

少女は異国の言語で事情を説明する。ブレースと呼ばれた少女は小さく頷きながら聞いた。

もしかすると、祈りが届いているのかもしれない。二人は希望を見出し、ひしと抱き合って喜んだ。ブレースはまた、新たに祈りを捧げることにした。

ただ生きて帰ってほしい。それだけの想いを込めて。

——どうかお願いします。

——どうかこちらへ、早くお戻りください。

——お身体(からだ)がもう限界を迎えているようです。

——急がなければ、間に合わぬかもしれません。

——さきほどおひとり戻られました。

——サノンさんというお方です。

——危うい状態でしたが、ご無事です。

——私もこちらで待っております。

——世界の繋(つな)がりが断ち切られる前に。

——お二人もどうか、早くこちらへ。

あとがき（6回目）

お久しぶりです、逆井卓馬です。

5巻発売から七ヶ月。青森の長く厳しい冬を大股で跨いでしまいました。長いことお待たせしてしまい、申し訳ありません。そして、長らく待っていてくださったみなさん、本当にありがとうございます！

さて、まずは嬉しいお知らせがあります。なんとなんと——

おかげさまで『豚のレバーは加熱しろ』TVアニメ化が決定しました！

豚レバという物語が、たくさんの方々の力をいただいてアニメーションとなり、さらにたくさんの方々に見ていただける——そう思うと、作者として本当に幸せです。関係者のみなさん、読者のみなさんに支えていただかなければ、このような幸せが実現することはありませんでした。重ね重ね、御礼申し上げます。本当にありがとうございます。みなさんと一緒にアニメを楽しめる日を心待ちにしています。

さて、ここからは余談です。

作家になってからというもの、実は一つ、ものすごく楽しみにしていたことがありました。

インタビューを受けることです。

どうしてこんな小説を書こうと思ったのか、とか、どうして作家になろうと思ったのか、とか、そういうことを訊かれるの、ちょっと恥ずかしいですが、やはり憧れるじゃないですか。

しかし、インタビューの依頼が舞い込んでくることはありませんでした。

この前の三月で、逆井卓馬はデビュー二周年。

それなのに、一度もインタビューを受けたことがありません。

ちょうどそんなことを考えていた折、私は担当編集さんから一通のメールを受け取ります。

「あとがきは、台割上ページに余裕ができましたので、二ページでも、四ページでも、六ページでも大丈夫です。お任せします！」

本に詳しい方はご存じのことかと思いますが、本には、紙を折って作る関係上、キリのいいページ数というのがあるそうです。その範囲内でなら、あとがきが長くなってしまっても、本全体のページ数は変わりません。（巻末広告の量は減ります。）

ああ、これは、と思いました。

あとがきをちょっと長くして、そこにインタビューを入れてしまえばいいのではないか。

そんな閃きがありました。大チャンスです。

でもさすがに、六ページとなると気が引けます。５巻のあとがきに四ページ使ってしまったときも、大変心が痛んだものです。読者の方々をうんざりさせてしまうのではないか。話が長い豚さんは嫌われてしまうのではないか。激しい葛藤がありました。

そもそも、小説を書く動機だとか、作家になろうと思った理由だとかは、これまでのあとがきに書いてしまいました。インタビューといっても、何をしゃべればいいのでしょう。

思えばインタビュアーもいません。インタビューというより、自問自答です。

やはりさくっと終わらせた方がいいのではないかと思いながら、そろそろ逆井卓馬のインタビューを始めたいと思います。インタビュアーは私、逆井卓馬が務めます。

Q　それでは、よろしくお願いします。

A　よろしくお願いします。以前どこかでお話ししたでしょうか。他人とは思えませんね。

Q　さっそく質問をさせていただきます。好きな食べ物は何ですか？

A　豚のレバーです。よく火の通ったものが特に好きです。

Q　豚のレバーを生で食べれば、異世界で豚になって美少女にお世話してもらえますか？

A　背表紙をご覧ください。忠告するのはこれでもう6回目になります。

Q　このご時世、オンラインのインタビューということでお姿が見えておりませんが……。逆井卓馬は豚さんだ、という噂を聞いたことがあります。でも人間さんですよね？

A　いいえ、豚さんです。1巻の著者近影やTwitterのアイコンは自画像になっています。

Q　作中で好きなキャラクターを教えてください。

A　もちろんジェスたそ——と言いたいところですが、セレスたそも好きですね。浮気じゃないですよ。みんな大好きなんです。ホーティスなんかも結構好きでした。

Q　見境のない豚さんですね？

A　ですね。

Q　ジェスたそのスリーサイズを教えてください。ぐへへ。

A　禁則事項です。身長は、まだ伸びるかもしれませんが、一五六センチメートルです。体重は——おや、誰か来たようだ。

Q　しばらく通話が途切れていましたが、大丈夫でしょうか。

A　大丈夫です。命に別状はありません。インタビューを続けてください。

Q　小説を書いていて大変なことはありますか？
A　たまに……スケジュールが……険しく………手厳しいです。
Q　お答えの文節の頭文字を繋げると「た・す・け・て」になりますが、大丈夫ですか？
A　………。ぐ、偶然ですよ。ところで今夜のメニューはポークカツレツに決まりました。
Q　おいしそうですね。料理はされるんですか？
A　たまにします。料理をしていると小説のアイデアが浮かんでくることがあるんです。散歩中や、温泉に浸かっているときなどにも、よく閃きます。
Q　ここまでジェスたその身長くらいしか有益な情報がありませんでしたが……。もうすぐ六ページが埋まってしまいます、もっと実のあることをしゃべってください。
A　そこはインタビュアーがもっと頑張るべきだと思います。
Q　ではバシバシお聞きしますよ。セレスたそのスリーサイズを教えてください。ぐへへ。
A　ダメです。身長は今のところ一五一センチメートルです。

Q　ああもう、紙幅が尽きてきました。そろそろ終わりになりますが、一点。
　4巻あとがきで「もうちっとだけ続く」と言っていましたが、何巻で完結なのですか？
A　あれは亀仙人のセリフをお借りした表現でして……。
　いつ終わるかはまだ確定していないため、はっきりとはお答えできません。
　でも、きちんとキリのいいところで完結する予定です。

Q　ハッピーエンドになりますか？
A　きっとなります。どんな形であれ……。

Q　ありがとうございました。では最後に、読者の方々へひとことお願いします。
A　最後まで読んでくださった方、こんな茶番に付き合わせてしまいすみません。
　7巻も頑張って書きます。また少し、お待ちいただけましたら幸いです。
　よろしくお願いします……！

二〇二二年四月　逆井卓馬

◉逆井卓馬著作リスト

「豚のレバーは加熱しろ」（電撃文庫）
「豚のレバーは加熱しろ（2回目）」（同）
「豚のレバーは加熱しろ（3回目）」（同）
「豚のレバーは加熱しろ（4回目）」（同）
「豚のレバーは加熱しろ（5回目）」（同）
「豚のレバーは加熱しろ（6回目）」（同）

本書に対するご意見、ご感想をお寄せください。

ファンレターあて先
〒 102-8177　東京都千代田区富士見 2-13-3
電撃文庫編集部
「逆井卓馬先生」係
「遠坂あさぎ先生」係

本書は書き下ろしです。

電撃文庫

豚のレバーは加熱しろ（6回目）

逆井卓馬

2022年5月10日　初版発行
2023年9月15日　3版発行

発行者　山下直久
発行　株式会社KADOKAWA
〒102-8177　東京都千代田区富士見2-13-3
0570-002-301（ナビダイヤル）
装丁者　荻窪裕司（META＋MANIERA）
印刷　株式会社KADOKAWA
製本　株式会社KADOKAWA

●お問い合わせ
https://www.kadokawa.co.jp/（「お問い合わせ」へお進みください）
※内容によっては、お答えできない場合があります。
※サポートは日本国内のみとさせていただきます。
※ Japanese text only

※定価はカバーに表示してあります。

ISBN978-4-04-914351-5　C0193　Printed in Japan

電撃文庫　https://dengekibunko.jp/

電撃文庫創刊に際して

文庫は、我が国にとどまらず、世界の書籍の流れのなかで〝小さな巨人〟としての地位を築いてきた。古今東西の名著を、廉価で手に入りやすい形で提供してきたからこそ、人は文庫を自分の師として、また青春の想い出として、語りついできたのである。

その源を、文化的にはドイツのレクラム文庫に求めるにせよ、規模の上でイギリスのペンギンブックスに求めるにせよ、いま文庫は知識人の層の多様化に従って、ますますその意義を大きくしていると言ってよい。

文庫出版の意味するものは、激動の現代のみならず将来にわたって、大きくなることはあっても、小さくなることはないだろう。

「電撃文庫」は、そのように多様化した対象に応え、歴史に耐えうる作品を収録するのはもちろん、新しい世紀を迎えるにあたって、既成の枠をこえる新鮮で強烈なアイ・オープナーたりたい。

その特異さ故に、この存在は、かつて文庫がはじめて出版世界に登場したときと、同じ戸惑いを読書人に与えるかもしれない。

しかし、〈Changing Times,Changing Publishing〉時代は変わって、出版も変わる。時を重ねるなかで、精神の糧として、心の一隅を占めるものとして、次なる文化の担い手の若者たちに確かな評価を得られると信じて、ここに「電撃文庫」を出版する。

1993年6月10日
角川歴彦

おもしろいこと、あなたから。

電撃大賞

自由奔放で刺激的。そんな作品を募集しています。受賞作品は「電撃文庫」「メディアワークス文庫」「電撃コミック各誌」等からデビュー！

上遠野浩平（ブギーポップは笑わない）、高橋弥七郎（灼眼のシャナ）、
成田良悟（デュラララ!!）、支倉凍砂（狼と香辛料）、
有川 浩（図書館戦争）、川原 礫（ソードアート・オンライン）、
和ヶ原聡司（はたらく魔王さま！）、安里アサト（86－エイティシックス－）、
佐野徹夜（君は月夜に光り輝く）、北川恵海（ちょっと今から仕事やめてくる）など、
常に時代の一線を疾るクリエイターを生み出してきた「電撃大賞」。
新時代を切り開く才能を毎年募集中!!!

電撃小説大賞・電撃イラスト大賞・電撃コミック大賞

賞（共通）
大賞……………正賞＋副賞300万円
金賞……………正賞＋副賞100万円
銀賞……………正賞＋副賞50万円

（小説賞のみ）
メディアワークス文庫賞
正賞＋副賞100万円

編集部から選評をお送りします！
小説部門、イラスト部門、コミック部門とも1次選考以上を通過した人全員に選評をお送りします!

各部門（小説、イラスト、コミック）郵送でもWEBでも受付中!